KB048807

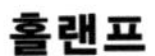

1

HOLLAMP

거룩한 땅의 수호자

사이먼 케이 지음

샘터

차례

ACT 2

ACT 3

프롤로그

인간은 자기 뜻대로 계획하고……

어둡고 광활한 우주의 시선에서 푸른 바다색, 황토색 그리고 청록색이 한데 어우러진 지구가 천천히 돌고 있다. 그 지구 앞에 제법 큰 규모의 국제우주정거장ISS: International Space Station이 있다. 이 정거장은 지구를 관찰하며 돌고 있다. 지구는 다른 별들에 비해 보잘것없이 작지만 저런 둥근 사람 머리 같은 곳에 저렇게 다양한 색이 존재할까 하는 생각이 들게 한다.

시야를 가리던 국제우주정거장이 사라지면서 지구의 온전한 모습이 다시 보인다. 태양에 의해 낮과 밤이 만들어지고 그에 맞춰 생활하는 인간들이 저 둥근 사람 머리 같은 곳 안에서 분주하게 살고 있을 것이다.

엄지를 손안으로 집어넣고 주먹을 쥐어본다. 그 모양이 인간의 뇌와 비슷하다. 그리고 두 주먹을 한데 모아본다. 둥근 지구, 둥근 사람의 머리 같다.

"이렇게 두 개의 뇌를 합치면 지구가 되는 셈이지."

우주비행사는 ISS보다 더 먼 궤도에 있는 코스모스 탐사 센터 CEC: Cosmos Exploration Center에서 일한다. 시야에 ISS가 있긴 해도 실제 거리는 꽤 된다. 우주비행사는 센터 외부를 돌아다니며 점검하고 이따금 지구나 다른 행성도 보며 열심히 기록한다. 하던 일을 멈추고 고향 지구가 경이롭다는 듯 바라보던 그가 생각에 잠긴다. 아름답지만 언젠가는 그 빛을 잃고 죽은 별이 될 것이다.

"결국 인간은 지구가 아닌 다른 행성에서 살아갈 계획을 세워야 해. 그러기 위해 먼저 우리 뇌부터 완벽하게 이해할 필요가 있지."

수많은 행성의 존재를 알게 된 인류로서는 이제 지구를 벗어나 다른 행성을 지배하는 생물체로 도약하는 발판을 마련하고 있다. 그가 지금 이곳에서 일하는 이유다. 하지만 이곳에 온 지 몇 달이 지났고, 지구에서의 추억이 떠오르고, 그곳에서의 생활이 그립다.

"추억은 계획을 세우기 위한 원동력이지. 추억을 만들수록 더 탄탄한 계획을 세울 수 있지."

노인이 말했다.

우주비행사는 그렇게 지구에서의 추억을 떠올린다. 자신을 키워 준 부모, 부모를 떠나 함께 산 아내, 사랑의 결실인 자식들과의 추억이 겹겹이 떠오른다. 그는 과거의 추억과 미래의 계획 중간 지점인 이 답답한 우주에서 다음 세대를 위한 기록을 이어가고 있다.

그때 생각에 빠진 그의 우주복에서 경보를 알리는 진동이 울린다. 뒤돌아본 우주비행사는 거대한 원형 비행물체 그림자가 코스모스 탐사 센터를 덮어가는 것을 본다.

*

지구. 국제연합United Nation에서 회의가 한창이다. 회의실 문 앞에 초조하지만 침착하게 누군가를 기다리는 40대 후반의 서 집사가 앉아 있다. 긴장된 표정으로 문을 쳐다보던 그는 두 개의 휴대폰을 돌리면서 만지작거린다. 회의가 끝났는지 문이 열리고 어두운 표정의 80대 후반 노인이 나온다. 서 집사가 일어나 노인의 눈치를 살핀다.

"어떻게 됐습니까?"

서 집사가 두 개의 휴대폰을 한 번 돌리더니 꽉 잡고는 묻는다.

"전화해야겠네. 국가 간 평화협정이다 뭐다 해서 내 계획은 거들떠보지도 않아."

근심에 잠긴 노인은 서 집사를 쳐다보지도 않고 약간 짜증나는 말투로 대답한다. 서 집사는 잠시 생각하다 두 개의 휴대폰 중 하나를 들어 어디론가 전화를 건다. 문으로 몇 명이 나온다. 그들은 최 박사라고 노인을 부르고 최 박사는 그들과 잠시 대화를 한다. 그러다 서 집사가 건넨 휴대폰을 귀에 댄 채 사람들과 대충 인사하고 걸어간다. 그들이 떠나는 최 박사에게 머리 숙여 배웅한다. 최 박사는 인사를 받는 둥 마는 둥 하며 서 집사와 건물 밖으로 나간다.

"의견이 전혀 받아들여지지 않았다네. 지금 저 인간들은 그럴 여유가 없어. 눈과 귀가 어두운 사람들뿐이야. 아무래도 내 뜻대로 계획을 실행해야겠어."

최 박사가 잠시 주위에 사람이 없는지 둘러본다. 그리고 다시 휴대폰에 대고 말한다.

"홀랜프가 쳐들어올 거야."

최 박사는 약간의 거리를 두며 걷기 시작하고 뒤에서 따라가는 서 집사는 다른 휴대폰으로 전화를 건다. 그 휴대폰에 '선우민 관장'이라는 이름이 뜨고 통화 연결음이 울린다.

*

무술 도장에서 전화를 받는 선우민. 서 집사와 비슷한 나이지만 더 젊어 보인다. 늦은 저녁을 하는 듯한 선우민은 아무 말 없이 통화 내용을 듣고 있다가 식탁에 놓인 통밀빵을 집어 먹는다. 그리고 자신을 쳐다보고 있는 아들 선우필을 본다. 검은 머리에 또랑또랑해 보이면서도 어딘지 미숙하게 보이는 열여덟 살의 선우필은 통밀빵을 우악스럽게 씹고 있다. 선우민은 그런 아들을 보면서 심각한 표정으로 서 집사의 말을 듣는다.

선우민의 도장에는 '철과치'라는 간판이 붙어 있다.

선우필은 계속 먹으면서 아버지 표정이 왜 심각한지 읽으려 한다. 그러나 아무 말 없이 휴대폰에 귀를 댄 채 듣기만 하는 선우민은 그런 선우필을 쳐다만 볼 뿐 반응이 없다. 그러다 전화를 끊고 아들이 호밀빵을 된장국에 찍어 입에 넣는 것을 본다.

"왜? 누군데 그렇게 심각해?"

아들의 말에 선우민은 대답 대신 씁쓸한 미소를 지으며 저녁상을 쳐다본다. 호밀빵, 된장국, 미역국, 밥, 멸치조림, 불고기, 나물반찬이 거하다.

"왜 그러는데? 무슨 일 있어?"

머릿속이 복잡한 듯 아무 대답이 없던 선우민이 불고기를 아들

쪽으로 옮겨준다. 선우필은 의아하지만 더 이상 묻지 않고 아버지가 건네주는 고기를 집어 먹는다. 그러더니 다른 음식도 게걸스럽게 먹기 시작한다.

"잘 먹네. 아까는 생선구이에 소고기까지 혼자 다 구워 먹더니만."

아버지의 말에 선우필이 웃으며 말한다.

"뭐야? 한참 동안 그렇게 쳐다보다가 하는 말이 그거야? 아빠는 안 먹어?"

선우민은 고개를 끄덕이더니 호밀빵을 들어 된장국에 찍어 먹는 아들의 모습에 얼굴을 찌푸린다.

*

우주정거장에 정박해 있던 우주비행선들 위로 커다란 원형 비행물체의 그림자가 덮고 있다.

ACT 1

HOLLAMP

1장 1절

에덴동산

이른 아침 일터로 향하는 사람들이 분주하다. 버스 정류장에서 버스를 기다리는 사람, 열심히 휴대폰을 두드리는 사람, 택시가 지나갈 때마다 손을 휘젓는 사람, 전동 킥보드를 타고 어디론가 향하는 사람, 책을 읽는 사람. 그리고 한 고등학생이 부리나케 어느 건물 옥상으로 향한다.

옥상에 올라가니 서로 다른 교복을 입은 학생들이 뭐가 그리 화가 나 있는지 눈에 살기를 띤 채 서로를 노려보고 있다. 그중 리더인 듯한 학생이 지루한 듯 한숨을 쉬고 있고 그 옆에서 같은 교복을 입은 학생이 히죽거리며 상대 쪽 학생들을 쳐다보고 있다. 한숨 쉬는 학생이 히죽거리는 학생에게 뭐라고 말한다. 반대편에 있는 다른 교복의 학생은 화가 많이 난 듯 뒤돌아서 자신과 같은 교복을 입은 학생들을 보고 묻는다.

“저 새끼가 해든이고 그 옆에서 재수 없이 히죽대는 놈이 오웬이라는 거지?”

학생들은 고개를 끄덕인다.

"이름은 둘 다 들어봤는데 형제가 쌍으로 소문보다 재수 없네?"

그렇게 말하고는 다시 고개를 돌려 해든과 오웬이라는 학생들을 향해 소리친다.

"건방지게 약한 우리 애들을 건드려?"

한숨을 쉬던 해든이 그 말에 발끈한다.

"너희 애들은 그렇게 찌질해서 우리 학교까지 와서 삥을 뜯냐?"

해든의 말에 그 학생이 뒤돌아 얼굴이 시퍼렇게 멍든 학생들을 쳐다본다.

"뭔 소리야, 저게? 너네 삥 뜯었어?"

멍든 학생들이 손을 필사적으로 휘젓는다.

"아니야. 우리가 왜 그래? 우린 민수 너하고 같이 있었잖아. 우리 못 믿는 거야?"

그 말에 민수라고 불리는 학생이 다시 해든을 쳐다본다.

"우리 학교 애들은 그럴 애들이 아니야."

그렇게 말하고 다시 멍든 학생들을 쳐다본다.

"아니지?"

학생들은 움찔하면서 고개를 끄덕인다. 거짓 같다. 민수는 숨을 들이마시고는 거칠게 내뿜는다. 그러더니 오글거릴 정도로 무게를 잡고 눈을 감는다. 한참 생각을 하는 듯 고개를 들어 하늘을 향한다. 그 모습에 오웬이 인상을 쓰며 해든을 본다.

"저 녀석 지금 뭐 하는 거지?"

해든도 인상을 쓰며 대답한다.

"몰라. 영화 장면을 따라 하는 건지…… 이상한 놈들 천지야. 날

씨도 쌀쌀해져서 짜증 나 죽겠는데."

민수는 심호흡하면서 천천히 눈을 뜨더니 고개를 돌려 해든을 쳐다본다. 해든은 민수의 행동이 너무 오글거리는 듯 다시 한숨을 쉬더니 말한다.

"야, 그만하고 용건만 간단히 해. 나 학교 가야 돼."

해든의 말에 민수는 고개를 약간 숙이고 눈을 치켜뜨며 마치 무술영화에서 나올 법한 자세를 취한다. 그 모습에 학생들은 긴장하고 해든과 오웬도 당황한다.

"뭐야 저건?"

해든이 어이없다는 듯 한마디한다.

민수는 그런 해든의 말을 무시한 채 천천히 무술 자세를 보여주며 말한다.

"내 친구들은 그럴 애들이 아니다. 우리는 한마음 한뜻으로……."

"거참 보기 민망하네, 정말."

민수의 말이 끝나기도 전에 해든이 참지 못하고 한마디한다. 해든의 말에 순간 화가 나지만 민수는 다시 심호흡하며 진정하려는 듯 눈을 감는다.

"야! 뭐 하자는 거야? 아이씨. 뭔가 해서 나와봤는데 너 오글거리는 짓 보이려고 이렇게 아침부터 우리 애들까지 다 나오게 한 거냐? 간다!"

잠시 생각에 빠진 민수가 눈을 뜨고 해든과 오웬이 자기 학교 학생들과 옥상에서 나가려는 걸 본다. 민수는 순간 참지 못하고 뛰어가 오웬을 향해 날아차기를 한다.

"내가 졸업을 앞두고 웬만하면 참으려고 했는데!"

갑작스러운 민수의 발차기에 오웬이 맞을 뻔하지만 해든이 막아준다.

"뭐야!"

갑작스러운 발차기에 해든이 어이없다는 듯 민수를 쳐낸다. 민수는 해든의 순발력에 감탄하며

"소문대로 제법이군. 모두 공격!"

하고 외치며 마치 전쟁을 지휘하는 장군처럼 손으로 해든을 가리킨다. 해든은 자기도 모르게 헛웃음이 나온다.

"뭐야 정말?"

해든은 민수 뒤에서 지켜보던 학생들이 일제히 민수의 말에 달려오는 걸 본다. 그리고 양쪽 학생들이 소리를 지르며 싸움을 시작한다.

*

햇볕이 창으로 들어오는 고등학교 교실에서 학생들이 각자 수업 준비를 하고 있다. 교실 뒤 창가 쪽에 하얀 피부에 붉은 머리의 여학생이 앉아 책을 읽고 있다. 초롱초롱하면서도 아름다운 눈, 오뚝한 코, 머리칼 색과 비슷한 볼록한 입술까지 얼굴의 모든 부분이 완벽하게 대칭을 이루는 좋은 비율과 그에 맞는 체형, 때 묻지 않은 순수함을 지닌 여학생의 책에는 '리브'라는 이름이 적혀 있다. 책을 읽던 리브는 이따금 창문을 쳐다보면서 하품을 하다가 다시 다른 책을 들고 읽는다. 요리책과 인체에 관련된 과학책을 번갈아

가며 읽고 있다.

리브 옆에는 아름다운 체형의 여학생이 엎드린 채 잠을 청하고 있다. 순간 잠이 든 여학생의 손에서 공책이 하나 떨어진다. 예쁜 디자인의 공책 겉표지에는 '니나의 기록'이라는 글씨가 쓰여 있다. 공책이 떨어진 소리에 깬 니나가 공책을 집더니 다시 품에 안고 고개를 돌려 리브를 쳐다보다 잠이 든다. 리브는 니나의 입에서 흐르려는 침을 닦아주고 다시 책을 읽는다.

리브 뒤에는 거의 앉은키만큼 책을 쌓아놓고 읽고 있는 금테 안경을 낀 여학생이 있다. 모두 전문 서적으로 고등학생이 읽기에는 다소 난해해 보인다. 하지만 그 여학생은 맑고 청아한 눈동자를 열심히 굴리며 책에 푹 빠져 있다. 자신의 금테 안경을 손으로 살짝 건드리자 렌즈에서 빔이 나오더니 홀로그램이 생기면서 책상에 나열된다. 홀로그램에 '아라'라는 이름이 보이면서 책에 관련된 여러 정보가 펼쳐진다. 아라는 앞에 앉은 리브나 니나와 마찬가지로 뽀얀 피부다. 옅은 갈색 머리카락에 대충 묶은 머리 스타일이 자연스러워 보이는 예쁜 여학생이다. 한창 책에 빠져 있던 아라의 머리 앞으로 책 한 권이 나온다. 리브가 돌아보지도 않고 팔을 뒤로 뻗어 건네는 책이다. 아라 역시 읽던 책에 눈을 둔 채 쌓여 있는 책 중 한 권을 집어 리브가 건네준 책과 맞바꾼다.

건너편에 앉아 있는 같은 반 남학생들이 세 여학생을 힐끔거리며 속삭이듯 말한다.

"하…… 오늘따라 더 예쁘다. 미치겠다."

"니나가 고개 돌릴 때 옆구리 살 보이는 거 봤어?"

"방금 아라가 머리 묶을 때……."

"리브가 니나 입을 이렇게 만지는 것 같던데……."

학생들은 마치 연예인을 보듯 아라, 리브, 니나를 쳐다보며 대화한다.

"재네들이 있는 이 공간이 꿈의 동산 아니겠어?"

"내가 아까 재네들한테 초콜릿을 줬는데 고맙다고 맛있게 먹겠다고 하면서 받았어. 드디어 말년에 나에게도 기회가 생긴 거야."

그들 앞에 앉아 휴대폰을 보며 간식을 먹던 여학생들이 그런 남학생들을 쳐다보며 한심하다는 듯 비웃는다. 여학생들은 리브, 니나, 아라를 쳐다보며 서로 쑥닥거리기도 하고 남학생들에게 불평하기도 한다.

"초콜릿은 누가 만들어서 말이야. 졸업 전까지도 난리네, 정말……."

"이제 학교 떠나는 마당에 끝까지 그러냐, 너희는? 우리나 좀 줘라."

여학생들은 익숙하다는 듯 리브를 쳐다보며 수다를 떤다. 학생들이 떠드는 소리와 무관하게 리브는 아라에게서 다른 책을 건네받아 방금 읽은 책과 비교하며 본다. 아라 역시 리브가 건네준 책과 함께 몇 권의 책을 계속 나눠 읽고 있다. 이따금 렌즈에서 나오는 홀로그램 정보도 읽는다. 니나는 불편한지 자세를 바꾸더니 다시 잠을 청한다. 남학생들은 떠들다가도 세 여학생이 움직일 때마다 힐끗 쳐다본다.

잠시 후 아라가 마지막으로 읽던 책을 덮고는 니나와 리브의 등을 치며

"매점 가자!"

하며 벌떡 일어난다.

"오케이!"

리브가 반사적으로 반응하며 책을 덮고 말한다. 니나는 잠이 덜 깬 듯 눈을 비비며 기지개를 길게 편다. 순간 남학생들과 여학생들이 모두 니나를 쳐다본다. 엎드려 있을 때는 제대로 보이지 않았지만, 기지개하는 니나의 팔다리가 늘씬하고 길다. 운동을 많이 한 듯 교복 사이로 복근이 살짝 보인다. 건강해 보이는 피부에 단발머리의 니나는 눈빛이 매서워 강렬한 인상이다. 리브와는 또 다른 매력이다.

아라는 금테 안경을 벗고는 지갑을 챙긴다. 안경을 벗은 아라의 눈이 빛난다. 도톰한 입술로 고무줄을 물고 있던 아라가 머리를 묶으려고 손으로 머리카락을 모은다. 그러고 물고 있던 고무줄로 머리를 묶는다. 소박해 보이지만 공부 잘하는 예쁜 모범생 같다.

세 여학생의 행동 하나하나에 반 학생들의 시선이 쏠린다. 그때,

"언니!"

하면서 예쁘장한 여학생이 교실로 들어온다. 남학생들의 시선이 그 여학생에게로 향한다.

"재다! 재네들 동생, 레나!"

1장 2절
신의 열매

남학생들과 여학생들은 레나가 리브에게 가서 안기는 걸 보며 흐뭇해한다. 레나는 초콜릿이 잔뜩 든 쇼핑백을 들며 자랑한다.

"내가 어제 말한 그 초콜릿이야! 내 친구가 남미 카카오 열매를 직접 구해 만들었다는!"

리브가 레나의 머리를 쓰다듬으며 미소 짓는다.

"와! 언니들 주려고 일부러 온 거야?"

리브는 레나가 너무 귀여운 듯 꼭 껴안고 얼굴을 비빈다. 레나와 리브는 비슷한 외모지만, 리브가 성숙한 얼굴이라면 레나는 귀여운 얼굴이다.

"같이 먹으려고 왔징!"

레나가 초콜릿을 한 개씩 꺼내며 리브에게 건네준 후 뒤에서 다가오는 아라와 니나에게도 건넨다.

"와!"

"맛있겠다!"

니나와 아라는 리브의 말투를 따라 하며 레나가 준 초콜릿을 먹는다.

그때 여기저기 긁히고 멍이 든 해든과 오웬이 서로를 부축하며 교실로 들어온다. 그들을 본 남학생들의 표정이 굳는다.

"오우! 우리의 아침을 해결해줄 레나의 인기! 고맙게 잘 먹겠습니다!"

해든이 절뚝거리며 레나에게 다가와 말한다.

"이거였구나! 진짜 카카오로 만들었다는 초콜릿!"

오웬도 해든 옆으로 다가와 레나의 쇼핑백을 보며 말한다.

"배고팠는데 잘됐다!"

두 남학생이 우악스럽게 초콜릿을 먹기 시작한다. 레나는 그런 해든과 오웬을 보며 고개를 절레절레 흔든다.

"밥도 안 먹고 새벽부터 나가더니 얼굴이 그 모양이네."

레나의 잔소리에 오웬이 먹던 초콜릿을 들며 말한다.

"난 세상에서 초콜릿이 제일 맛있더라."

"그러니까 말이야. 너 그거 알지? 카카오나무가 라틴어로 신의 음식이라는 뜻인 거."

해든이 오웬에게 말한다. 오웬은 고개를 끄덕이며 초콜릿을 입에 넣는다.

"완전 동의!"

입 주위에 초콜릿이 잔뜩 묻은 해든과 오웬은 좋다고 씩 웃는다. 그러다 맞은 부위가 아픈지 둘 다 멈칫하다 다시 웃으며 초콜릿을 먹는다. 그 모습을 보던 니나가 한숨을 쉰다.

"언제 철드냐? 학교도 곧 졸업하는 애가 뭐 하는 거야? 네가 형

노릇을 제대로 해야 얘가 말을 듣지."

니나는 잔소리를 하면서 손수건을 꺼내 해든과 오웬의 입 주위를 닦아준다. 마치 어린 남동생 둘을 혼내는 누나 같다.

"오늘이 내 학창 시절의 마지막 전투였어. 이전부터 한번 붙어보고 싶은 놈이 있었는데 마침 시비를 걸어서 전투한 거야. 이제 싸울 일도 없어. 얘도 내가 안 싸우면 그만 싸울 거고. 그렇지?"

해든이 오웬에게 윙크했고, 오웬도 동의하듯 끄덕인다.

"으이구! 저번에도 그런 소리 하더니만."

니나가 해든을 한 대 쥐어박으려 하자 해든이 피한다. 니나는 가소롭다는 듯이 계속해서 쥐어박으려고 한다. 그런 둘의 움직임이 보통 사람에 비해 상당히 빠르고 민첩하다.

레나는 한참 리브와 수다를 떨다 쇼핑백을 들고 교실에서 나가려고 한다.

"이따가 할아버지 오시니까 우리 다 같이 장보고 집에 함께 가자. 다른 약속 잡지 마."

리브가 나가는 레나에게 말한다.

"아, 맞다! 언니가 오늘 요리하는 거야?"

레나는 기분이 좋은 듯 묻는다. 리브가 미소 지으며 고개를 끄덕인다.

"야! 누나가 언제는 요리 안 했냐?"

오웬은 나가려는 레나의 쇼핑백에서 초콜릿 하나를 또 빼며 말한다. 레나가 그런 오웬을 쏘아보며 말한다.

"오늘은 그냥 요리가 아닌 거잖아. 언니가 직접 장을 봐서 하는 '특별요리'잖아, 바보야. 그리고 너 내 초콜릿 좀 그만 먹어. 나 먹으라고 준 걸 왜 네가 다 먹냐?"

오웬은 레나의 말을 무시한 채 쇼핑백을 뺏어서 초콜릿을 먹는다. 오웬 역시 사람이 낼 수 있는 속도치고는 꽤 빠르다.

"야!"

레나가 소리치며 오웬을 잡으려다 말고는 말한다.

"너희 교실로 안 갈 거야? 곧 수업 시작하는데?"

오웬은 해든 뒤로 가서 초콜릿을 먹으며 레나를 놀리는 표정을 짓는다. 레나는 화가 나지만 어쩔 수 없다는 듯 "칫!" 하더니, 언니들을 보며 금세 싱긋 웃으며 손을 흔든다.

"그럼 수업 끝나고 여기로 올게!"

레나가 나가고 해든은 초콜릿을 삼키다 기침을 한다.

"오늘 오시는 날이었어? 다음 주 아니었나?"

오웬 역시 걱정스럽게 해든을 쳐다보며 자신의 퉁퉁 부은 얼굴을 만진다.

"형……."

해든은 자신을 부르는 오웬을 보다 말고 다급하게 리브를 붙잡는다.

"야! 우리 얼굴 상처! 이것 좀 어떻게 해줘 봐!"

매점을 가려던 니나가 해든의 뒤통수를 치며 화를 낸다.

"그러니까 왜 쌈박질을 하고 난리야!"

해든은 뒤통수를 감싸고 억울하다는 듯 니나를 쳐다본다.

"아, 상처 더 나면 어떡하려고 그래!"

니나는 그런 해든의 뒤통수를 한 번 더 치며

"넌 더 맞아야 해. 쟤 얼굴까지도 저렇게 만드냐?"

라는 말과 함께 오웬을 쳐다본다. 오웬은 니나를 보고는 흠칫 놀라 고개를 돌려 아무것도 모른 척 초콜릿을 먹는다. 리브는 가방에서 조그마한 구급 약품함을 꺼낸다.

"대박."

리브의 말에 해든과 오웬이 앉고 리브는 그들의 얼굴에 발라줄 연고와 밴드를 꺼낸다.

"어휴, 이런 것들은 도와주지 마. 그냥 박사님한테 된통 혼나야 해."

니나가 투덜대며 자기 자리로 가서 앉는다.

"나 배고픈데 매점도 못 가고."

그러고는 책상에 엎드린다. 리브는 다시 가방에 손을 넣어 호밀 샌드위치를 꺼내 니나에게 건네준다.

"이거 우선 먹고 있어. 다음 수업 끝나고 매점 가자."

니나는 엎드린 상태에서 리브에게 고개를 돌린 후 아무 말 없이 일어나 샌드위치를 먹기 시작한다. 아라 역시 아무 말 없이 다시 책상으로 와 앉은 후 안경을 쓰고 가방에 지갑을 넣는다. 그러고는 미니 모니터와 미니 키보드를 꺼내 서로 연결하고는 열심히 무엇인가를 입력하기 시작한다. 리브는 자신의 가방에 다시 손을 넣어 또 다른 호밀 샌드위치를 꺼내 뒤도 돌아보지 않고 익숙한 듯 바로 아라의 입에 넣어준다. 아라 역시 익숙한 듯 받아먹는다. 늘 있던 일인 듯 세 사람의 행동이 자연스럽다.

리브는 연고를 손가락에 묻혀 해든과 오웬의 얼굴에 발라준다. 해든과 오웬은 어린아이처럼 좋은 듯 편안한 표정으로 눈을 감고 있다. 리브의 손가락이 상처 끝에 닿으면 엄살을 피우기도 한다.

창가에서 따스하게 느껴지는 햇살과 함께 이 아이들의 모습이 지금 이 공간을 편안한 안식처로 만들어주는 듯하다.

*

그 시각, 선우민과 서 집사는 시끄럽고 분주한 재래시장의 반대편에 있는 조용한 커피숍에서 이야기를 나누고 있다.

2장 1절
창조주

서 집사는 선우민에게 최 박사의 계획을 설명하는 중이다. 이미 알고 있는 내용을 수십 번 들은 표정으로 앉아 있던 선우민은 열심히 자신을 설득하는 서 집사를 보다가 커피를 마신다. 서 집사의 이야기가 끝나자 커피잔을 내려놓으며 조심스레 입을 뗀다.

"제안은 고맙지만 아무래도 나는 제자들과 함께해야 할 것 같아."

서 집사는 다급해진다. 유엔에서 보여준 침착함은 사라진 지 오래다.

"자네가 있다면 정말 큰 도움이 될 거야. 박사님의 계획대로 아무 탈 없이 완성될지도 몰라."

서 집사의 급한 마음을 읽었는지 선우민은 씁쓸히 미소 짓는다.

"내 아들이나 잘 맡아줘. 그 녀석, 아직은 잘 모르겠지만 나보다 훨씬 더 강해질 수 있을 거야."

"자네 아들 역시 박사님의 계획에서 아주 중요한 역할을 맡고 있어. 하지만 자네보다 강해지는 것과는 별개의 일이야."

다시 침착해진 서 집사는 심호흡을 한 번 하고 차를 마신다. 그러나 여전히 불안한지 약간의 떨림이 느껴진다. 선우민은 조용히 고개를 떨어뜨린다.

"그래. 최 박사가 그 계획에 아주 진지하다는 건 알겠어. 하지만 자네라면 내 아들의 잠재력을 나보다 잘 이끌어낼 수 있을 거야. 지금의 자네나 나의 어빌리스Abilis와는 차원이 다른 능력이 녀석에게 결국 나타날 테니까."

"자네가 같이 있어야지. 나 혼자서는 무리야. 박사님은 계획에 반드시 자네가 함께하기를 바라신다고. 오늘 자네와 만난다니까 내색은 안 하셨지만 꽤 좋아하는 걸 느꼈어. 자네가 거절할 것을 알면서도 일말의 희망을 갖고 계신다니까. 인류를 위한 것이지 않나. 그만 화 풀고 돌아오게."

선우민은 서 집사의 간절한 눈빛을 보다가 천천히 창밖을 바라본다. 평범한 일상을 사는 사람들과 그러한 세상을 바라보며 이 모든 것을 지키고 싶다는 마음에 눈빛이 흔들린다. 서 집사는 지금이 기회인 양 한 번 더 반복한다.

"자네도 지금 그렇잖아. 난 느껴져. 자네가 얼마나 이 세상의 평화를 원하고 있는지."

그 말에 선우민의 시선이 천천히 창밖에서 자신의 두 손으로 그리고 찻잔으로 간 후 서 집사로 향한다.

"최 박사는 자신의 모든 프로젝트를 언제부턴가 계획이라고 부르더군. 이전에는 사명이라는 단어를 썼던 것 같은데. 뭐, 이제는 최 박사도 어쩔 수가 없겠지. 자신이 이해 못 하는 단계까지 다다

랐으니까. 아니, 정확히는 현실의 벽에 부딪힌 거겠지. 계획은 자기 뜻대로 할 수 있어도 실행은 자기 뜻대로 못 한다는 것을…… 이제 깨달았겠지."

선우민의 말에 서 집사의 표정이 불안해 보인다. 선우민은 말을 이어간다.

"난 말이지…… 도저히 그 양반과 함께할 수가 없어. 자네도 알잖아. 최 박사의 계획이 결국 너무나 두려운 결과를 초래할 수 있다는 것을. 무슨 생각을 하고 사는지 도저히 상상도 할 수 없으니까. 어빌리스도 통하지 않는 것이 최 박사의 생각이야. 우주 공간처럼 끝이 없는 것 같아. 마치 신의 경지에 오른 듯 모르는 것이 없는 것처럼……. 나는 그 점이 무섭고 위험해 보여. 인간이 신, 즉 창조주가 되려고 한다면 반드시 멸망하게 돼 있어. 그 양반은 끊임없이 연구하며 인류가 해결 못 하는 모든 일에 대한 해결책을 찾은 듯 계획을 짜고 주위 사람들에게 전파하지. 보이지 않는 그물을 던져 한 마리씩 낚는 어부처럼 말이야."

"메시Mesh를 말하는 건가?"

서 집사의 말에 선우민이 고개를 끄덕인다.

"그래. 최 박사에게 매료되어 자발적으로 동참하는 사람들이 생기지. 물론 나처럼 반대하는 사람도 있지만……."

선우민은 말을 맺지 않고 서 집사를 본다.

"나처럼 극단적인 상황까지 가야 최 박사에게서 빠져나올 수 있지……."

"자네가 미지의 세계에 대해 말을 해주지 않으니 우리로선 어떻게 하겠나?"

서 집사가 묻지만 선우민은 무엇인가 기억났다는 듯 바로 이어 묻는다.

"마이크롭 프로젝트Microbe Project 이후 최 박사가 몇 년 동안 사라진 적이 있지?"

서 집사는 기억난다는 듯 조용히 끄덕인다.

"미생물 프로젝트 말이지?"

"그래. 그때 우리가 함께 진행했던 미생물 프로젝트를 비롯한 다른 프로젝트를 다 통틀어 나사NASA에서는 크리처 프로젝트Creature Project라고 불렀다네."

"음, 그렇군. 박사님은 프로젝트 실패 후 휴식을 가지겠다면서 임시벙커를 지으셨어. 그 안에 들어가서 아무도 만나지 않고 몇 년 동안 연구에만 집중하셨고."

"자네는 그 벙커 안에서 최 박사가 무슨 일을 했는지 모르고?"

"움스크린Womb Screen을 업그레이드하셨지. 그 외에는 별다른 이야기를 하지 않으셨어. 자네도 알다시피 그 벙커를 토대로 이후에 아이들을 위한 벙커를 만들었고."

서 집사는 선우민이 이런 이야기를 꺼낸 이유가 궁금한 듯 이제 가만히 선우민의 다음 말을 기다린다. 선우민은 커피잔을 쳐다보다 다시 말한다.

"박 여단장의 말로는 미생물 프로젝트 때 함께 수행한 군인들이 프로젝트 실패 후, 군대를 떠나 자원해서 다시 최 박사와 함께 임시벙커에 들어갔다고 했어. 그런데 그 후로 그들 모두 행방불명이 되었다는 거야. 자네도 알지 않는가? 박 여단장 밑에 있던 군인들은 애초부터 모두가 직업군인으로 산다고 맹세했던 사람들이었어.

그런 그들이 군대를 떠난 것도 그렇지만 다시 최 박사의 개인 프로젝트를 위해 자진해서 벙커로 따라 들어간 것도 이상해. 그런데 더 이상한 사실은 군인들이 행방불명된 그 사건이 모두 은폐되었다는 거야. 박 여단장 역시 그들의 행방을 찾았지만 아무도 못 찾았다고 하더군. 그들은 가족도 없고 별다른 친구도 없었더군."

서 집사는 다시 침착하게 경청한다. 선우민이 계속 말한다.

"내 기억으로 그 벙커에서 나온 후 최 박사가 본격적으로 아이들의 존재를 사람들에게 알리기 시작했어. 당시에 박 여단장이 오늘 자네가 말해준 최 박사의 계획도 얘기해주었지. 처음 듣긴 했지만 기시감이 드는 계획이었어. 최 박사가 이전에도 했던 얘기였으니까……."

말끝을 흐리는 선우민에 이어 서 집사가 바로 답한다.

"그래. 박사님께서 나더러 긴 휴가를 갔다 오라 하셨지. 몇 년이 지나 연락이 왔는데 이미 본격적으로 아이들의 생식세포와 유전체를 비롯해 다양한 분석을 시작했더군. 자네 아들을 따로 만나신 것도 그즈음일 거야. 그리고 어빌리스를 이용한 무기 개발도 다시 시작하셨지. 박사님은 이 모든 준비를 하면서 다가올 미래에 우리 인류가 확실한 대비책을 가지고 있어야 한다고 하셨어. 준비가 모두 끝나면 벙커에서 연구한 모든 계획을 선보이겠다는 말과 함께……."

"최 박사가 하는 말은 우리와 달리 강한 책임이 요구돼. 그래서 늘 말을 조심해야 하는데, 그 양반도 그걸 누구보다 잘 안다고. 최 박사의 말을 깊이 신뢰하는 사람들이 많아. 그런 위치에 있다면 말을 더 아끼고 조심해야 하는데……."

"최 박사님의 계획은 그냥 하는 말이 아닐 거야. 철저히 오랫동안 차근차근 준비한 결과일 거야."

그 말에 선우민이 고개를 젓는다.

"유엔이나 나사도 그렇고 다른 큰 단체에서 반대하는 게 당연해. 그들이 보기에도 최 박사의 영향력이 너무 커졌어. 그러한 힘을 최 박사 한 사람에게만 주기에는 너무 위험하다는 게 나로서도 동의하는 부분이라네. 그렇다고 최 박사가 멈출 사람이 아니지. 창조주의 위치까지 올라갈 수 있는 걸 마다할 사람이 아니라고. 올바른 사람이 리더의 위치에 오르면 잘할 수도 있겠지. 독재를 한다 해도 올바른 리더여서 모든 사람이 만족한다면 괜찮을지도 몰라. 하지만 독재자가 '인간'이라는 점이 가장 큰 문제인 셈이지. 아무리 올바른 삶을 사는 독재자도 계속되는 힘을 가지고 있다면 언젠가 악해지기 마련이거든. 인간은 신의 힘을 가져서는 안 돼."

"박사님은 늘 자신의 목숨보다 일을 더 중요하게 생각하지 않았나?"

"그래서 우리 친구들을 모두 잃지 않았나? 최 박사는 자신의 목숨조차 대수롭지 않게 생각한다는 게 문제야. 그래서 나는 최 박사의 계획에 동참할 수 없다네. 하지만 아무리 고민해봐도 최 박사의 계획 말고는 다가올 미래에 도무지 내가 할 수 있는 게 없어. 할 수 없이 내 아들을 최 박사에게 맡긴다고 한 것이 나의 소심한 반항이지. 나는…… 두 번 다시 최 박사를 보고 싶지 않아."

서 집사가 차를 마시려다 묻는다.

"여전히 자네 아내와 그 친구가 그렇게 된 게 박사님 탓이라고 생각하는가?"

선우민은 아무 대답 없이 창밖을 응시한다. 그러다 말한다.

"지금 돌이켜보면 최 박사가 왜 그렇게밖에 할 수 없었는지 조금은 이해할 것 같아. 그래도 난 최 박사를 용서하지 않을 거야. 인간에게는 영혼이 있으니까 인간의 몸뚱이는 결국 소용없을 거라고? 인간에게는 보이는 것보다 보이지 않는 것이 더 중요하다고? 죽은 사람 앞에서 할 소리로는 너무 잔인하지 않은가? 심지어 자기 아들 내외가 행방불명되었는데도 그냥 넘어가지 않았는가?"

서 집사는 씁쓸한 웃음을 지으며 찻잔만 만지작거린다.

"우리가 박사님의 생각을 다 알 수는 없겠지. 다 말해준다 해도 우리는 이해하지 못할 걸세."

선우민은 서 집사의 말에 고개를 끄덕이며 커피잔을 만지작거린다.

두 사람은 쓸쓸히 비치는 햇살 아래서 잔을 조용히 들어 입으로 가져간다. 그리고 한동안 아무 말 없이 창밖으로 지나가는 사람들을 구경한다. 카페에는 두 사람 말고는 없다. 마치 두 사람의 대화를 위해 문을 닫아놓은 듯, 사람들이 방해하지 않으려는 듯, 카페에 들이치는 햇살만 두 사람을 비추고 있다. 둘은 카페에 걸린 그림을 아무 말 없이 쳐다본다.

3장 1절

첫 만남

그 시각, 재래시장에서는 리브와 아이들이 장을 보는 데 열중이다. 다양한 요리를 준비하려는 듯 리브는 꼼꼼히 재료들을 살펴보고 레나는 옆에서 리브가 사려는 재료의 목록을 계속 훑어보면서 체크 중이다. 니나, 해든, 오웬은 이미 채워진 바구니를 든 채 서로 떠들며 시장을 구경 중이다. 아라는 안경을 쓴 채 소형 기계로 재료의 신선도를 확인하며 구입한 재료로 만들 수 있는 음식을 검색 중이다. 야채와 고기를 이용한 수육, 스키야키, 샤브샤브에 필요한 재료와 각종 견과류, 바닷가재를 이용한 요리들 그리고 킹크랩, 대하, 광어, 고등어, 청어, 연어, 철갑상어, 왕새우, 가리비, 굴 등 다양한 해산물 재료를 살펴본다. 어떤 음식이 콜레스테롤을 낮춰주며 양이 얼마나 되어야 맛과 건강에 적절한지 다양한 자료를 찾아 정리한다.

이 많은 재료는 아라가 개발한 장바구니에 차곡차곡 쌓여간다. 니나는 마치 아령으로 운동하듯이 장바구니를 올렸다 내렸다 하기를 반복한다. 해든과 오웬도 함께 들어주지만, 그들은 구경하며 간식거리를 사 먹기 바쁘다.

같은 길 반대편에서는 선우필이 혼자 어리바리한 모습으로 장을 보고 있다. 손으로 갈겨쓴 구겨진 종잇조각을 확인하며 엉성하게 펜으로 음식 재료를 다 샀는지 표시하며 돌아다닌다. 양손 봉지에 가득 담긴 재료들을 힘겹게 든 채 종이를 어디에 대고 쓰고 싶지만 마땅한 곳을 못 찾아 그냥 펜으로 표시하려다 종이에 구멍이 난다. 선우필은 당황하며 자신이 뭐라고 썼는지 종이를 들여다보려다 그만 봉지에 담긴 음식 재료들을 쏟아버린다. 그 과정에서 종이가 다 찢어진다. 선우필이 쏟아진 음식 재료들을 담으려 구부려 앉고 그 뒤편으로는 아침에 싸움을 벌였던 민수와 급우들의 모습이 보인다. 민수의 얼굴은 상처투성이고 함께 다니는 급우들의 얼굴은 더 엉망이다. 온 얼굴에 붕대를 두른 녀석도 있고 팔을 다친 듯 깁스를 한 녀석도 있다. 모두가 자신의 상처가 자랑스러운 듯 허세를 부리며 시장을 누빈다. 주변 상인들이 인상을 찌푸리지만 뭐라 하지 못한다. 마치 시장을 장악한 무리처럼 활개 치며 돌아다닌다.

쏟아진 재료들을 다 담은 선우필이 일어나다가 몇 걸음 앞에서 장을 보고 있는 리브를 보게 된다. 첫눈에 반한 듯 리브를 뚫어지게 쳐다보던 선우필은 가만히 얼어붙어 있다. 리브와 레나는 수다를 떨며 자연스레 선우필이 있는 곳으로 향해 걸어온다. 니나는 한 손으로 장바구니를 든 채 운동 중이고 다른 손으로는 열심히 휴대용 모니터를 보고 있는 아라가 넘어지지 않게 잡아주며 리브 뒤를 따라가고 있다. 선우필은 마치 깊은 내면에 숨겼던 감정이 떠오르듯 그들을 넋 놓고 쳐다보다 홀린 듯 리브를 향해 걸어간다.

선우필과 리브의 거리가 좁혀지면서 한자리에 함께 선다. 그때 뒤에 있던 해든이 선우필의 앞을 가로막는다.

"뭐야, 넌?"

그때 멀리서 선우필과 해든을 발견한 민수가 일부러 큰 소리로 부른다.

"어이! 아직 우리 안 끝난 거 알지?"

민수와 급우들은 해든이 있는 곳으로 시비조로 걸어온다. 해든이 그런 그들을 쳐다보자 급우들이 움찔한다. 그러자 민수는 급우들에게 쫄지 말라는 눈치를 주며 따라오라는 제스처를 한다. 급우들은 민수의 눈치를 보며 주위 사람들을 의식하듯 둘러보다 다시 허세를 부리며 민수를 따라간다.

리브에게 선우필이 말을 걸려고 한 발자국 더 앞으로 다가가자 리브는 놀란 듯 물러선다. 니나가 뒤에서 선우필이 이상한 사람인 줄 알고 긴장한 듯 주먹을 쥔다. 해든은 그런 선우필을 밀친다.

"넌 뭐냐니까!"

해든이 밀치자 선우필은 맥없이 넘어진다. 그가 해든을 쳐다보며 당황해한다. 마치 자기가 뭘 잘못했냐는 듯한 표정이다. 그러고 다시 일어서야 하나 아니면 그대로 앉아 있어야 하나 고민하며 갈피를 못 잡다가 자신을 쳐다보고 있는 리브와 눈이 마주친다. 그러다 안정을 되찾은 듯 다시 리브를 뚫어지게 쳐다본다. 그때 민수가 나서서 선우필을 일으켜 세운다.

"어? 선우필? 괜찮아? 장보러 왔구나."

민수는 해든을 째려본다.

"야! 너 왜 내 친구 건드려!"

해든은 민수를 보며 짜증 난다는 듯 탄식한다.

"아 저 새끼는 진짜 말끝마다 친구 친구 거려? 무슨 친구라는 단어에 목숨 걸었냐? 다 지 친구래."

해든은 민수와 뒤의 급우들을 보며 말한다. 하지만 민수와 그의 급우 무리는 여자아이들을 멍하니 보고 있다.

"쟤네구나……."

"실제로 보니까 진짜 예쁘네……."

수군대는 민수와 급우들을 보던 해든이 어이없어 하며 리브 앞을 가로막는다.

"저 조무래기들은 여기에는 왜 또 온 거야? 도대체 얼마나 더 맞아야 정신 차릴 거냐?"

리브 앞을 가로막은 해든을 보며 민수와 급우들은 깊은 짜증을 낸다.

"야! 비켜! 재수 없게 왜 앞을 가리고 난리야! 맞긴 누가 맞았다는 거야? 어디서 깝죽대?"

민수와 친구들은 리브와 다른 여자아이들을 보려는 듯 고개를 이리저리 돌리다 해든이 계속 가로막자 화나서 싸울 자세를 취한다. 민수는 손을 풀기 시작하고 해든과 오웬 역시 싸울 자세를 잡고 주먹을 쥐었다 폈다 하며 고개를 양옆으로 끄덕거린다. 다시 싸움이 벌어질 것 같은 긴장감이 흐른다. 갑자기 민수가 해든에게 주먹을 날리는데 뒤에서 니나가 나타나 해든을 붙잡는 동시에 날아오는 민수의 주먹을 다른 손으로 막으면서 민수의 다리를 걸어 넘어트린다. 민수는 땅바닥에 그대로 꼬꾸라진다. 너무 순식간에 벌어진 일이라 민수의 친구들은 어안이 벙벙한 채 쳐다보기만 한다.

"오, 빠르다. 안 보였어."

"쟤야 쟤. 실제 저 학교 리더. 겁나 섹시하다는 그 애야."

"몸매 죽인다. 완전 내 스타일이야."

쓰러진 민수를 뒤로하고 친구들은 저마다 니나에 대해 한마디씩 한다. 니나는 어이없다는 듯 그들을 쳐다보다 여자아이들에게 가자고 한다.

선우필은 여전히 리브에게서 눈을 떼지 못한다. 자신을 지나치는 리브를 뚫어지게 쳐다본다. 레나와 아라는 그런 선우필이 웃긴지 피식대면서 지나간다. 니나는 씩씩대는 해든과 오웬을 붙잡고 역시나 선우필을 무시하며 지나간다. 해든은 끌려가다가 발버둥을 쳐 니나에게서 떨어진다.

"아, 쟤네들이 먼저 시비를 건 거잖아!"

말은 그렇게 하지만 니나가 다시 붙잡자 못 당한다는 듯 끌려간다. 다시 투정을 부리려다 니나가 째려보자 조용히 간다. 그 뒤로 오웬도 맥없이 따라간다. 그 와중에 니나는 리브에게서 눈을 못 떼는 선우필을 힐끔 쳐다본다. 어디서 본 것 같다. 그때 쓰러져 있던 민수가 일어나 니나에게 달려든다.

"이게 감히!"

꽤 빠른 속도로 공격하지만 결과는 같다. 순식간에 제압당한 민수가 다시 주먹을 휘두르지만 니나는 가뿐히 몸을 숙여 피하더니 팔꿈치로 민수의 갈비뼈 부분을 툭 친다. 민수는 아무 말도 못 하고 부들부들 떨다가 쓰러진다. 숨이 안 쉬어지는지 입에서 끈적한 침이 떨어진다. 쓰러진 민수는 고통스러워하며 어떻게든 일어나려

하지만 몸이 말을 듣지 않는다. 해든이 그런 민수를 안타깝게 쳐다본다.

"그냥 그러고 있어. 너 괜히 잘못 나서면 애한테 진짜 죽을지도 몰라."

그러고는 니나를 따라간다. 친구들이 민수를 일으켜 세우려 하지만 너무 아픈지 갈비뼈를 부여잡은 채 내버려 두라고 한다.

하지만 선우필은 여전히 리브를 하염없이 보고 있다.

3장 2절

그 아버지에 그 아들

민수를 비롯해 많은 제자가 선우민의 도장에서 다양한 격투 훈련을 하고 있다. 민수는 아직 서툴지만 보통의 사람보다 날렵하다. 제자들이 서로 겨루기하는 것을 지켜보며 선우민은 그때마다 필요한 지도를 한다. 그리고 구석에서 민수와 선우필이 함께 겨루기 훈련을 하며 서로를 격려해주는 모습을 지켜본다. 민수는 스피드나 파워 등 모든 신체적 면에서 선우필을 압도한다. 아까 니나에게 맥없이 당한 모습과는 다르게 움직임이 뛰어나 선우필을 단 몇 합에 쓰러트린다. 쓰러진 선우필은 민수의 빠른 역습에 감탄하며 쳐다본다.

"야…… 너 대단하다. 아까보다 세진 것 같아. 방금 내가 분명 피했다고 생각했는데 그대로 넘어가 버리네."

선우필은 일어날 생각을 하지 않고 민수의 실력에 감탄만 한다. 민수는 아까 니나에게 당한 것이 분한 듯 씩씩거리며 말한다.

"아까 그 계집애 때문에…… 아, 열받아. 너도 알지? 내가 진짜로 싸우면 그 해든인가 뭔가 하는 놈하고 그 계집애쯤은 한 방에 날리는 거?"

분이 안 풀린 듯 헥헥 거리며 대답을 기다리지만 선우필은 아무 말 없이 미소를 지어준다. 민수는 무안한 듯 선우필을 일으켜 세워준다.

"너도 더 세질 수 있어. 자신 있게 주먹과 발을 더 뻗어봐. 조금만 더 해보면 한 판 정도는 날 이길 수 있을 것 같은데……."

"널 어떻게 이겨? 네 주먹이나 발차기가 전혀 보이질 않는데……. 넌 너무 빨라."

"보이는데 네가 안 피한 거 아니야? 내 생각에 너는 자신감이 필요한 것 같아. 아까 그 해든인가 뭔가가 널 밀쳤을 때 네가 자신감을 가지고 공격했으면 분명 걔네를 쓰러트렸을 텐데. 나도 뒤에 있었고 말이야. 너는 이상하게 오기는 있는데 막상 상황이 닥치면 자신감이 떨어져서 그런지 너무 허무하게 당하는 것 같단 말이야. 이전에도 그랬잖아."

민수의 말에 기억난다는 듯 고개를 끄덕인다. 민수는 선우필의 도복을 고쳐주며 말한다.

"다시 해보자. 내가 이렇게 공격할 때 네가 이런 식으로 막고 동시에 공격해보란 말이야."

민수는 시범을 보이듯 손으로 막은 후 공격하는 시늉을 한다. 선우필 역시 민수의 자세를 따라 해본다. 두 사람은 다시 겨루기를 한다. 지켜보던 선우민은 흐뭇한 듯 미소를 짓지만 씁쓸함과 슬픈 감정도 보인다.

저녁이 되고 모든 제자가 도장을 나간다. '철과치'라고 쓰인 간판을 닦으며 마지막으로 나가는 제자들과 인사한 선우민이 도장 문을 닫는다. 선우필은 샤워를 마친 후 머리도 말리지 않은 채 아까 장을 본 재료를 꺼내 저녁 준비를 한다. 선우민은 뒷정리를 마저 한다. 그런 아버지를 보며 선우필은 말한다.

"아빠, 민수는 진짜 대단한 것 같아. 리더십도 있고 학교에서 애들한테 잘해. 그런데 무술 실력이 좋으니까 다른 학교에서 우리 학교 애들 괴롭히면 막 나서서 도와주고 그래. 아까도 봤지? 스피드가 장난 아니야."

"그래, 민수는 내 제자 중에서 가장 가능성이 큰 것 같다. 남을 배려할 줄도 알고. 여자 무시하는 말버릇만 고치면 아주 훌륭한 인재가 될 재목이지."

선우필이 고개를 끄덕이며 밥상을 차린다. 그런 아들을 보며 청소를 하던 선우민이 조용히 다시 말한다.

"너는? 그런 친구를 옆에 두면 자극받지 않아? 너도 강해질수록 남을 배려하는 자세를 몸에 익혀야 돼."

아들은 아버지의 말에 고개를 절레절레 흔들며 피식거린다.

"왜 피식거려?"

"난 아니라니까. 배려야 늘 노력하지만, 아빠나 민수처럼 강해지는 건 힘들 것 같아. 난 일찌감치 포기함."

"나중에 한 가정의 가장이 될 녀석이 벌써 그런 마음을 갖고 있으면 어쩌나? 마음의 결단이 가장 중요한데 말이야. '할 수 있다. 책임을 갖고 일을 성사시킬 것이다.' 이런 마음가짐을 가지고 결단력을 키워야지 어떤 일이 닥쳐도 헤쳐나갈 수 있어."

"에이, 뭔 말이야. 나 같은 애가 무슨 가장이야. 아빠가 이렇게 버젓이 살아 있는데. 아빠는 날이 갈수록 더 강해지고 있잖아. 그런 건 아무한테나 주어지는 능력이 아니야. 그런 아빠가 날 지켜주면 되지. 세계 최고의 무술인이라는 타이틀이 아무한테나 있나? 난 결단력이라든지, 책임 이런 건 아직 잘 모르겠어. 나 자신을 지키는 것도 남의 도움을 받아야 할 판인데 뭐. 나중에 아빠 매니저 하면서 살까도 생각 중이야. 아빠가 하는 일이 워낙 많으니까 나같이 듬직한 비서를 둬야 일이 잘 풀리지 않겠어? 내가 이번에 확실히 깨달은 게 아빠하고는 다르게 내가 잘하는 일 하나만 잘 찾아서 한 우물만 파면서 그렇게 살아야겠다는 거야."

"요즘 애 같지 않게 희한한 생각을 하네. 이 아비 매니저 하면서 비서로 사는 게 뭐가 좋아?"

"다른 사람도 아니고 아빠니까 그렇지. 나는 아빠하고 있을 때가 가장 좋고 나답고 뭔가 잘 해내는 것 같단 말이지. 파야 할 우물을 잘 발견한 거잖아. 이거 잘 생각해보면 대단한 일이야."

선우필은 자신이 대단한 걸 발견했다는 듯 고개를 끄덕인다. 아버지는 어이없다는 듯 아들을 쳐다보며 웃는다.

"뭐 요즘 세상이 자기 일만 하면서 사는 것만으로는 먹고살기 힘드니까 부모 세대가 미리 해놓은 일을 자식이 함께 도우며 사는 것도 방법이겠지. 그런데 말이야……."

선우민은 청소를 멈추고 아들을 쳐다보며 말한다.

"네 생각처럼 한 우물만 파는 인생을 사는 게 좋을 수도 있어. 하지만 인생에 어떠한 문제가 닥칠지 모르니까 우리는 살면서 다양한 일과 경험을 하고 여러 우물을 파보면서 능력을 다양하게 넓혀가야 해. 예전에야 한 가지 일에 집중해야 한다는 인식이 강해서 그랬지 이제는 그런 세상이 아니란 말이야. 내가 제자들에게 격투뿐만 아니라 여러 분야를 공부시키고 학업에 특히 집중하게 하는 이유이기도 해. 사람은 체력을 계속 훈련해야 하지만 머리도 계속 훈련하는 버릇을 들여야 해. 체력과 두뇌를 반복적으로 훈련하는 거지. 고루고루 균형 잡힌 삶을 만들어야 해. 체력, 지식의 다양함, 살아가는 삶의 폭. 지금처럼 정보가 넘쳐나는 시대에 우리 인간은 수많은 일을 한 번에 해내야 하지. 그래서 매 순간 늘 생각을 할 줄 아는 능력을 키워야 하는 거야."

선우필은 수천 번 들은 내용이라는 듯 멍한 표정으로 말한다.

"아빠, 지금 또 인간은 하나만 잘하는 존재가 아닌 다양한 일을 잘하는 생명체다라는 강의 시작하려는 거지? 내가 말했잖아. 그렇게 할 수 있는 사람은 극히 드물다니까. 아빠가 그런다고 다른 사람도 그러라는 법이 어디 있어?"

"사람은 본능적으로 다양한 일을 하고 싶어 하고 그렇게 하게 되어 있어. 언제부터 세상이 한 가지 일에 몰두하는 걸 원하는 사회가 됐는지 모르지만, 인간은 원래 그런 생명체가 아니야. 한 가지 일에만 몰두하는 사람은 애초부터 없었어. 밥 먹을 때도 여러 음식을 골고루 먹어야 건강한 것처럼 일도 골고루 할 줄 알아야 해. 조금만 더 시간을 내서 부지런히 해보면 여러 분야에서 전문가가 될 수 있다는 거지."

"잘못하다가는 낙심할 수도 있지."

"그래서 우리 인간 몸에 붙어 있는 신경을 최고치로 쓰는 훈련을 매일 하라는 거야. 너에게는 무궁무진한 잠재력이 내재되어 있어. 그걸 발휘할 수 있는 것이 바로 꾸준함이야. 살면서 내재된 잠재력을 다 발휘하지 않으면 무슨 의미가 있겠니? 꾸준히 훈련해야만 너의 잠재력이 나오는 거야."

선우민의 말에 선우필은 한숨을 푹 쉰다.

"어휴, 결국 또 그놈의 어빌리스 얘기야. 알았어요, 알았어. 당연히 뭐든 잘할 수 있다면 좋겠지만 나같이 평범하게 하나만 하고 싶은 사람도 있어야 할 거 아니야. 아빠 말대로 세상이 균형 잡히려면 지금 같은 세상에서는 평범함이 좋을 수도 있잖아. 내가 아빠처럼 여러 일을 잘해보려다 괜히 튀어 보여서 애들한테 맞은 거 몰라? 피곤하다 이거야, 그런 사람들 상대하기가. 못해도 못한 척, 잘해도 못한 척. 이렇게 사는 게 제일 마음 편해. 그러다가 아내 만나 토끼 같은 애들 키우고 회사 다니고 그러는 삶 있잖아? 이런 사람도 있어야 하는 거야. 얼마나 좋아."

조금도 지지 않으려는 아들의 말을 가만히 듣던 선우민은 아무 말 없이 쳐다본다. 선우필은 자신의 손가락에 묻은 소스를 한 번 쪽 빨고 밥상을 마저 차린다. 아버지는 씁쓸한 미소와 함께 혼잣말로 중얼거린다.

"그래. 지금은 평범하게 사는 게 좋을지 모르지. 삶이 허락만 해준다면."

아들이 아버지의 혼잣말을 들은 듯 씨익 웃는다. 그러다 무슨 생각이 난 듯 손뼉을 한 번 치며 말한다.

"아! 근데 내 아내는 좀 운명처럼 멋있게 만나고 싶긴 하더라. 그리고 결혼생활은 평범하게 하고 싶고. 엄마 아빠하고는 정반대로 말이지."

아들이 엄마 얘기를 꺼내자 선우민은 흥미롭게 쳐다본다.

"오호라, 최근에 누구 만났어?"

그런 아버지의 말에 아들은 화들짝 놀란다.

"어떻게 알았어?"

아들의 과민반응에 선우민은 미소 짓는다.

"넌 참 단순해서 좋겠다."

저녁 식사를 차리던 아들이 아버지를 쳐다본다.

"응? 뭐가?"

선우민은 아들의 어리바리한 표정을 보다가 말한다.

"저녁은 내가 마저 알아서 할 테니까 너는 지금 최 박사님 댁에 가서 저녁 먹고 와."

선우필이 무슨 말이냐는 듯 아버지를 쳐다본다.

"엥? 박사님 오셨어?"

"그래. 오늘 도착하셨다고 하더라. 너도 이제 진학해야 하고, 네 생각처럼 평범하게 살려면 박사님한테 이것저것 물어봐야겠지? 안부 인사도 할 겸 지금 다녀와. 안 본 지 꽤 오래됐잖아?"

"응. 그렇지. 하긴 뭐 나 학교 잘 마무리한 것도 박사님 덕분이지. 짧은 인맥에 그런 분이 주위에 있는 것도 신기하고."

"그리고 오늘 박사님 집에 가면 아이들도 만날 거다. 걔네들하고도 잘 좀 지내봐."

"아, 맞아. 박사님 아이들이 있었지? 오늘도 걔네 자랑하시려나? 만날 때마다 하도 자랑하셔서 못 봐도 누군지 다 알겠네, 정말."

"너 어릴 때 한 번 봤는데?"

"모르지 당연히. 기억 안 나지, 어릴 때면. 근데 걔네가 이 근방에서 엄청 유명하대. 물론 이 모든 건 다 박사님의 입을 통해 들었지만.”

“사실이야. 다들 수재이기도 하고. 박사님이 개발한 기계로 나온 아이들이니까 다른 아이들에 비해 더 특별한 것 같기도 해. 너하고 비슷한 또래니까 같이 잘 어울려봐. 서로 도울 게 있으면 돕고.”

“엄청나게 부담스러운데? 날 끼워줄까? 안 그래도 친구 없는 나에게 그런 특별한 아이들이 끼워주겠어?”

아버지는 아들의 푸념에 아무 말 없이 미소 짓는다. 자기 아들이지만 씁쓸하다. 선우필은 한숨을 또 푹 쉬며 말한다.

“알았어. 뭐 어쩌겠어. 아빠 혼자 밥 먹어도 돼?”

“그래. 내 걱정은 하지 말고 다녀와.”

아버지는 일어나더니 옷걸이에 걸린 재킷에서 오토바이 열쇠를 꺼내 아들에게 던진다.

“특별히 빌려준다. 조심해서 타.”

“오!”

열쇠를 받고 선우필이 좋아한다.

“다녀올게!”

선우필은 오토바이를 타고 나가며 도장 앞에서 자신을 바라보는 아버지를 본다. 오토바이 사이드미러로 보이는 아버지의 모습이 쓸쓸해 보인다. 선우필은 아버지 앞에서 엄마에 대한 말을 하지 않으려 노력한다. 엄마 얘기만 나오면 아버지의 약한 모습을 보기 때문이다. 이 세상에서 가장 보기 싫은 것이 아버지의 패배와 좌절하는 모습이다. 당연히 아버지라 그럴 수 있지만 아버지가 힘들어하고 약해진 모습을 보면 세상이 무너지는 느낌이다. 아버지가 언제나 강하고 언제나 우러러볼 수 있는 사람이면 좋겠다. 사이드미

러로 보이던 아버지의 모습이 점차 사라지고 선우필은 생각을 비우려는 듯 속력을 더 낸다.

4장 1절
두 번째 만남

최 박사 집에서는 리브를 중심으로 아이들이 음식 준비를 하느라 분주하다. 리브는 해든과 오웬에게 접시를 나르라고 하면서 동시에 설거지를 시킨다. 레나와 니나는 리브의 지도하에 음식 재료를 지지고 볶고 하며 정신없이 요리 준비를 한다. 다양한 음식을 준비하는 최 박사의 집은 마치 고급 레스토랑을 방불케 한다. 열 명이 앉을 만한 테이블 위에는 다양한 음식이 계속 공간을 채운다. 리브는 아라가 개발한 음식 도구로 요리하며 여러 음식을 만들어낸다. 달걀을 깨는 동시에 바로 계란찜이 만들어지게 하거나, 자신이 직접 요리한 음식과 레나와 니나가 준비한 음식의 간도 함께 본다. 칼로 썰어야 하는 음식은 아라의 도구로 잘게 또는 길게 썰린다. 리브는 머리띠를 두르고 있는데 그 머리띠가 빛을 발할 때마다 요리 도구들이 움직이며 재료들을 썬다.

"너무 많이 사용하면 안 돼. 피곤해져."

옆에서 조그만 모니터로 리브의 머리띠 상태를 그래프로 체크

하는 아라가 당부한다.

“그러네. 오늘 좀 무리한 것 같아. 이 정도만 하고 내가 직접 해야겠어. 피곤해지려고 그래.”

웃으며 대답하는 리브의 이마에 땀이 맺혀 있다. 어느 정도 재료를 썬 걸 본 리브는 머리띠를 벗어 아라에게 건넨다.

“이게 다 생각으로만 하려니까, 몸은 편한데 체력소모가 심하네.”

“뇌신경을 제대로 쓰면 체력이 엄청 소비돼. 체력도 더 길러야 해. 적응만 되면 괜찮아질 거야.”

“나도 이거 끝나면 같이 봐줄게. 잘만 하면 손과 다리가 편하겠는걸?”

리브가 흥분된 목소리로 아라에게 건네준 머리띠를 쳐다보며 말한다.

“대신 뇌가 피곤해지니까 너도 어빌리스 훈련을 더 해야 해.”

니나가 옆에서 말하자 리브가 입을 삐죽 내민다.

“하긴 너 정도의 체력은 있어야 이 머리띠를 제대로 사용하겠어. 그럼 내가 같이 훈련할 테니까 너는 나하고 요리 배우자!”

리브가 니나의 팔짱을 끼며 장난치듯 말한다. 니나는 질색하듯 고개를 흔들며 리브에게서 떨어지려고 한다.

“체력 소모를 줄이는 방법이 있나 계속 찾고는 있는데 신경조직을 이용하는 게 엄청 까다롭더라고.”

아라는 리브의 머리띠를 자신의 가방에 넣고 모니터도 정리하며 말한다.

“오늘 박사님이 특별한 손님을 부르신다며?”

옆에서 열심히 그릇을 나르던 해든이 리브에게 묻는다.

"누굴까? 처음 있는 일이네."

기대에 가득 찬 얼굴로 열심히 플레이팅하며 레나가 리브 대신 대답한다.

그때 벨 소리가 울린다.

"할아버지이신가 보다!"

레나는 하던 일을 멈추고 현관문을 향해 달려간다. 다른 아이들도 멈추고 모두 나와 문 앞에서 활짝 웃고 있는 최 박사를 맞이한다. 레나는 최 박사를 보자마자 뛰어가 안긴다.

"할아버지!"

"어이쿠, 우리 이쁜 막내 손녀!"

최 박사는 약간은 버거울 수 있는 레나를 꼭 안아주며 마음씨 좋은 할아버지처럼 웃는다. 다른 아이들도 돌아가며 최 박사를 안아준다. 리브와 레나를 제외한 다른 아이들은 최 박사를 박사님이라고 부른다. 리브가 마지막으로 최 박사를 꼭 안아준다.

"다녀오셨어요?"

최 박사를 안으며 리브가 활짝 웃는다. 그리고 그 뒤에 서 있는 서 집사를 발견한다.

"아저씨!"

서 집사는 고개를 살짝 끄덕이며 미소로 응답한다. 다른 아이들도 서 집사를 보고 반가워하며 달려 나간다.

"돌아오신 거예요? 여행은 재밌으셨어요? 우리 안 보고 싶었어요?"

오웬은 숨도 쉬지 않으며 서 집사에게 섭섭한 듯 말한다. 그런 오웬의 머리를 쓰다듬으며 서 집사가 미소를 짓고 최 박사가 대신 대답한다.

"다들 잘 지냈나 보구나. 너무 좋아 보인다. 근데 무슨 음식이냐? 맛있는 냄새가 나네?"

"응! 언니가 진짜 맛있는 거 엄청 많이 했어! 배고프지? 빨리 먹자!"

레나는 최 박사의 팔짱을 끼고 안으로 들어간다. 들어가자마자 왼쪽에 위치한 테이블 위에 준비된 음식을 본 최 박사가 기뻐하면서도 한편으로는 슬픈 모습이다. 하지만 자신의 팔짱을 꼭 낀 채 세상 즐거운 표정으로 자신을 바라보는 레나의 머리를 쓰다듬으며 최 박사는 슬퍼하는 내색을 비추지 않으려고 애쓴다. 아이들은 그런 최 박사의 표정을 못 보고 그저 좋아하며 음식 준비를 마무리한다. 서 집사만 최 박사의 그런 모습을 알아챈다. 그리고 조용히 입술을 꽉 다물고 새어 나오려는 감정을 숨기려 애쓴다. 아까 선우민과 있을 때와 달리 서 집사는 아이들 앞에서 냉정하고 무뚝뚝하다.

*

모두가 테이블에 앉을 때 벨 소리가 또 울린다.

"손님이 오셨나 봐요?"

해든이 일어나면서 최 박사에게 묻는다.

"그래. 나가 보거라."

최 박사는 흐뭇하게 웃으면서 대답한다. 니나도 일어나며 최 박사에게 묻는다.

"선우민 사범님의 아들이라면서요?"

"선우민 사범님? 세계 최고의 무술인?"

오웬이 놀라면서 목소리를 높여 묻는다. 최 박사는 오웬과 니나를 쳐다보며 말한다.

"그래. 그 선우민 사범의 아들을 오늘 불렀다. 니나가 늘 만나 보고 싶어 했지?"

"아니요. 아들 말고 선우민 사범님을 보고 싶어 했죠."

최 박사의 말에 니나가 쑥스러워하며 말한다.

"아, 나도 그분한테 무술을 배우고 싶었는데."

오웬은 괜히 주먹을 허공에 여러 번 질러본다. 해든 역시 나가려다 말고 뒤돌아서 오웬에게 말한다.

"우리 학교 끝나고 그분한테 배우러 가자!"

"좋아!"

오웬과 해든은 함께 어깨동무하며 현관문으로 향한다. 서 집사는 옆에서 해맑게 떠드는 아이들의 모습에 씁쓸한 표정을 짓고 있다. 그런 서 집사를 쳐다보던 최 박사 역시 천천히 일어나 아이들에게 말한다.

"그래. 선우 사범은 많은 사람이 존경하는 최고의 무술인이지. 내가 특별히 너희의 훈련을 책임져달라고 부탁해보마. 좋아할 거다. 자, 손님이 오셨는데 어서 나가보거라."

아이들은 최 박사의 말에 우르르 현관문으로 나간다.

선우필은 오토바이를 문 옆에 세워두면서 헬멧을 벗으려 한다. 영화 주인공처럼 멋있게 벗으려고 하지만 생각보다 헬멧이 꽉 낀 듯하다. 계속 낑낑대며 찌부러진 표정으로 헬멧을 벗는다. 최 박사의 집을 둘러보는 선우필은 긴장한 듯 숨을 크게 들이마신다. 그리고 천천히 뒤로 돌아 현관문을 보는데, 이미 니나가 무표정하게 쳐다보고 있고 그 옆에 해든과 오웬이 어이없다는 표정으로 쳐다본다.

“뭐야 저건? 아까 낮에 그 찐따 왕따 놈 아냐?”

해든은 자기도 모르게 속마음을 얘기한다. 다른 아이들도 나와서 선우필을 보더니 잠시 어안이 벙벙한 듯하다. 오로지 선우필만 리브를 쳐다보고는 숨길 수 없는 웃음이 삐져나온다. 심히 기쁜 표정이다. 그러더니 아까 낮에 시장에서의 넋 나간 표정을 지으며 리브를 쳐다본다.

“오…… 내 예감이…… 처음으로 맞았어…….”

멍한 표정으로 중얼거리며 황홀해하는 선우필을 보고 해든이 인상을 찌푸린다.

“뭔 개소리야?”

해든은 다시 테이블로 돌아간다. 자신을 계속 황홀한 눈빛으로 쳐다보는 선우필이 부담스러운 듯 리브가 고개를 돌린다. 서 집사는 뒤에서 선우필에게 크게 관심이 없는 듯한 리브를 보며 아까 선우민이 했던 말이 생각나 피식 웃는다.

리브는 선우필의 눈빛을 무시한 채 테이블로 간다. 최 박사는 현관문 쪽으로 나오려다 아이들이 금방 다시 들어와 테이블에 앉기 시작하자 당황해하며 다시 어영부영 앉는다.

“왜 이리 빨리 앉는 게냐? 선우필이 온 거 아니냐?”

“왔어요. 재 이름이 선우필이에요?”

최 박사의 물음에 해든이 고개를 절레절레 흔들며 자리에 앉는다. 최 박사는 해든과 아이들의 무심한 행동에 현관문 앞에 서 있는 서 집사를 쳐다본다. 그도 영문을 모르겠다는 듯 어깨를 들썩한다.

니나는 한참 동안 선우필을 유심히 관찰한다. 그러다 대수롭지 않다는 듯 테이블로 간다. 오웬도 인상을 찌푸리고 니나와 함께 테이블로 가서 앉는다. 레나는 선우필을 이리저리 살펴보더니 인사치레를 하는 듯 웃으며 반겨준다.

"아까 그 어리바리한 오빠 맞지?"

레나는 선우필이 들고 있는 헬멧을 보더니 밖에 세워둔 오토바이를 본다.

"헬멧? 오토바이 타고 온 거야? 엄청 어울리지 않네? 그렇게 안 생겼는데. 암튼 반가워. 들어와. 우리도 이제 막 저녁 먹으려고 했어."

선우필이 레나의 말에 쑥스러운 듯 머리를 긁적이며 들고 있는 헬멧을 레나에게 보여주려고 하는데 이미 그녀는 식탁으로 향하고 있다. 선우필은 헬멧을 뻘쭘하게 들고 어영부영하다가 현관문 옆에 있는 탁자에 헬멧을 세워둔다. 그러나 헬멧의 균형을 못 맞춰 바닥에 큰 소리를 내며 떨어진다. 선우필은 당황한 듯 잠시 떨어진 헬멧을 보고 이미 테이블에 앉은 아이들을 본다. 아이들은 상관하지 않고 수다를 떠는 중이다. 선우필은 멋쩍게 웃으며 헬멧을 주워 다시 탁자에 균형을 잘 잡아 놓는다. 그리고 집 안으로 들어온다.

최 박사가 테이블에서 반갑게 선우필을 반긴다.

"어서 오게나. 여기 앉게. 배고프지?"

4장 2절
그만을 위한 요리

테이블에 앉는 선우필과 아이들. 다들 자연스럽게 식사를 시작하고 리브는 최 박사 옆에 앉아 그간 있었던 일을 열심히 얘기한다. 리브의 말을 흐뭇한 표정으로 열심히 듣는 최 박사와 이 시간이 너무 즐거운 듯 행복해 보이는 리브를 보며 선우필은 서로를 진심으로 위하는 할아버지와 손녀의 모습에 미소를 짓는다. 다른 아이들 역시 웃고 떠들며 리브가 하는 얘기에 보태어 최 박사에게 설명하기도 한다. 아이들과 하는 식사에는 대화가 끊이지 않는다. 마치 선우필이 없어도 될 만큼 모두가 그를 신경 쓰지 않고 얘기를 나누며 떠든다. 선우필은 그런 식사 자리가 어색하지 않은 듯 계속 미소를 짓고는 준비된 식사를 쳐다본다.

선우필은 수줍게 이것저것 음식을 집어 먹기 시작한다. 음식이 잔뜩 차려져 있다. 자신의 집에서는 보기 힘든 요리들이 테이블을 가득 메우고 있다. 음식을 마음대로 집어 먹어도 아무도 신경 쓰지 않는다. 그가 음식에만 집중하는 것 같지만 이따금 리브를 힐끔힐끔 쳐다본다. 그때마다 멍한 표정이 절로 나온다. 그러다 같은 접시에서 음식을 덜던 레나의 포크와 부딪힌다. 선우필은 놀라며 손을 뗀다. 레나는 그런 선우필을 보며 활짝 미소를 짓더니 자신이 가져가려던 음식을 선우필에게 덜어준다.

선우필은 그 음식을 보다가 고개를 들어 레나를 쳐다본다. 그러고는 수줍은 듯 다시 그릇에 고개를 파묻으며 먹기 시작한다. 그런 어수룩한 행동이 웃긴 듯 레나도 수줍게 웃는다. 그러더니 레나는 다시 음식을 먹으며 아이들의 대화에 껴든다. 니나 역시 안 보는 듯하지만 선우필을 이따금 보며 그의 행동이 어이없다는 듯 코웃음 친다. 그리고 굳은 표정의 아라를 쳐다본다.

아라는 젓가락으로 깨작거리지만 시선은 최 박사와 즐겁게 얘기하는 리브를 향하고 있다. 동시에 아라의 시선은 레나가 덜어준 음식을 먹고 있는 선우필에게도 가 있다. 그리고 이따금 아무도 눈치 못 채게 짧은 한숨을 내쉬고는 여전히 굳은 표정으로 음식을 천천히 먹는다. 가끔 옆에 앉은 오웬이 아라 앞에서 재롱을 부리는 모습에 억지로 웃어줄 뿐 굳은 표정이 펴질 기색이 없다. 그러다 맞은편에 앉아 자신을 뚫어지게 쳐다보는 니나와 눈이 마주친다. 아라의 굳은 표정에 니나는 왜 그러냐는 듯 입 모양만으로 묻는다. 아라는 억지로 미소를 지어 보이며 아무것도 아니라는 듯 고개를 절레절레 흔든다. 니나는 섭섭한 듯 미간을 찌푸리고 삐졌다는 시늉으로 입술을 삐죽 내민다. 그러다 이상한 듯 아라의 시선이 향해 있던 선우필과 리브를 번갈아 쳐다본다.

선우필은 레나가 계속 음식을 덜어주며 친절을 베풀자 수줍게 고맙단 말을 조용히 한다. 레나는 선우필의 반응이 너무 웃긴지 혼자 깔깔거리며 말한다.

"이 오빠 귀엽네. 뭐 이런 걸 갖고 수줍어 해?"

선우필은 레나의 말에 고개를 숙였다가 다시 말하려고 고개를 들었는데 이미 레나는 다른 아이들과 깔깔거리며 얘기하고 있다. 어색한지 테이블 주위를 둘러보며 화목한 분위기를 느껴본다. 어머니가 살아계셨을 때 함께 음식을 하며 세 식구가 즐겁게 떠들던 모습이 떠오른다. 그런 모습이 가장 행복하고 평범한 가정일 것이라 그는 생각한다.

지금 최 박사를 중심으로 아이들이 밝은 표정으로 식사하는 모습을 보며 또 다른 행복을 느낀다. 아마도 무의식 속에 존재하던 평범한 가족의 행복한 분위기를 새삼 느꼈는지 모른다. 선우필은 이런 분위기를 만드는 아이들이 부러우면서도 지금 먹고 있는 음식이 여태껏 맛보지 못한 오감을 깨우는 뛰어난 음식이라는 것도 깨닫는다. 게다가 이러한 화목한 분위기 속에서 먹으니 더 맛있다는 생각이 들면서 혼자 조용히 웃는다. 레나는 그런 선우필의 모습이 신기한지 또 음식을 덜어준다.

"이상한 표정 지으면서 잘 먹네, 이 오빠는. 무슨 생각을 하면서 먹는 건지 몰라도 많이 먹어. 우리 언니가 특별히 만든 음식이야. 아마 언니가 외부 사람에게는 처음 해주는 음식일걸?"

그 말이 너무 좋은지 선우필은 아까보다 더 행복하고 황홀한 표정이다. 갑자기 모두가 조용해지면서 레나를 보고는 선우필을 본다. 해든이 곰곰이 생각하다 테이블을 탁 치고 말한다.

"어? 그러고 보니 그러네? 리브가 우리 말고는 누구한테라도 음식을 만들어준 적이 없잖아?"

그러고는 리브를 향해 혼자 "유후" 하며 깐족댄다. 리브는 그런 해든을 보며 짜증을 낸다.

"그게 아니잖아!"

옆에서 최 박사가 흐뭇하게 웃으며 말한다.

"그러네. 우리 콧대 높은 리브는 아무 남자하고 겸상조차 안 하는데 말이야. 허허허."

"할아버지!"

리브가 발끈하며 얼굴이 빨개진다. 최 박사의 말에 선우필은 황홀한 표정으로 리브를 쳐다본다.

"정말요? 너무 맛있어요! 너무 맛있어……. 천국에서 음식을 먹는다면 이런 맛일 거야……."

그 말에 모두가 당황하며 선우필을 쳐다본다. 정적이 흐르다가 해든이 크게 웃자 깨진다.

"뭐야 그게! 캬캬캬캬캬!"

모두가 해든을 따라 웃는다. 리브는 부끄러운 듯 짜증을 내며 빈 그릇을 들고 주방으로 가 음식을 더 덜어온다. 해든은 그 접시를 받고 다시 한번 크게 웃으며 선우필에게 음식을 덜어준다.

"많이 먹어라! 이게 바로 천국의 맛이다!"

해든의 장난에도 선우필은 함께 웃으면서 덜어준 음식을 맛있게 먹는다.

"맛있어!"

모두가 그의 순수한 모습이 웃긴 듯 킥킥거린다. 심각한 표정이던 아라마저 큭큭 웃는다.

"사람들이 우리 리브한테 여신, 여신 그러는 이유가 있었구나.

이런 천국의 맛을 만드는 신이 바로 우리 여신 리브이니까. 캬캬캬!"

해든은 선우필과 리브를 번갈아 보며 놀리고는 다시 크게 웃는다. 선우필은 그런 해든의 말에 즐거워하며 리브를 보다가 다시 고개를 숙이고 맛있게 먹는다. 리브의 얼굴이 빨갛다. 두 사람을 보는 최 박사가 흐뭇하게 웃는다.

4장 3절
잠재력

식사를 마치고 최 박사와 선우필은 거실에서 대화를 나눈다. 그 모습을 보며 테이블에 앉아 과일을 먹는 아이들. 리브가 과일을 깎으며 그릇에 담고 레나가 예쁘게 세팅한다. 선우필은 아이들을 힐끗 보다가 다시 최 박사를 보며 얘기를 듣는다.

리브가 과일을 그릇에 담기도 전에 받아먹던 해든이 선우필을 쳐다보며 어이없다는 듯 말한다.

"뭐야 저게. 말이 되는 상황이야? 저런 떨떨한 놈이 무슨 특별 손님이라고……."

오웬도 리브가 주는 과일을 받아먹으면서 덧붙인다.

"그래도 아까 되게 웃겼는데. 리브 누나 음식이 천국의 맛이라잖아. 도대체 어떻게 그런 말을 할 수가 있지?"

"그래, 그건 좀 웃겼어. 좀 모자란 것 같기도 하고. 어쨌든 리브가 만든 음식을 다 먹었어, 재가. 식성이 좋은 건지 바보인 건지 배가 고팠던 건지."

"누나 음식이 맛있긴 하지."

"그래도 그 많은 걸 다 먹다니 좀 과하지 않아?"

"저 형이 그 유명한 선우민 사부님의 아들이라는 거야? 되게 약해 보이는데? 힘이 제대로 유전되지 못했나?"

리브가 건넨 과일을 먹으며 니나가 말한다.

"그래도 선우민 사부님의 아들이라서 잠재력이 있을 거야."

다들 잠시 선우필을 쳐다본다. 최 박사의 말을 듣고 있는 그의 눈이 졸린 듯 초점이 없다.

"그럼 저 오빠도 우리처럼 엄마가 없는 거야?"

레나의 질문에 자기가 먹으려던 과일을 레나 입에 넣어주며 니나가 말한다.

"나는 그렇게 알고 있어. 선우민 사부님과 사모님도 박사님하고 같이 프로젝트를 했던 일원이었는데 어떤 사고를 당해서 사별하셨다고 들었어. 알려진 건 없고 불의의 사고라고만 하더라고."

그렇게 말한 니나는 과일을 오물오물 씹는 레나를 보며 싱긋 웃어준다. 레나는 우물거리며 니나를 보다가 선우필을 본다.

"우리하고 비슷한 상황인 오빠였네."

"그렇다고 볼 수 있지."

과일을 깎던 리브가 짜증난 듯 테이블을 살짝 친다.

"도대체 왜 여기 있는 거야?"

오웬이 화들짝 놀라며 쳐다본다. 리브는 다른 과일을 깎아 오웬에게 건네고 일어나며 말한다.

"저 선우필이라는 애 말하는 거야."

그런 리브를 보는 아라의 얼굴은 여전히 굳어 있다. 아라는 골똘히 생각하더니 리브를 따라 일어난다. 레나도 반사적으로 일어난다.

"어디 가?"

레나의 질문에 리브는 가던 길을 멈추고 붉고 긴 머리카락을 휘날리며 돌아선다. 그러고 레나에게 다가와 어깨동무를 한다. 그리고 옆에 서 있던 아라에게도 어깨동무를 하며 레나에게 말한다.

"우리 공부할 건데, 레나도 같이 하는 건가?"

"잉? 아니? 난 싫어. 시험 끝난 지 얼마나 됐다고. 안 해. 난 안 가."

레나는 어깨동무에서 벗어나려고 한다. 리브는 그런 레나가 귀여운 듯 어깨동무를 풀고는 레나를 꽉 잡고 끌고 간다. 레나는 안 간다고 말하면서도 따라간다. 아라도 함께 레나의 엉덩이를 톡톡 치며 데려간다.

해든은 대화 중인 선우필과 최 박사를 보다가 오웬을 본다.

"야, 우리 게임!"

오웬도 기억난다는 듯이

"아! 맞아!"

하며 일어나 해든과 황급히 자리를 뜬다. 니나 혼자 테이블에 앉아 선우필과 최 박사를 쳐다본다. 그러고 한참 있다가 남은 과일이 담긴 그릇을 들고 일어나 자신의 방으로 간다.

4장 4절
소속감

선우필은 최 박사의 얘기를 들으면서도 아이들 쪽을 흘깃흘깃 본다. 뭐가 그리 즐거운지 웃고 떠들고 있다. 리브가 마치 엄마처럼 챙겨주는 모습을 보며 저들에게 끼어 살고 싶다는 생각이 든다. 하지만 어려워 보인다.

어머니가 세상을 떠난 후 혼자가 되었다는 생각을 하며 살았다. 평소에도 어울리는 사람이 적어 세상 돌아가는 소식도 모르며 살아왔다. 그나마 민수가 얘기를 나누는 친구다.

"무슨 말인지 알겠나?"

정신을 차려보니 최 박사가 티백이 들어간 찻잔을 들어 마시며 묻고 있다. 어느새 식탁에서 떠들던 아이들은 각자 방으로 가고 없다. 선우필은 아이들이 간 곳을 흘깃거리다가 최 박사를 본다.

"네?"

최 박사는 그런 선우필이 귀여운 듯 코웃음을 옅게 치고는 다시 묻는다.

"지금 내가 한 말이 이해되는가 물었네……."

"그러니까 저 아이들이 박사님이 발명하신 그 아기 낳아주는 시험관 기계를 통해 나온 특별한 아이들이라는 거죠?"

"그렇지. 움스크린이라고 부른다네."

안 듣는 줄 알았는데 알고 있다는 데 놀란 최 박사가 고개를 살짝 꺾으며 대답한다. 선우필이 묻는다.

"벙커의 아이들이라 부른다고요?"

"그건 움스크린 실험에 참여한 후원자들이 붙여준 별명이지. 내가 개조한 벙커에서 실험을 진행했거든."

"방금 하신 말은 박사님이 예전부터 해주신 말씀이잖아요. 그래서 확실히 이해는 하고 있던 것 같아요. 하지만 오늘 저 아이들을 직접 만나 보니까 더 와닿긴 하네요."

최 박사는 미소를 짓는다.

"무엇을 들은 후 깊이 생각한 다음, 관련된 내용의 학술 논문을 찾아본 후 몸소 경험해본다면 우리 인간은 그걸 확실히 알게 되지. 그것이 세상의 이치고 우리가 두뇌를 제대로 쓰고 있다는 증거란다. 잘 배웠구나."

그 말에 선우필은 자신이 방금 뭘 배웠는지 모르겠다는 표정을 짓다가 왠지 칭찬해주는 것 같아 쑥스러워한다.

"아니, 뭐…… 학술 논문을 보면서까지 깊이 생각한 적은 없는데요."

최 박사는 선우필의 말에 진지하게 답한다.

"자네는 내가 오랫동안 저 아이들에 대해 얘기한 내용을 들었고 이후에도 계속 생각했겠지. 안 그런가? 리브가 예쁘고 사랑스럽다니까 언젠간 그런 여자와 결혼하고 싶다는 생각을 은연중에 하지 않았나?”

선우필은 생각을 들킨 듯 놀란다.

“자네 아버지는 그러한 현상을 메시라고 부르며 나를 놀려댔지.”

최 박사는 옛 생각이 난 듯 찻잔을 들며 미소 지었다.

“그리고 말일세…….”

최 박사가 이어 말한다.

“나는 아이들과 관련된 학술 정보를 자네에게 알려주었어. 움스크린에 관련된 내용. 어떻게 만들어졌고 어떻게 작동하는지 말이야.”

움스크린은 최 박사가 개발한 실험 프로젝트였다. 여자의 자궁을 복제해 스크린으로 옮겨 보이게 한 후, 여성이 임신했을 때 나오는 각종 성분들이 그 스크린에서 만들어진다. 그래서 여자가 자신의 몸으로 임신하지 않아도 얼마든지 임신할 수 있는 첨단기술이다. 여성이 임신의 위험, 고통에서 벗어나게 하는 동시에 더 많은 아이가 태어날 수 있는 건강하고 안전한 삶을 위한 프로젝트였다. 하지만 수많은 반대 의견으로 정식 판매 허가가 나지 않았고 결국 프로젝트는 중지된 상태라는 뉴스를 본 적이 있다.

“리브하고 레나만 지금은 없는 내 아들과 며느리의 아이들이고, 다른 아이들은 나의 DNA를 포함해 전 세계 여러 우수 유전자를 받아 움스크린을 통해 태어난 아이들이지. 이 세상에는 정말 훌륭한 유전자를 소유한 사람들이 많지만 빛을 제대로 발하지 못하고 사라지는 경우가 많아. 나는 이런 실험을 통해 세상에 더 도움이 되기를 바랐다네. 그래서 내가 만든 움스크린이 나뿐만 아니라 더 많은 사람에게 기회가 되도록 세상 밖으로 나오길 바랐지. 다만 이 움스크린이 정식으로 출시되려면 몇 번의 시험을 더 거쳐야 하기도 했고 승인을 받는 데 필요한 복잡한 절차와 과정이 많다네. 무료로 배포하겠다고 했는데도 벌써 몇 십 년 동안 출시를 못 하고 있지. 저출산이 되어가는 세상이 안타깝다고 하면서 왜 다양한 시도를 하지 못하는지……."

안타까운 표정의 최 박사가 차를 마신다.

"그럼……."

선우필은 조심스럽다. 최 박사는 진지한 표정의 그에게 귀를 기울인다.

"편하게 말해보게."

선우필이 천천히 몸을 최 박사 쪽으로 기울이고는 조용히 묻는다.

"저 아이들은 인간인 거죠?"

약간의 정적이 흐른다. 최 박사는 약간 당황한다. 그러다 어이없다는 듯 선우필을 보며 웃는다.

"하하하. 그렇지. 저 아이들은 인간이지. 왜? 움스크린을 내가 직접 만들어 아이들을 태어나게 했다니까 복제인간 같은가?"

"그것도 그런데 그냥 아이들 분위기가 좀 특이한 것 같아서요."

"오, 자네도 드디어 어빌리스를 사용할 줄 아는가?"

"아뇨, 저는 못 해요. 매일 훈련하는데 잘 안 돼요. 근데, 그냥 잘 모르겠어요. 아시는지 모르겠지만 전 아버지와는 달리 아주 약해요. 힘도 그렇고 의지도 그렇고……."

"자네 아버지는 자네가 언젠가는 자신을 훨씬 뛰어넘어 강해질 거라고 믿는 듯한데."

"설마요. 아시잖아요. 아버지가 얼마나 강한데요."

그럴 리 없다고 확신하듯 손을 내젓는다. 하지만 최 박사는 진지한 표정으로 확신에 찬 듯 말한다.

"그래. 정말 강한 사람이지. 자네 아버지는 나를 별로 안 좋아했지만 나는 그러지 않았어. 나는 우리가 환상의 콤비라고 생각하거든. 자네 아버지에게는 내가 가지지 못한 특별한 능력이 있어. 나와 자네 아버지가 합심하면 이 세상에 실현 못 할 일들이 없지. 그래서 내가 아는 걸 더 보태자면 이걸세……."

최 박사는 자세를 고쳐 앉고 방으로 들어간 아이들을 가리킨다.

"아들인 자네에게는 깊은 잠재력이 내재돼 있어. 저 아이들처럼 말이지. 인간은 아무리 혼자가 편해도 혼자 살면 안 되는 생물이라네. 어디에 늘 소속이 되어 살아야 하지. 누구나 그 소속감으로 각자 맡은 역할을 하며 사는 게 인간사회야. 자네 역시 인간으로서 자네만의 역할이 반드시 있단 말이지. 자네는 이미 존재만으로 이 세상에 필요한 사람이거든."

"제가요? 설마요."

선우필은 쑥스러우면서도 고개를 갸우뚱거린다. 최 박사는 고개를 끄덕인다.

"미래라는 것은 예측이 힘들지. 자네는 아버지와 함께 훈련을 열심히 꾸준히 하면 될 걸세. 어빌리스는 머리와 몸의 한계를 뛰어넘는 능력 아니겠나? 반복적인 훈련이 필요하지. 지식에는 내가 도움이 되겠지만 강한 몸을 만드는 데는 자네 아버지만 한 사람이 없어. 아버지 같은 스승이 있다니 얼마나 감사한 일인가?"

선우필은 수줍게 웃는다.

"뭐, 그렇죠. 박사님 말씀이 맞아요. 인간은 혼자보다 어디에 소속되어 서로 도우면서 살아야죠. 아버지 같은 체력 스승이나 박사님 같은 지식 스승이 있으니 저도 복 받았다고 생각해요. 그런데 저는 친구가 없어요. 혼자가 익숙하고요. 게다가 의지도 없고 힘도 없어요. 아까도 시장에서 맞았는데요……."

그가 배시시 웃으며 해든 쪽을 가리키려는데 최 박사가 호탕하게 웃는 바람에 멈춘다.

"하하하하. 어렸을 땐 맞을 수도 있지. 여러 다양한 시행착오를 겪으며 우리 인간은 성장하고 크는 것 아니겠나? 지금 일어나는 일들이 크게 느껴질 수 있겠지만 너무 신경 쓰지는 말게. 나도 친구 하나 없었고 어렸을 때 엄청 많이 맞았어. 따돌림도 많이 당해서 별명이 따돌이였어. 하하하. 그래도 이렇게 잘 자라지 않았나? 게다가 인류에게 도움을 주는 위치까지 올라섰고 말일세. 유엔 알지? 나 거기도 왔다 갔다 하는 사람이야. 한때는 나사에서도 일했고. 신문에도 나오는 거 보지 않았나? 그리고 지금 나에겐 좋은 친구들이 아주 많다네. 인간에겐 특별한 친구 몇 명만 있으면 돼. 많이도 필요 없어. 자네도 앞으로 잘 버티고 꾸준히 살다 보면 좋은 친구들이 생길 걸세. 언젠간 자네만의 그룹이 생겨날 테니 너무 걱정하지 말게."

호탕하게 웃는 최 박사를 보며 선우필 역시 억지로 호탕하게 웃어본다. 그 모습이 어설프고 애처롭다. 찻잔을 들어 마시는 선우필을 보며 최 박사는 활짝 웃어준다. 최 박사와 얘기를 하면 이상하게 선우필의 마음속에 긍정적인 생각이 가득해진다. 폭력적이고 화가 많은 세상에서 평화를 얻는 듯하다. 사회적으로 성공한 최 박사가 뭐든 하면 된다는 용기와 희망을 주어서 그럴지도 모른다. 그래서 공부를 싫어하는 자신이 공부에 흥미를 느껴 대학을 갈지도 모른다.

최 박사는 다시 진지한 표정으로 묻는다.

"그래서 자네, 지금 하는 이런 말 말고도 내가 아까 했던 말도 어느 정도 이해가 가나?"

거실 건너편에서 서 집사가 최 박사와 선우필을 보며 지나간다.

선우필은 머리를 긁적이면서 차를 마저 마신다.

"사실은 거의 이해가 안 가요. 박사님이 이 세상에서 중요하고 똑똑한 분이라는 건 이미 알던 거고, 인류를 위해 늘 연구하신다는 것도 뭐 세상이 다 아는 거고……. 저 아이들도 예쁘고 착하게 잘 자란 건 오늘 보면서 확실히 알게 되었는데……. 오늘 제가 여기 온 이유가 인류의 발전하고 무슨 상관인 거죠? 저는 그냥 진로 문제나 상담받으려고 온 건데요. 아까 움스크린 이야기도 무슨 말씀인지 잘 모르겠고, 박사님이 구체적으로 뭘 준비하시려는지도 잘 모르겠어요."

최 박사가 남은 차를 다 마신다.

"아무래도 직접 보는 게 낫겠군."

최 박사가 일어선다.

"나를 따라오겠나?"

선우필이 어정쩡하게 따라 일어선다. 왠지 불편해 보이는 그를 보며 최 박사가 묻는다.

"어디 불편한가?"

선우필이 몸을 비비 꼰다.

"먼저 화장실을 좀 다녀올 수 있을까 해서요."

최 박사가 웃으면서 아이들이 향한 쪽을 가리킨다.

"저기 방을 쭉 따라가면 화장실이 나오네. 볼일 다 보고 여기로 오게."

선우필은 미안한 듯 인사하며 급하게 바지를 움켜잡고는 최 박사가 말한 방향으로 뒤뚱뒤뚱 걸어간다. 서 집사가 부엌의 어느 공간에서 나와 최 박사와 이야기한다. 선우필은 급한 마음에 그들의 말을 듣지 못한다.

그 집은 넓다. 큰 대문부터 집까지 이어지는 긴 정원을 지나면 본채가 나온다. 근사한 모양의 외관과 달리 내부는 미로 같다. 양쪽으로 방이 워낙 많아 방문을 하나하나 살짝 열어 확인하고서야 화장실을 겨우 찾아 들어간다.

4장 5절
남편의 시점

안도의 한숨을 내쉬며 화장실을 나온 선우필은 다시 거실로 가는 길에 아까 자신이 살짝 문을 열어놓은 방들을 본다. 아까는 급해서 미처 보지 못한 문 안쪽에서 불빛이 새어 나온다. 방문은 아까 선우필이 열어놓은 대로 살짝 열려 있다. 거실로 가는 척하며 선우필은 몰래 방 안쪽을 훔쳐본다.

첫 번째 방에서는 해든과 오웬이 비디오게임을 하는 중이다. 화를 내는지 즐기는 건지 감정이 오락가락하는 두 사람은 조이스틱 컨트롤러를 각기 들고 온몸을 들썩이며 게임에 집중하고 있다. 두 사람의 머리에는 얇은 머리띠처럼 생긴 장비가 걸쳐져 있고 리브가 요리할 때처럼 머리띠에서 불빛이 켜졌다 꺼졌다 한다. 그 머리띠가 멋있어 보여 착용해보고 싶기도 하고, 게임이 재밌어 보이기도 해 방문을 활짝 열고 같이 하자고 말하고 싶은 충동이 든다. 언젠가 비슷한 게임을 해본 것도 같아 용기를 내려다 그만둔다. 왠지 저 해든이라는 친구가 단번에 거절할 것 같다. 조용히 거실로 가려다 옆방에서 샌드백을 때리는 소리를 들은 선우필은 그쪽 방으로 가 몰래 엿본다.

두 번째 방에서는 니나가 여러 샌드백을 번갈아 치며 체력훈련 중이다. 탱크톱과 운동복 바지만 입은 채 땀에 흠뻑 젖어 훈련에 몰두하고 있어 방문이 열린 줄도 모르는 듯하다. 그녀 역시 머리에 빛이 났다 말았다 하는 얇은 머리띠를 두른 채 열심히 샌드백을 치고 있다. 한 가지 특이한 점은 바퀴가 한 개, 두 개, 네 개인 스케이트보드 위를 번갈아 올라가며 샌드백을 치고 있다는 것이다. 넘어질 법도 한데 균형이 완벽해 가볍게 스케이트보드 위를 다니며 샌드백을 친다. 그 위력 역시 강하다.

그런 니나를 보다 찬찬히 그녀의 몸에 눈이 간다. 니나의 몸매는 선우필이 이전에 영상으로만 접해보던 모델들의 몸처럼 알찬 가슴에 잘록한 허리를 가지고 있다. 허리에 십일자 복근이 선명한데, 완벽한 몸의 소유자라는 생각이 들 정도로 몸의 균형이 좋아 보이고 잔근육과 엉덩이의 풍만감도 좋아 보인다.

선우필이 훔쳐보는 것도 모를 정도로 정신없이 훈련하는 니나가 쳐대는 샌드백들이 심하게 흔들린다. 자칫하다가는 떨어지거나 찢어질 듯하다. 저렇게 예쁘장한 얼굴에 몸매도 완벽한 여자아이가 학교에서 싸움으로는 아무에게도 안 진다고 하는 민수를 어떻게 한 방에 때려눕힐 수 있었는지에 대한 의문이 풀렸다. 아까까지만 해도 도장에서 겨루던 민수의 실력이 학교뿐만 아니라 이 지역 또래 중에서 가장 강하다고 생각했는데 지금 니나의 훈련 모습을 보니 아까 시장에서 민수를 우연히 때려눕힌 것이 아니라는 생각이 든다. 혼자 이런저런 생각에 잠겨 있는데 니나가 갑자기 돌아서

서 선우필을 쳐다본다. 선우필은 깜짝 놀라 자신도 모르게 눈을 천장으로 돌린다. 한참 쳐다보던 니나는 피식 웃더니 샌드백 반대편으로 가서 발차기로 샌드백을 친다. 그 반동으로 샌드백이 방문을 치면서 세게 닫힌다. 선우필이 그 닫힌 문에 코를 부딪치고는 아픈 건지 놀란 건지

"어……어……"

하며 뒤로 물러선다. 닫힌 문 뒤로 다시 니나의 샌드백 치는 소리가 들린다.

부딪힌 코를 어루만지며 졸은 표정으로 닫힌 방문을 쳐다보다 다시 거실로 가려는데 다른 쪽 방의 문이 살짝 열린 것을 본다. 선우필은 다시 조용히 숨을 죽이며 그 방으로 가서 살짝 문을 더 열고는 방 안을 본다. 리브와 아라가 서로 기댄 채 책을 읽으며 공부하는 듯하다. 그 옆 침대에 레나가 다리를 걸친 채 상반신은 아라의 무릎에 대고 잡지를 읽고 있다.

그들 역시 얇은 머리띠를 머리에 두른 채 각자 책을 본다. 특이한 방식으로 방바닥에 앉아 서로에게 기대면서 책을 읽는 모습이 신기해 더 자세히 본다. 리브와 아라는 서로 등을 맞대고 방바닥에 놓인 좌식의자에 앉아 책을 읽다가 다 읽으면 책을 머리 위로 교환한다. 꽤 두꺼운 책도 보이는데 빠른 속도로 읽는 두 사람은 순식간에 여러 책을 해치운다. 그들 옆에 책이 잔뜩 쌓여 있다. 이따금 무의식적으로 아라와 리브는 레나의 머리를 쓰다듬고 레나는 좋은 듯 눈을 감고 미소 짓더니 다시 눈을 떠 잡지를 읽는다.

특이한 아이들이라고 생각하던 선우필이 다시 거실로 향하려 할 때 리브가 책에 꽂힌 책갈피를 유심히 보는 걸 발견한다. 거기

에는 리브의 부모님으로 보이는 남녀의 사진이 있다. 리브는 한참 동안 책갈피를 본다. 선우필은 그 모습에 알 수 없는 뭉클함을 느낀다.

선우필은 리브의 그런 모습에서 남모르는 감정을 다시 느끼기 시작한다. 아까 시장에서 느낀 감정이 그냥 스치듯 들던 감정이 아닌 것 같다는 생각이 든다. 호르몬이 미친 듯이 자신의 몸속을 후비는 듯 감정조절이 안 되고 혈류가 빨라지며 숨이 가빠지더니 심장박동이 점점 더 빨라진다. 뇌로부터 시작해 온몸으로 연결된 신경 하나하나가 전기가 통하듯 짜릿하다.

그 순간 방문이 열리고 아라가 쳐다본다. 물을 마시려는 듯 컵을 들고 있는 아라가 리브를 쳐다보고 있는 선우필을 보다가 피식 웃는다. 그러고는 문을 활짝 열어서 리브가 잘 보이게 해주고는 선우필을 지나쳐 거실로 간다. 방 안에 앉아서 책을 읽던 리브는 활짝 열린 문밖에 서서 자신을 쳐다보는 선우필을 보고 일어나 문을 닫아버린다. 놀란 선우필이 당황하며 뒤돌아서는데 바로 뒤에서 땀을 닦으며 자신을 보고 있는 니나를 발견한다.

선우필이 놀라서 손을 들다 실수로 니나의 가슴을 스친다. 니나는 자신의 가슴을 한 번 보고는 살짝 인상을 쓰며 선우필을 쳐다본다. 더 놀라게 된 선우필이 미안하다는 말과 함께 황급히 최 박사가 있는 거실로 뛰어가려다 넘어진다. 그러고는 다시 일어나서 재빠르게 거실로 향한다. 그런 선우필을 보며 니나가 혼잣말을 한다.

"잠재력이라……."

4장 6절
아이들의 시점

거실에 나와 놀란 가슴을 진정시키던 선우필 뒤에서 서 집사가 나타나 어깨를 툭툭 친다. 그는 화들짝 놀라 소리를 지르며 뒤돌아보는데 서 집사는 별다른 표정이 없다.

"준비되었나?"

"네? 뭘?"

선우필은 당황하다가 이내 고개를 끄덕이며 대답한다.

"아, 네……."

대답을 들은 서 집사가 주방을 지나 걸어가고 그 뒤를 선우필이 어벙한 표정으로 영문도 모른 채 따라간다. 거실 소파에서 책을 읽던 최 박사가 뒤에서 나타나 선우필의 어깨에 팔을 올리며 어깨동무한다. 선우필은 또 놀라며 소리를 지른다.

"너무 놀라지 말게. 벌써 그렇게 새가슴처럼 놀라면 앞으로 큰일을 어떻게 하려고 그러나? 아직은 그리 심각하게 생각할 일은 일어나지 않았어."

"아, 네…… 그게 아니고…… 아까…… 제가 그냥…… 처음으로 여자의…… 아니……."

웅얼거리는 말에 개의치 않고 최 박사가 잠시 뜸을 들이다 말한다.

"그리고 말일세……."

조심스레 말을 꺼내는 최 박사를 바라보던 선우필이 최 박사와 나란히 걸으며 귀 기울인다.

"오늘 여기서 일어난 일들에 대해서는 당분간 아무한테도 얘기하지 말게. 자네는 입이 무겁지?"

계속 강조하는 듯한 최 박사의 말이 무슨 뜻인가 싶지만, 그저 고개를 끄덕이며 대답한다.

"아…… 네…… 그럼요……. 말할 사람도 없어요."

순식간에 많은 일이 일어난 것처럼 느낀 선우필은 뛰는 심장을 진정시키려는 듯 심호흡을 크게 한다. 정신이 약간 혼미해지는 듯하기도 하다. 최 박사가 그런 선우필을 보며 미소 짓는다.

"너무 긴장하지 말게. 오늘 일은 당연히 자네 아버지에게 허락받고 하는 일일세."

"네…… 그게 아니라…… 아까 제가 처음으로 여자의……."

선우필은 어벙하게 고개를 끄덕이며 뭔가 말하려 하지만 최 박사는 살짝 웃어주며 어깨를 다독인 후 서 집사가 먼저 지나간 방향으로 간다. 선우필 역시 최 박사를 뒤따라간다.

아라는 주방에서 선우필을 보며 물을 마신다. 리브 역시 물을 마시려는 듯 주방에 나와 컵을 찾다가 선우필과 최 박사가 주방 뒤쪽 공간으로 가는 것을 본다.

"뭐야? 할아버지는 쟤 데리고 어디로 가는 거야?"

리브가 아라에게 묻지만 대답이 없자 대수롭지 않은 듯 컵을 찾는다. 심각한 얼굴을 한 아라가

"설마……"

하며 선우필에게서 눈을 떼지 않자 리브는

"왜?"

하며 묻는다. 아라는 잠시 심각한 얼굴로 리브를 보다가 다시 물을 마신다.

"아니야. 아무것도."

리브가 아라에게 다가가 빤히 쳐다보며 말한다.

"뭐야? 왜 이리 심각해 아까부터? 나도 물 한 입만."

리브가 입을 삐죽 내밀면서 아라에게 뽀뽀하듯 댄다. 아라는 마시던 물컵을 리브의 입술에 대면서 걱정스러운 표정으로 리브를 쳐다본다. 아라가 주는 물을 마시던 리브는

"뭐야? 내 얼굴에 뭐 묻었어?"

하며 얼굴을 손으로 훑는다. 아라가 그런 리브를 보며 고개를 젓는다.

"아니…… 그게 아니고……."

말을 잇지 않고 아라는 다시 선우필과 최 박사가 걸어간 방향을 쳐다본다. 리브 역시 아라의 물을 다 마시고는 선우필과 최 박사가 향한 쪽을 쳐다본다. 최 박사, 서 집사, 선우필 이렇게 세 사람이 주방 뒤쪽 공간의 마룻바닥에 붙어 있는 문고리에 멈춘다. 서 집사가 문고리를 잡고 위로 열자 지하동굴 같은 벙커가 나오고 세 사람이 그 안으로 들어간다. 그 장면을 보던 리브의 얼굴 역시 아라

처럼 심각하게 굳는다.

"뭐야……. 할아버지가 재를 저기 왜 데리고 들어가는 거야?"

아라는 그런 리브의 말에 걱정스럽게 리브를 쳐다보기만 하다가 다시 지하벙커를 본다. 세 사람이 완전히 들어가고 바닥 문이 닫힌다. 다시 마룻바닥이 보이고 리브는 그제야 아라에게 묻는다.

"넌 몰라? 재가 저길 왜 들어가는지?"

"모르겠어."

아라는 고개를 절레절레 흔든다. 그때 뒤에서 해든과 오웬이 떠들며 거실로 나온다. 니나는 거실 벽에 기댄 채 물을 마시며 모든 상황을 지켜보다가 시끄럽게 떠드는 해든과 오웬을 보다가 다시 선우필이 들어간 마룻바닥을 본다. 해든이 니나의 물통을 뺏어 마시면서 마룻바닥을 가리킨다.

"엥? 저기는 아라 네가 박사님하고 우리 아지트 벙커 만든다는 데 아냐?"

아라가 고개를 끄덕이며 대답한다.

"맞아. 저기야."

"오…… 언제 완성되는 거야? 우리도 빨리 보고 싶은데. 근데 왜 저 떨떨이를 저기로 데려간다냐? 우리 말고는 아무도 알면 안 되는 곳 아니었어?"

해든이 말을 마치고는 혼자 골똘히 생각하다가 리브에게 장난스럽게 묻는다.

"야, 저번에 박사님이 너도 저기 데리고 가서 무슨 실험했잖아?"

리브와 아라는 심각한 표정으로 아무 대답 없이 마룻바닥을 쳐다본다. 그때 오웬이 대신 대답한다.

"박사님이 움스크린 테스트한다는 거 아녔어? 예전에 우리한테도 몇 번 했던 거잖아. 업그레이드를 하실 건가?"

그 말에 모두 오웬을 쳐다본다. 해든 역시 오웬을 보다가 뭔가 생각났다는 듯 손가락을 튕기며 말한다.

"맞다! 우리 유전자로 이것저것 개발하실 계획이라고 했지? 근데 리브는 우리보다 테스트를 더 많이 해야 한다고 했잖아. 미래에 리브와 가장 잘 맞는 유전자를 찾으면 수정시킬 거라고 하셨어. 움스크린으로 훨씬 업그레이드시키기 위한 거라고. 맞지?"

그러다 해든은 뭔가 굉장한 걸 알아냈다는 듯 리브에게 다가가며 외친다.

"어! 저 녀석이 설마 가장 잘 맞는 유전자? 혹시 너하고 저 찐따하고 맺어주려고 그러시는 거 아냐?"

해든은 재밌다는 듯 리브를 보며 놀리듯 웃는다. 오웬 역시 맞장구친다.

"오! 둘을 결혼시키려는 거야?"

해든과 오웬은 리브 옆에서 낄낄대며 웃는다. 해든이 리브에게 어깨동무하며 장난스럽게 말한다.

"그런가 보네. 우리 리브 누구한테 시집가나 했는데 재였구나. 크크크. 그래서 오늘 박사님이 아주 특별한 손님을 불러서 리브의 천국 요리를 맛보게 해준 거고."

해든이 계속 놀리는데 레나가 거실로 나와 천진난만하게 묻는다.

"응? 언니 시집가?"

해든이 킥킥대며 말한다.

"응. 네 언니 저 찐따한테 시집갈 것 같다. 하하하."

크게 웃는 해든과 오웬을 보며 레나는 놀란 듯 말한다.

"엥? 언니 저런 스타일 좋아하는 거였어? 저 오빠는 언니 취향이 아닐 텐데?"

해든은 그렇게 말하는 레나와 옆에서 킥킥대며 웃는 오웬을 번갈아 보며 장난과 진지함을 곁들인 표정으로 말한다.

"원래 결혼이라는 것이 이상형하고 하는 게 아니니까. 잘살려면 이상형과 완전히 반대되는 사람하고 결혼한다잖아."

진지한 표정을 짓다가 못 참겠는지 웃는 해든과 옆에서 따라 웃는 오웬이 리브를 계속 놀린다. 니나는 그런 해든과 오웬이 한심하다는 듯 쳐다본다. 리브와 아라는 별다른 반응 없이 마룻바닥의 문고리를 보고 있다.

리브가 화를 참으며 나지막하게 말한다.

"그럴 일이 있겠어? 나한테 상의도 없이 그러실 리는 없어. 할아버지가 다른 일 때문에 재를 저기 데려가신 걸 거야."

그렇게 말하고는 방으로 향한다. 해든이 리브를 뒤쫓아 간다.

"야, 삐졌냐? 당연히 농담이지. 우리가 널 몰라? 여왕님이 감히 누군데 저런 찐따하고 결혼하겠어. 우리 리브님 눈이 얼마나 높으신데. 안 그래?"

해든과 오웬은 오버하는 말투로 말하며 리브 뒤를 따라간다.

"그래 누나. 우리가 그냥 장난친 거야."

"됐어."

리브는 새침하게 말하며 거실을 지나간다. 해든과 오웬은 그런 리브를 따라가며 계속 사과한다.

"야, 미안해. 화 풀어."

"그래 누나. 우리가 잘못했어."

계속 사과하는 해든과 오웬 뒤로 레나가 따라가며 말한다.

"으이그. 만날 본전도 못 찾으면서 그러냐 둘은?"

레나는 리브에게 달려가 뒤에서 힘껏 껴안는다.

"난 언니가 누구랑 결혼하지 않고 우리하고 영원히 함께 살면 좋겠다."

그렇게 말하는 레나의 팔을 잡고 꼭 안아주면서 한껏 웃어주는 리브가 레나를 데리고 방으로 간다. 해든과 오웬도 들어가려고 하는데 리브가 다시 화난 표정을 보이고는 방문을 닫는다. 해든과 오웬이 그 앞에서 눈치를 보다가 어깨를 한 번 들썩인다. 둘은 잠시 바보 같은 웃음을 짓다가 게임방으로 들어간다.

거실에 남아 있는 아라는 여전히 굳은 표정으로 마룻바닥을 쳐다본다. 그런 아라를 보는 니나는 머뭇거리며 무슨 말을 하려는 듯하다.

"저기……."

아라가 니나를 보자 니나가 천천히 입을 뗀다.

"내가 생각하는 그런 일들을 박사님이 진행하고 계시는 거였지? 우리 꿈을 기록하시면서……."

니나가 더 말을 하려다 만다. 아라가 그런 니나를 보며 조용히 말한다.

"우리 모두 박사님의 계획을 조용히 지켜보기로 했잖아."

아라의 말에 니나가 고개를 끄덕이고 두 사람은 서로 한동안 쳐다보다 다시 마룻바닥, 벙커가 있는 쪽을 본다.

4장 7절
생식세포

마룻바닥이 열리자 사다리가 나타나고 선우필은 아래로 내려간다. 서 집사가 문을 닫자 주위의 불이 켜진다. 주위가 밝아지자 선우필은 벙커 내부로 연결되는 엘리베이터로 들어왔음을 알게 된다. 최 박사가 앞에 보이는 스위치를 내리자 엘리베이터가 지하로 내려가기 시작한다. 엘리베이터가 하강하는 동안 세 사람은 말이 없다. 낯선 분위기에 뻘쭘한지 선우필이 주위를 둘러본다. 엘리베이터는 총알도 못 뚫을 것 같은 단단한 강철로 제작되어 있다. 이 안에만 있다면 아주 안전할 듯하다.

"아직 테스트해본 건 아니지만……."

정적이 흐르던 엘리베이터에서 최 박사가 입을 떼자 말소리가 울린다.

"이 벙커는 핵폭탄에도 견딜 수 있는 재질을 사용해 제작했다네."

최 박사가 자랑스러운 듯 말한다. 선우필은 엘리베이터를 손으로 만져본다. 단단함이 느껴지지만, 너무 답답해서 여기에 며칠 머문다면 숨이 멎어 죽을 것만 같다.

이런저런 생각을 하다 최 박사에게 묻고 싶은 것들이 생각난다. 하지만 푸른 전등 아래 얼굴들이 모두 냉랭해 보인다. 최 박사도 더 이상 미동이 없어 말을 걸 수가 없다. 서 집사와 눈이 마주치지만 그 역시 차가운 미소만 지을 뿐 다시 바닥을 내려다본다. 선우필도 숨을 크게 들이마시고는 최 박사처럼 앞을 바라본다. 몇 개의 버튼이 보이지만 별다른 생각이 없다. 한참을 내려가던 엘리베이터가 드디어 멈추고 푸른 전등이 꺼지면서 주위가 깜깜해진다.

엘리베이터 문이 천천히 열리자 눈이 부실 정도로 밝은 빛이 들어온다. 마치 아기가 처음 태어날 때 병원의 눈부신 조명을 보듯 선우필이 눈을 찌푸리며 손으로 얼굴을 가린다. 그러다 눈을 천천히 뜨자 하얗고 깔끔한 벙커가 보인다. 최 박사와 서 집사는 약속이라도 한 듯 자연스럽게 엘리베이터에서 나간다. 선우필도 따라 내리며 벙커의 분위기나 구조가 위층에서 보던 최 박사의 집과 비슷하다고 느낀다.

천천히 둘러보며 고개를 왼쪽으로 돌린다. 엘리베이터에서 내리자마자 왼쪽에는 벽을 가득 메운 대형 스크린이 있다. 그 안에는 물이 가득 차 있다. 오른쪽으로 찬찬히 눈을 돌리자 대형 컴퓨터가 설치되어 있다. 최 박사가 컴퓨터 앞에 앉아 작동시킨다. 그 옆에 방문이 하나 있다. 시계방향으로 벙커를 둘러보던 선우필은 그 방문 옆 베란다 새시를 본다. 계속해서 옆으로 줄지은 방문을 확인하며 한 공간에 이렇게 많은 문이 있다는 걸 신기해한다. 그리고 오픈 키친으로 되어 있는 부엌을 마지막으로 보며 서 집사가 리소토미Lithotomy 의자를 가지고 방에서 나오는 걸 본다. 이전에 임산부들이 저기에 누워 다리를 벌려 출산하는 영상을 본 적이 있다. 그 의자를 부엌과 대형 컴퓨터 사이에 갖다 놓는 서 집사 곁으로 가 리소토미 의자를 관찰하던 선우필은 영상에서 보던 것과는 구조 자체가 아주 다르다는 걸 알게 된다. 의자에는 여러 부품이 달려 있다. 십자나 일자 드라이버 같은 기본 공구를 비롯해 선우필이 생전 처음 본 공구들도 있고, 마치 의자 속으로 들어갈 법한 바퀴도 있다. 조그마한 모니터가 여러 대 달려 있고 옆에는 아까 아이들이 착용한 머리띠도 보인다. 이 의자 때문인지는 몰라도 이제는 이 벙커가 연구실 같다는 느낌이 들기도 한다. 서 집사는 리소토미 의자에 장착된 머리띠를 자기 머리에 쓴다. 그리고 의자에 장착된 여러 공구를 꺼내 그 의자에 달린 조그마한 테이블에 차례대로 올려놓고는 의자에 붙어 있는 작은 화면들을 들어 올려 터치하며 작동시킨다. 서 집사의 머리띠에서 불빛이 나오면서 의자가 작동하기 시작한다.

최 박사 역시 머리띠를 장착한 상태로 대형 컴퓨터를 작동시키고 있다. 선우필은 다시 물로 가득 찬 스크린을 쳐다본다.

"저것이 움스크린이라네."

최 박사가 대형 컴퓨터 옆에 놓인 또 다른 소형 컴퓨터를 작동시키며 말한다. 최 박사의 머리띠 역시 강한 불빛을 발하고 있다. 선우필은 고개를 끄덕이며 뭔가 질문하려다가 최 박사가 키보드를 계속 누르며 분주해 보여 아무 말도 하지 않는다. 최 박사가 누른 키보드 소리에 맞춰 앞에 놓인 화면에서 알 수 없는 글자와 숫자가 나오기 시작하고 곧 물로 가득 찬 움스크린에서 조그마한 기포가 일기 시작한다. 마치 바닷속에서 코로 숨을 짧게 쉴 때 나오는 듯한 물방울들이 서서히 일어나자 고요한 바다에서 천천히 파도가 치듯 움스크린의 물이 움직인다. 최 박사가 사용하고 있는 소형 컴퓨터는 흔히 볼 수 있는 모양이지만 대형 컴퓨터는 선우필이 이제껏 봐왔던 그 어느 것과도 다른 컴퓨터이다.

"이게 내가 개발한 하이퍼 컴퓨터라는 거야. 들어봤지?"

최 박사가 말한다. 선우필은 물이 가득 찬 움스크린과 최 박사가 보고 있는 컴퓨터 화면을 번갈아 쳐다본다. 그리고 최 박사의 머리띠를 유심히 본다.

"이 세상의 전기도 끊기고 천연자원도 사용 못 하는 순간이 오면 말이야……."

자신을 보는 선우필을 의식한 듯 컴퓨터 화면에 시선을 고정한 최 박사가 다시 입을 뗀다.

"인류는 이전 석기시대와 같은 삶을 살아야 할지 몰라."

선우필은 이해 못 한 듯 고개를 갸우뚱한다.

"네?"

최 박사가 고개를 돌려 선우필을 보고 미소를 지으며 말한다.

"그렇지만 과학이 발달한 지금의 인류는 생명의 자원을 이용해 살 수 있을 거야."

최 박사는 가끔 알 수 없는 말을 하기에 선우필은 대수롭지 않게 여긴다.

"아, 네……."

서 집사는 의자의 나사를 더 꽉 조이고 조립하고 있다. 그는 마치 어린아이처럼 이곳을 궁금해하며 최 박사의 말에 알지도 못하면서 수긍하는 선우필을 쳐다본다. 최 박사는 키보드를 두드리다가 다시 선우필을 보고 벽을 가득 채운 움스크린을 쳐다본다. 선우필 역시 고개를 돌려 최 박사가 바라보는 움스크린을 함께 본다.

"궁금한 것이 많을 거야. 지금 설명한다 해도 자네가 다 이해하기 어려울 걸세. 걱정하지 말게나. 곧 알게 될 테니까. 아까 거실에서 얘기해준 것만 잘 이해한다면 시간이 지나면서 오늘 일을 차차 이해할 수 있을 거야. 우선 자네 바지와 속옷까지 다 벗고 거기 의자에 앉게나."

선우필은 지금의 상황이 의아하지만, 다시 한번 숨을 들이마시고는 시키는 대로 바지와 속옷을 벗고 의자에 앉는다. 왠지 최 박사의 말은 절대적으로 들어야 할 것 같다는 생각을 무의식적으로 한다. 무엇보다 그의 말대로 하면 마음이 편해진다. 평소에 아버지는 늘 최 박사가 괴짜이긴 해도 그의 말에는 강한 설득력이 있어 듣는 사람이 자기도 모르게 최 박사에게 빠지고 이후에도 그의 말이 계속 뇌리에 남을 것이라고 했다.

선우필이 부끄러운 듯 툭 튀어나온 자신의 음경을 셔츠로 끌어당겨 가린다. 최 박사는 그런 선우필을 쳐다보며 숨을 크게 한 번 쉬라고 하며 손을 치우게 한다. 부끄러운 듯 손을 치우는 선우필은 묻고 싶은 것이 점점 더 많아지지만 아무 말도 못 하고 그저 최 박사가 시키는 대로 한다. 서 집사가 나열해놓은 도구들을 보며 최 박사는 조명을 선우필의 얼굴에 비춘다. 마치 실험 생물체가 된 듯하다. 그런 선우필의 느낌이 맞는다고 동의하듯 최 박사와 서 집사는 의사나 연구원이 입는 흰 가운을 걸친다. 그들의 머리에 장착된 머리띠는 불빛이 나왔다 꺼지기를 반복한다. 자세히 보니 그 띠는 착용이 쉽도록 양쪽 귀에 연결할 수 있다. 용기를 내 머리띠에 대해 물어보려 하지만 서 집사가 선우필의 팔다리를 고정하는 바람에 때를 놓친다. 그리고 눈 바로 앞에서 서 집사의 목에 걸린 펜던트를 발견한다. 십자가와 다윗의 별 형태가 겹친 펜던트이다. 꽤 굵은 사슬로 서 집사의 목에 매달려 있다. 뚫어지게 쳐다보는 선우필을 본 서 집사가 미소를 짓고는 펜던트를 옷 속으로 넣는다.

"이거? 예전에 알던 친구가 선물한 거야. 자네 아버지와도 잘 알던 친구지."

갸우뚱거리는 선우필을 보며 서 집사가 옛 생각이 난 듯 흐뭇하게 웃는다.

"자네 어머니가 만들어준 거야."

선우필은 그제야 기억난 듯한 표정이다.

"얘기 들은 것 같아요. 어머니가 아버지하고 같이 일하실 때 동료들에게 펜던트를 만들어줬다고……."

"그래. 자네 어머니는 신실하신 분이었지. 난 자네 어머니처럼 그런 믿음은 없었지만 자네 어머니가 이걸 주면서 배려와 희생에 대해 말해주었어."

서 집사는 펜던트가 있는 자신의 가슴팍을 힘차게 툭 치고 말한다. 선우필은 그런 서 집사를 보면서 한숨을 쉰다.

"흐유…… 뭐가 뭔지 하나도 모르겠네요. 배려는 저희 아버지도 귀가 따갑게 하시던 말씀이고 희생은 어머니가 말씀하셨고……. 그런데 제가 이러는 게 인류에 무슨 도움이 될지 모르겠네요."

선우필은 고정된 자신의 팔다리를 본다. 서 집사가 아무 대답이 없자 선우필은 최 박사를 보면서 묻는다.

“저 아이들도 이렇게 해서 만든 건가요?”

최 박사는 대답 없이 원형 도구를 의자와 연결시켜 선우필의 음경 쪽으로 가져간다. 선우필의 몸이 완전히 고정된다. 선우필은 그 원형 도구를 보고는 고개를 돌려 물이 가득 찬 움스크린을 보다가 뭔가를 깨달은 듯 최 박사에게 묻는다.

“혹시…… 저를 통해 아기를 만드시려는 건가요?”

하지만 최 박사는 다른 말을 한다.

“아프지는 않지만 짜릿한 느낌이 좀 들 걸세. 그러다 잠들 테니 편안히 좋은 꿈꾸면 되네.”

최 박사가 원형 도구를 사용해 선우필의 음경을 조인다. 선우필은 눈살을 찌푸리면서 짧게 신음한다.

“으으윽!”

그러다 색다른 느낌을 받은 듯 눈을 지그시 감는다. 아까 거실에서 나눴던 최 박사의 대화가 들리고 책갈피에서 자신의 부모를 쳐다보는 리브가 떠오른다. 선우필의 표정이 점점 더 심각해진다. 눈을 떠 옆에서 지켜보는 서 집사를 보며 다시 크게 숨을 들이쉬고 묻는다.

“정말 저 같은 유전자가 괜찮을까요? 저 엄청 얼빵하고 떨떨한데다 늘 왕따 당하는 애인데……. 그리고 사교성도 없어서 사람들하고 말도 잘 못 해요.”

서 집사가 말없이 미소를 짓는다. 최 박사 역시 선우필에게 미소 짓고는 그의 머리를 쓰다듬는다.

“소외감을 느낄 줄 아는 것도 중요한 감각을 깨우는 일이야. 그런 왕따 경험으로 자네의 생각이 깊어졌을 수 있지. 오늘부로 자네

유전자는 현재 인류에게 가장 중요한 유전자가 될 걸세."

최 박사가 놀리는 것인지 칭찬하는 것인지 모르겠지만 궁금증이 더 많아진 선우필은 입을 웅얼대며 물어본다. 하지만 눈꺼풀이 무거워지고 자신이 무슨 소리를 하는지조차 모른 채 잠이 들어간다. 그리고 최 박사가 말한 것처럼 짜릿한 느낌이 든다. 마치 사정을 한 듯한데 몸이 말을 듣지 않아 계속 웅얼거리며 잠이 든다. 최 박사와 서 집사의 머리띠에서 환하게 빛나는 빛을 마지막으로 보며 결국 깊은 잠에 빠진다.

ACT 2

HOLLAMP

5장 1절
신의 선물

선우필과 최 박사가 지하 벙커에서 나오는 것을 지켜보는 리브의 모습이 어둡기만 하다. 리브 뒤에서 지켜보는 니나와 아라도 이 상황을 이해 못 하는 표정이다. 최 박사는 그런 세 여자아이를 보고는 아무 말 없이 굳은 표정으로 걸어 나오고 선우필은 이제 막 잠에서 깬 멍한 표정으로 따라 나온다. 하품하며 머리를 긁적이다 자신을 보는 리브를 발견하고는 입을 헤벌리고 쳐다본다. 그런 선우필의 눈빛을 무시하는 리브의 모습에 무안해하면서도 리브에게서 눈을 떼지 못한다. 아라와 니나는 리브와 선우필을 초조한 표정으로 번갈아 쳐다본다.

선우필은 깊은 잠이 들어 수많은 꿈을 꾼 듯하다. 꿈이 기억나지 않지만 뭔가 많은 일이 있었는지 몸이 뻐근할 정도다. 시간을 보니 지하 벙커에서 보낸 시간이 한 시간밖에 되지 않았다. 느낌으로는 최소 여섯 시간은 잔 것 같은데 바깥은 아직 이른 저녁이다. 정신을 차리고 가장 먼저 본 사람이 리브여서 그런지 산뜻하고 쾌활

한 기분이다. 계속해서 떨리는 심장을 느끼며 선우필은 최 박사의 집에서 나와 배웅 아닌 배웅을 해주는 아라와 니나 그리고 최 박사에게 멋쩍게 인사하며 오토바이를 타고 떠나려 한다. 가기 전 마지막으로 리브를 한 번 더 보려고 최 박사 뒤로 보이는 집 안을 훑어보던 선우필은 먼 뒤편에서 팔짱을 끼고 시큰둥하게 자신을 보는 리브와 눈이 마주친다. 다시 반한 표정으로 입을 헤벌리는 선우필은 기분이 더 좋아졌는지 혼자 여유로운 척 팔을 흔들며 인사하지만 애처롭게도 아무도 신경 쓰지 않는다. 각자 제각기 생각에 잠겨 그저 서서 선우필을 쳐다볼 뿐이다. 선우필은 덜떨어진 모습으로 오토바이의 시동을 걸어보지만 시동이 잘 걸리지 않는다. 무안함을 무릅쓰고 몇 번 시도한 후에야 오토바이는 고유의 소리를 내고 선우필은 유유히 떠난다.

니나는 떠나는 선우필을 보며 나지막하게 최 박사를 부른다.

"박사님?"

최 박사는 그런 니나에게 미소 지으며 어깨동무를 하고 함께 집으로 들어간다.

"응, 그래."

"무슨 일인 거죠?"

니나가 최 박사와 함께 거실로 걸어가며 심각하게 묻는다. 최 박사는 아까 들어갔던 지하 벙커 방향을 잠시 쳐다보더니 말한다.

"아이들을 거실로 불러다오."

그렇게 말하고 최 박사는 어깨동무를 풀고 자신의 방으로 들어간다. 니나는 최 박사의 뒷모습을 보며 심각한 일이 일어나고 있음을 느낀다.

*

거실에 모두 모인 아이들. 해든과 오웬은 게임 얘기를 나누고 있고 레나는 아까 읽던 잡지를 보고 있다. 아라, 니나, 리브는 심각한 표정으로 앉아 최 박사를 쳐다본다. 최 박사는 소파에 앉아 한 손으로 자신의 다른 손을 주무르면서 생각에 잠긴 듯 눈을 감고 있다.

서 집사가 선물 꾸러미를 잔뜩 가지고 거실로 온다. 해든과 오웬은 최 박사 앞에 놓인 테이블에 차곡차곡 선물을 쌓는 것을 도우며 잔뜩 기대에 찬 표정으로 선물을 본다. 레나 역시 읽던 잡지를 던져놓고 박수를 치며 선물 꾸러미를 하나하나 만져본다. 아라, 니나, 리브는 여전히 심각한 표정으로 최 박사를 쳐다본다. 그런 여자아이들의 표정을 모른 체하며 최 박사는 일부러 힘차게 말한다.

“자! 선물이다! 거기 위에 각자 이름이 적혀 있으니까 알아서 풀어보거라!”

최 박사는 옆에 놓인 찻잔을 들고 미소 짓는다. 해든과 오웬은 선물에 붙은 이름을 보고 뜯어본다. 레나도 선물에 적힌 이름을 보면서 언니들의 선물을 나눠준다. 세 여자아이는 마지못해 선물을 받고 모든 아이가 선물을 뜯어본다. 펜던트나 손목밴드가 나오고, 게임 USB나 초소형 포켓컴퓨터가 개조된 물건들이 나온다. 평범한 물건들이 최 박사에 의해 개조된 것이다. 해든과 오웬은 손목밴드를 착용한 다음 이리저리 살펴본다.

“이건 좀 다르게 생긴 밴드 같은데요?”

최 박사가 찻잔을 내려놓고 웃으며 말한다.

“잘 어울리는구나. 손목에 그렇게 착용한 다음 명상을 해보거라.

이전 것에서 업그레이드한 것이다. 게임도 할 수 있고 시간도 알 수 있고 여러 용도로 쓰일 수 있게 만들었다. 머리띠와 마찬가지로 몸의 신경들이 더 원활하게 움직이도록 해줄 것이다. 몸의 불순물도 제거해주도록 만들었지. 지금의 체력을 잘 관리해놓으면 나중 10년이 편안해진다."

니나 역시 손목밴드를 차고 이리저리 돌려본다. 얇지만 강한 불빛이 나온다.

레나가 펜던트 목걸이를 꺼내 목에 걸고는 최 박사에게 목을 내밀면서 말한다.

"할아버지 나 이뻐?"

최 박사가 흐뭇하게 웃으며

"아주 예쁘구나. 우리 레나"

하며 엄지를 들어 보인다. 레나는 신나 하며 리브에게 보여주고 다른 언니들에게도 보여준다. 그런 레나를 흐뭇하게 보며 웃어주는 세 여자아이. 아라는 손에 잡히는 초소형 포켓컴퓨터를 받아 들고는 작동해본다. 소형 휴대전화기처럼 보일 수 있지만 컴퓨터에 더 가깝다. 아라가 머리띠를 착용하자 머리띠에서 세밀한 빛이 나오면서 초소형 포켓컴퓨터가 작동하기 시작한다. 최 박사가 그런 아라를 보며 말한다.

"보이는 USB라고 생각하면 된다. 내가 지금까지 연구한 모든 자료를 최대한 다 넣어 놨다. 저장된 것들을 읽으면서 궁금한 게 있다면 물어보거라."

아라는 초소형 포켓컴퓨터를 들고 보다가 작게 접은 다음 최 박사를 본다. 이전과 다르게 싸늘한 느낌을 받는다. 마치 유언을 하는 느낌이다. 아라가 묻는다.

"박사님…… 무슨 일이 있는 건가요?"

신나 하던 해든과 오웬 그리고 레나가 하던 행동을 멈추고 최 박사를 본다. 레나가 갑자기 울먹거리며 최 박사에게 가서 안긴다.

"할아버지, 무슨 일 있는 거야? 왜 언니가 저런 말을 해?"

최 박사는 당황한 듯 함께 안아주며 말한다.

"어이쿠, 우리 레나 많이 컸구나. 아니다. 아라는 무슨 말을 하는 게냐. 그냥 해외여행 갔다가 너희들에게 필요한 선물을 만들어준 건데. 이 할아비가 언제 여행 갔다 와서 너희 선물을 빼먹은 적 있니? 갑자기 무슨 일이 있다는 거냐? 허허허."

해든이 안도의 숨을 내쉬며 아라를 나무란다.

"야, 놀랐잖아! 넌 왜 괜한 말을 해서 레나를 울려?"

아라가 울먹거리는 레나에게 미안한 표정을 지으며 고개를 끄덕인다.

"죄송해요. 아까 손님을 부른 것도 그렇고 이전에는 없던 일들이 자꾸 일어나는 것 같아서 그랬어요."

최 박사는 그런 아라와 다른 아이들을 흐뭇한 표정으로 둘러보며 말한다.

"그래. 오늘 같은 일이 처음 있긴 하지. 너희 또래의 손님을 부른 것도 그렇고……. 하지만 앞으로 너희가 성인으로 커가면서 이전에 없던 일들이 일어날 거야. 늘 준비하는 마음으로 지금처럼 서로를 돕고 열심히 살면 되는 거다. 알았지?"

레나가 눈썹을 찌푸리다 최 박사에게 와락 안긴다.

"싫어! 할아버지. 지금 무슨 말을 하는 거야! 우리는 다 같이 죽을 때까지 오래오래 함께 살아야지!"

최 박사가 레나를 안으며 껄껄 웃는다.

"어이쿠, 레나가 이 할아비를 죽이겠네. 목 막힌다."

레나는 울먹이며 최 박사를 놔준다.

"할아버지 앞으로 그런 말 하지 마. 괜히 그러니까 마지막인 것 같잖아."

최 박사가 레나의 머리를 쓰다듬으며 고개를 끄덕인다. 뒤에 있던 서 집사는 생각에 잠긴 듯 있다가 어디론가 간다.

*

다들 각자 방으로 돌아가고 리브는 최 박사와 함께 남아 있다. 자신의 선물을 뜯지도 않은 채 들고는 말없이 최 박사를 보고 있다. 최 박사는 그런 리브를 쳐다보다가 몸을 일으켜 리브의 선물을 대신 뜯어준다. 서 집사의 펜던트와 같은 십자가와 다윗의 별이 박힌 펜던트가 나온다. 다른 점이 있다면 십자가 문양 안에 리브의 부모님 사진이 인쇄되어 있다.

"할아버지가 잠시 빌려달라고 한 펜던트를 이렇게 만든 거야?"

"그래. 이 할아비가 갔던 곳에 그 사진이 있더라. 그래서 거기에 인쇄해달라고 부탁했지."

리브는 펜던트를 건네받고 한참 사진을 본다.

"이게 엄마, 아빠가 사라지기 전 사진이야?"

또 다른 질문 대신 책갈피에 있던 사진과는 사뭇 다른 부모님 사진을 이리저리 보면서 묻는다. 최 박사가 리브를 안쓰러운 표정으로 본다.

"보고 싶지는 않니?"

리브가 고개를 끄덕이며 목에 펜던트를 걸고는 사진을 쳐다보며 말한다.

"사라진 사람을 무슨 수로 찾아내. 괜찮아, 나는 할아버지가 있으니까. 그런데 이 사진은 아라가 책갈피로 만들어준 사진과는 약간 다르네. 이렇게 목에 걸고 있으면 책을 보지 않을 때도 볼 수 있겠다."

리브는 펜던트의 사진을 자세히 본다. 그러다가 고개를 들어 최 박사를 말없이 빤히 쳐다본다. 최 박사도 그런 리브를 보며 고개를 천천히 끄덕인다.

"많이 궁금하니?"

리브는 아무 대꾸 없이 계속 빤히 쳐다본다. 그러다 천천히 고개를 끄덕인다. 그런 리브의 마음을 이해한다는 듯 최 박사는 지그시 눈을 감고 잠시 생각에 잠긴다. 다시 눈을 뜬 최 박사가 리브를 넌지시 보며 말한다.

"어디서부터 어떻게 설명해야 할지 모르겠네. 아마도 이 할아비가 지금 확신이 없어서 그러는 걸 수도 있고. 다 아는 줄 알았는데 점점 더 모르는 게 많아지는 느낌이야."

최 박사는 씁쓸히 미소를 짓고는 다시 리브를 보며 말한다.

"잠시만 지금은 그냥 이 할아비를 믿어줄 수 없겠니?"

리브가 입을 삐쭉 내밀다가 고개를 끄덕이더니 최 박사 곁으로 가 어린아이처럼 무릎 위에 앉는다.

"오우! 허허허허!"

최 박사가 호탕하게 웃으며 자신을 꼭 안는 리브를 안아준다.

"알잖아, 할아버지. 우리 모두 할아버지만 믿고 사는 거."

최 박사는 그렇게 말하는 리브의 말에 터져 나오려는 슬픈 감정을 애써 숨기며 꼭 안아준다.

"우리 리브가 언제 이렇게 컸을까? 요즘 이 할아비는 늘 내 첫째 손녀딸이 처음 태어났을 때가 생각나더라. 늘 고맙다. 리브가 아니었다면 아이들을 이렇게까지 훌륭하게 키우면서 살 수 없었을 거야."

리브가 웃으면서 최 박사의 볼에 뽀뽀한다.

"새삼스럽게 왜 그래? 내 할 일을 하는 건데. 할아버지 오늘 너무 감수성이 풍부하시다. 나 이제 공부하러 들어가니까 오늘은 푹 쉬시고 내일 또 얘기해요. 선물 너무 고마워."

리브는 최 박사의 볼을 만져주며 일어난다. 그러고 자신의 방으로 향한다. 최 박사는 그런 리브가 대견스러운 듯 보다가 다시 생각에 잠긴다. 리브가 갑자기 뒤돌아서 묻는다.

"그런데 할아버지…… 이것만 혹시 지금 대답해줄 수 있어?"

최 박사는 약간 놀라는 눈치다.

"응, 그래. 뭐?"

"국제연합 회의에 가기 전에 저 지하 벙커에서 했던 실험……. 나 생리 전에도 그렇고 생리 시작하고 나서도 했던 그 실험들 말이야……."

5장 2절
그 할아버지에 그 손녀

리브가 무슨 말을 하려는지 알지만 최 박사는 모르는 척한다. 최 박사는 긴장하고 있다.

"과배란 유도해서 채취했잖아……."

최 박사는 무의식적으로 리브를 쳐다본다. 리브는 머뭇거리다 말을 이어간다.

"그것도 꽤 많은 난자를…… 몇 번이고 계속해서……. 다른 아이들은 나처럼 그렇게 많이는 실험하지 않았고. 그리고 아까 걔…… 선우필이라는 애, 걔를 왜 우리 벙커에 데리고 간 거야? 할아버지가 우리만의 아지트라고, 다 완성되면 함께 거기서 연구하고 살자고 한 거잖아. 아직 우리한테도 보여주지 않은 우리만의 공간이잖아. 우리 놀라게 해준다고 공사하는 동안에 들어가지 말라고 했잖아. 그런데 왜 오늘…… 그 벙커에 걔를…… 우리는 오늘 처음 본 그 아이를 데려간 거야?"

최 박사는 씁쓸한 표정을 지으며 리브를 쳐다본다.

리브는 밝은 성격이지만 다른 아이들에 비해서 내성적이고 개인적인 아이다. 남들에게 노출되는 것을 꺼리고 자신과 관련된 일이 가족 말고는 알려지길 원치 않는다. 리브의 외모 때문에 많은 연예기획사가 거액을 제시하거나 다양한 유혹을 해와도 눈 하나 깜빡하지 않았다. 최 박사는 그런 리브에게 아이들과 관련된 모든 집안일을 맡길 수 있었다. 그런데 말도 없이 선우필 같은 외부인을 벙커에 데리고 갔으니 아주 섭섭할 수 있다.

최 박사가 소파에서 일어나 리브에게 다가가더니 머리를 쓰다듬는다.

"곧 알게 될 거야. 지금은 이 모든 것이 우리를 위한 일이라고만 알고 있으면 돼. 인류를 위한 유일한 길이라는 것만 알고 있으면……."

"할아버지는 우리한테는 다 얘기해주잖아. 우리한테 다 얘기하지 못할 만큼 심각한 일인 거야? 레나가 아까 갑자기 운 것도 뭔가를 느꼈기 때문이야. 알잖아. 레나는 늘 앞으로 일어날 일을 느끼는 거?"

리브의 말에 말문이 막힌다. 머뭇거리는 최 박사를 보며 리브는 토라진 표정을 짓는다.

"할아버지, 나하고 아까 그 아이하고 엮을 생각 절대로 하지 마. 나 그 아이하고 결혼 안 할 거야. 절 대 로."

최 박사는 어안이 벙벙하여 리브를 보다가 곧 미소를 짓는다. 자신이 예상했던 것과 전혀 다른 고민을 리브가 하는 듯하다.

"결혼? 허허허허. 선우필이 싫으냐? 자세히 보면 귀엽고 잘생긴 얼굴인데? 애가 착하기도 하고. 너희 둘은 아주 어렸을 때 만난 적도 있어. 네가 선우필의 손을 잡고 돌아다니는 게 얼마나 보기 좋고 귀여웠는데. 게다가 너는 선우필의 엄마가 좋다면서 떨어지지 않으려 했어. 선우필의 엄마도 널 많이 예뻐해주었지."

리브의 얼굴이 빨개지더니 금세 정색한다.

"그때 그런 걸 내가 어떻게 알아? 당연히 싫어! 할아버지는 내가 지금 남자한테 관심 없다고 아무나 만나려는 줄 알아? 그리고 나 결혼 안 할 거야!"

리브는 최 박사의 팔을 살짝 치며 어리광을 부리듯 말한다.

"그래? 그럼 아무도 안 만나고 연애도 안 할 거야?"

"그게 아니라 지금 안 만날 거라고. 나중에…… 아아주 나중에 내가 하고 싶은 일을 어느 정도 하고 나면…… 우리가 모두 안정되고 그러면 정말 괜찮은 남자가 생기면 연애할 거야."

"선우필은 아아주 괜찮은 아이인데. 지금은 저렇게 어벙해 보이지만 올바른 마음가짐을 가지고 있어서 점점 더 괜찮은 청년으로 변해갈 거야. 선우필은 우리 리브를 심적으로 외적으로 모두 지켜줄 수 있는 든든한 후원자가 될 청년이라고 나는 보는데. 걔 아버지를 보면 알지 않니?"

"그래도 난 걔는 영 아니야. 무엇보다 난 그런 식으로 사람 만나는 거 싫어. 그리고 할아버지는 나 없이 어떻게 살려고 그래?"

최 박사는 이제 마음의 안정을 찾은 듯 장난스럽게 웃는다.

"이 할아비는 너네 다 시집, 장가보내고 나서 그때도 살아 있다면 혼자 연구하며 살다 죽어야지."

리브가 최 박사에게 안겨 어리광을 부리며 말한다.

"안 돼! 왜 죽어. 오늘 정말 이상해. 갑자기 내 연애 얘기를 꺼내는 것부터……. 아까도 이상한 말이나 하고 말이야. 우리 모두 다 어디 안 가고 할아버지하고 영원히 함께 지금처럼 살기로 했단 말이야! 할아버지 죽으면 안 돼!"

최 박사는 리브의 머리를 쓰다듬으면서 미소 짓지만 이내 표정이 어두워진다.

"세상에 영원한 것은 없어. 죽음을 두려워하면 인간이라는 생물체는 비겁해져. 죽음은 우리 인생의 한 부분이라는 것을 받아들여야지."

갑작스러운 최 박사의 진지함에 리브가 어색한 웃음을 짓는다.

"뭐야. 왜 갑자기 그런 말을 해? 할아버지 천재잖아. 우리가 함께 영원히 살 수 있는 기술을 개발하면 되잖아. 할아버지는 할 수 있잖아."

최 박사가 호탕하게 웃는다. 그러다 다시 어두워지려는 표정을 들키지 않으려는 듯 숨을 크게 쉰다.

"그러게 말이다. 우리 리브 말대로 사랑하는 사람들이 영원히 함께 살 수 있는 그런 기술을 이 할아비가 개발한다면 참 좋을 것 같구나. 평생을 연구해왔지만 어떻게 하면 모든 사람이 평생 죽지 않고 행복하게 살 수 있는지는 참 어려운 주제구나. 그래도 언젠가는 우리 리브 말대로 영원히 함께 사는 기술을 개발해봐야지."

최 박사가 진지한 표정으로 골똘히 생각한다. 리브는 자신이 던진 농담을 너무 진지하게 받아들이는 최 박사를 보며 웃는다.

"할아버지, 아까 죽음은 우리 인생의 한 부분으로 받아들이라고 했잖아. 평생 죽지 않고 행복할 수 있는 기술을 개발하면 인생의 한 부분이 빠지는 거 아니야?"

리브의 질문에 최 박사는 잠시 하던 생각을 멈추고 리브를 본다.

"그렇지. 내가 그런 기술을 개발하면 사람의 인생 중 한 부분이 사라지겠지."

최 박사는 자신의 말을 혼자 되풀이한다. 리브는 그런 최 박사를 보고 미소 짓는다. 같은 말을 되풀이하던 최 박사가 리브를 쳐다보며 말한다.

"이 할아비가 이제 나이가 드는가 보다. 계속 오락가락하네. 했던 말을 또 하고 횡설수설하는 횟수도 늘고 말이야."

리브는 안쓰러운 표정으로 최 박사를 안아주며 말한다.

"괜찮아, 할아버지. 그래서 내가 할아버지하고 영원히 함께 있겠다고 한 거잖아. 걱정하지 말고 하고 싶은 연구 마음껏 하세요. 우리끼리 약속한 게 있어. 할아버지가 업그레이드하고 있는 저 벙커에 할아버지하고 우리가 다 같이 함께 들어가서 살자고. 그래서 아무에게도 방해받지 않고 우리가 하고 싶은 일들을 저기서 다 할 수 있게 하자고. 많은 사람이 자기 집 주차장에서도 훌륭한 일들을 해냈잖아. 우리도 그럴 수 있는 거지. 할아버지도 저 다락방에서 수많은 제품을 개발했잖아. 안 그래?"

최 박사는 울컥 올라오는 감정을 삼키면서 리브를 더 꼭 안아준다. 리브도 그런 최 박사를 더 꼭 안아준다. 최 박사는 리브의 가녀린 두 어깨를 잡고 얼굴을 보며 말한다.

"이 할아비는 너희가 정말 고마워. 그래서 이번에 계획하는 프로젝트를 마지막으로 은퇴하려고 생각 중이야."

리브는 의아한 표정으로 가만히 있다가 묻는다.

"은퇴한다고? 할아버지가 하는 일에 은퇴가 있어?"

리브의 질문에 최 박사가 결심한 듯 말한다.

"내가 하지 않겠다고 하면 은퇴인 거지 뭐. 인류가 잘 존속하게 하려고 이런저런 개발을 해왔고 그중 가장 잘했다고 생각한 저 움 스크린까지 왔는데 잘 받아들여지지가 않네. 저출산이다 뭐다 해서 막상 거기에 맞는 제품을 만들어서 보여주면 위험하다, 안 된다라고 하면서 훼방만 놓고 말이지. 주사 없이 간단히 난임을 해결할 수 있는데도 돈을 좇느라 한 치 앞을 못 내다보는 거야. 결국 언젠가는 내가 아니어도 누군가에 의해 이런 제품들이 세상에 출시될 건데 말이야. 쓸데없는 일에 신경 쓰다 보니 진정 필요한 내 개발품에는 전혀 신경을 쓰지 못하는 거지. 하지만 어쩌겠냐? 내 프로젝트 때문에 지금까지 많은 사람이 희생되었어. 이 할아비는 더는 사람들을 희생시키기 싫다. 사람들 설득시키는 일도 점점 더 힘에 부치고……."

최 박사의 진심 어린 말과 지친 듯한 표정을 보며 리브는 자신의 어깨를 잡고 있는 최 박사의 두 손을 꼭 잡고 미소 짓는다.

"힘들면 하지 마, 할아버지. 앞으로는 우리가 할게. 할아버지는 푹 쉬면서 우리하고 놀아. 이제는 편안히 지내면 돼."

최 박사는 리브가 대견스러운 듯 웃는다.

거실로 나온 서 집사가 그런 두 사람을 보며 생각에 잠긴다.

6장 1절

고백

선우필은 며칠 전 있었던 일이 기억에서 떠나지 않아 턱을 괴고 멍하니 앉은 채 허공을 바라보고 있다. 짧은 시간 동안 무수히 많은 꿈을 꾼 탓인지 몰라도 오토바이를 타고 집에 오는 길에 사고까지 날 뻔했다. 집에 도착해서도 최 박사의 예상대로 선우민은 아무것도 묻지 않았다. 하지만 날이 갈수록 선우필의 궁금증은 더해갔다.

이런저런 생각이 머릿속에서 계속 떠오르고 속마음이 뒤엉키는 느낌이 들었지만 리브의 표정을 떠올리면 편안해졌다. 처음에는 그저 그녀의 맑고 순수한 얼굴, 한 번 보면 눈을 뗄 수 없는 아름다운 눈, 오뚝한 코, 그리고 맞춰보고 싶은 입술을 가진 리브의 얼굴이 머릿속에서 맴돌았지만 이제 사진을 쳐다보던 그녀의 표정이 뇌리에 남아 떠나질 않는다. 그리움과 원망스러움, 사랑스러움이 한데 섞인 그녀의 표정에서 그 생각을 알고 싶은 궁금증이 더해간다. 편안했던 마음이 다시 긴장되고 온몸에 전기가 오르듯 짜릿해진다.

선우필은 서랍에 손을 넣어본다. 그 안에 리브에게 주려고 준비한 것들이 있다. 직접 만든 도시락, 어렵게 구한 꽃, 편지가 들어 있다. 오늘 전해주려는 생각에 머릿속으로 계획을 짜본다. 혼자 가도 괜찮을지, 최 박사가 있으면 자연스럽게 들어갈 수 있겠지만 최 박사가 없다면 아이들이 리브를 만나게 해줄지, 여러 생각이 겹친다. 그러다 옆에서 민수와 급우들이 오늘 해든과 오웬의 집으로 쳐들어가자면서 그들의 집을 누가 알고 있는지 서로 묻는 소리가 들린다.

어느새 선우필이 민수 옆에 서 있고, 민수의 급우들이 째려본다.

"뭐냐 넌?"

평상시 민수 몰래 괴롭히던 학생이 시비조로 선우필에게 말한다. 선우필은 민수만 보며 말한다.

"나 걔네 집 가봤는데 나도 데리고 가면 안 돼?"

민수가 책상에 다리를 걸쳐 앉은 채 선우필을 보며 무슨 말인지 모르겠다는 듯 갸우뚱한다. 그러자 무리 중 한 명이 선우필의 머리를 툭 치며 말한다.

"어딜 가봤다는 거야?"

"그 해든이라는 아이 집."

선우필이 자신 있게 말한다. 민수가 자세를 고쳐 앉고는 묻는다.

"걔네 집을 가봤어? 어떻게?"

"초대받아서."

당연한 듯 대답하는 선우필 주위에 더 많은 급우가 몰려든다.

"너 그럼 그 여자애들도 만났냐?"

모여든 아이들 때문에 당황하지만 선우필은 어벙벙한 표정을 지으며 대수롭지 않은 듯 대답한다.

"응. 나한테 음식도 해주고 같이 먹었는데. 방도 구경하고……."

급우들이 관심을 보이며 가까이 몰려든다. 민수는 그런 급우들이 한심하다는 듯 코웃음 친다. 선우필은 몸을 움츠린다.

"어땠냐? 정말 좋은 향기가 나고 그래? 걔네들 속옷도 보고 그랬어?"

"야, 뭘 그런 걸 봐?"

"소문 못 들었어? 걔네 겁나 좋은 냄새 나고 몸매도 장난 아니잖아."

급우들이 서로 떠들다가 다시 선우필을 쳐다본다. 한 친구가 의심쩍은 표정으로 묻는다.

"설마…… 본 거냐?"

선우필은 자신의 손을 쳐다본다. 민수도 궁금한 듯 몸을 앞으로 내민다.

"그런 걸 본 건 아닌데 가슴을 만진 것 같……."

말이 끝나기도 전에 급우들이 선우필의 손을 만지려 득달같이 달려든다.

"오!"

민수는 그런 아이들이 어이없는 듯 웃고, 선우필은 갑작스레 자신의 손을 잡고 비트는 학생들에게서 손을 빼려고 한다. 그러자 한 학생이 선우필의 팔을 꺾더니

"야, 이러면 이 새끼 손 만지기가 더 쉬워!"

하면서 손가락도 꺾으려 한다. 고통에 소리를 지르자 그제야 민

수가 나서 말린다. 그때 다른 학생 두 명이 선우필의 책상 서랍에서 리브에게 주려고 준비한 물건들을 찾아낸다.

"야! 이 새끼 그 여왕님한테 고백하려고 하나 보다. 하하하!"

민수의 급우들이 다시 우르르 선우필의 책상으로 다가가 준비한 것들을 돌려보며 놀린다. 그러다 꽃이 뭉그러지고 준비한 도시락 음식이 마구 휘저어지다가 그들의 손을 거쳐 입으로 들어가 버린다. 그들은 음식 기름이 묻은 손으로 편지를 집는다. 아픈 팔을 만지던 선우필이 그제야 급히 편지를 빼앗으려 다가가지만 민수의 친구들에게 제지당한다. 한 친구가 선우필의 손을 고통스럽게 꽉 잡는다.

"야, 우리가 좀 상대해주니까 만만하냐? 가만히 있어라."

민수가 안 들리게 조용히 으름장을 놓자 선우필은 졸아버린다. 이미 아이들은 약속이라도 한 듯 민수가 안 보이게 자리 잡고 있다. 한 손으로 음식을 집어 먹던 녀석이 손에 묻은 기름을 편지 종이로 닦더니 편지를 읽기 시작한다. 편지는 이미 구겨지고 더러워졌다.

"사랑하는 리브 씨, 그대를 처음 본 순간 시간이 멈출 수 있다는 걸 알게 되었고……."

학생들이 웃기 시작하고 선우필은 부끄러움에 얼굴이 빨개진다. 여전히 자신의 팔이 잡혀 있어 도망갈 수도 없다. 뒤에서 듣던 민수가 소리친다.

"야! 그만해. 편지 돌려줘!"

아이들이 재빨리 팔을 놔주고 편지를 읽던 녀석은 놀랐는지 편지를 손에 든 채 서 있다. 민수가 일어나 선우필에게 와 상황을 정리해준다. 그리고 더러워진 편지를 빼앗아 다시 고이 접어 선우필에게 돌려준다. 이미 양념이 묻어 있고 더러워졌다. 선우필은 망연자실한 표정으로 의자에 털썩 앉는다. 민수가 그런 선우필의 어깨에 손을 대며 말한다.

"너 그 애한테 프러포즈하려고?"

대답 대신 민수를 쳐다본다. 그러다 부끄러운 듯 미소 지으며 끄덕인다. 민수의 급우들이 크게 비웃기 시작한다. 민수가 고개를 푹 숙이고 있는 선우필의 어깨를 툭 치더니 말한다.

"그 애가 여왕님이라고 소문 난 리브 맞지? 꽤 도도해 보이던데 할 수 있겠어?"

선우필은 민수를 한 번 보고 자신을 비웃는 학생들을 쳐다보고는 다시 민수를 본다. 그리고 민수만 볼 수 있게 고개를 끄덕인다. 민수가 미소 짓는다.

"너처럼 그 여자애가 자신과 맺어질 거라고 생각하는 애들이 한두 명이 아닌 것 같아. 내 주위에도 벌써 수십 명이 그 여자애를 노리더라고. 걔네도 하나같이 다 너처럼 이런 식이든지 아니면 더 웅장하고 입이 떡 벌어질 정도로 준비해서 고백했다고 들었는데, 결국 죄다 차였어. 쉽진 않을 거야……."

민수의 말에 선우필의 얼굴이 어두워진다. 민수는 그런 선우필에게 미소를 지으며 어깨를 토닥인다.

"그렇지만 남자란 한번 마음먹으면 도전해야 하는 거 아니겠어?"

선우필의 표정이 다시 밝아진다. 계속 바뀌는 선우필의 표정에 민수가 웃음을 참으며 말한다.

"학교가 오늘 일찍 끝나기도 하고, 그 새끼 학교가 오늘 개교기념일이라더라. 그러니까 집에 있을 거야. 오늘 학교 끝나고 바로 그 집에 쳐들어갈 거니까 같이 가자!"

민수는 그렇게 말하고 계속 킥킥대는 급우들에게 말한다.

"선우필이 오늘 고백하는 거 우리가 모두 합심해서 도와줄 거야. 알았지? 그러려면 그 여자애 옆에 있는 해든하고 그 나이 어린 새끼를 떼어내서 겁나 패주고 선우필과 그 여자애 둘만의 시간을 갖게 해주는 게 계획이야. 다른 여자아이들은 건드리지 말고."

킥킥대던 급우가 민수에게 말한다.

"그럼 그 싸움 잘하는 몸매 좋은 여자아이는? 너도 당했잖아?"

그 말에 민수가 발끈한다.

"누가 당했다는 거야? 걔는 내가 다시 만나서 까불면 가만 안 둘 거니까 너희는 가만히 있어. 오늘 목표는 해든 새끼와 그 동생 새끼야."

민수가 고개를 돌려 선우필에게 웃어준다. 민수 친구들은 뒤에서 선우필을 아니꼽게 쳐다본다. 민수는 가만히 선우필 손에 들려 있는 편지를 본다.

"열심히 쓴 것 같은데 같이 한번 좀 봐볼까?"

"많이 이상해? 며칠 동안 밤새워서 쓴 건데."

선우필의 말에 민수는 당황하지만 이내 활짝 웃는다.

*

"지금 긴급 상황이 발생했다! 우주정거장들의 교신이 모두 끊긴 상태다. 영상도 아무것도 작동되지 않는다. 다른 우주탐사대에도 연결해보지만 아무 신호가 잡히질 않는다."

한 연구원이 다급하게 전화기에 대고 알린다. 나사는 지금 긴급 상황이다. 나이가 지긋한 나사 연구원이 계속 최 박사에게 알려야 한다고 말하고 다른 연구원은 반대한다.

"크리처 프로젝트 때를 기억 못 합니까? 그 인간은 제정신이 아닙니다! 세상을 자기 마음대로 반죽시킬 인간이라고요!"

"지금 최 박사가 얘기한 대로 되어버렸잖아! 최 박사 계획대로 안 한다면 우리 인류가 다 멸망할 거라고!"

"우연의 일치일 뿐이에요!"

나사 연구원들 간에 논쟁이 심해진다. 더 많은 나사 직원들이 모이면서 아수라장이 되어간다. 나이 든 연구원은 그 무리에서 벗어나 최 박사에게 몰래 연락한다.

7장 1절
1차 대전

개교기념일이라서 아이들은 집에서 최 박사와 함께 휴식을 취하는 중이다. 최 박사는 거실 소파에 앉아 신문을 읽고 있고 서 집사는 집 안의 화분에 물을 주고 있다. 그때 휴대폰이 울리고 서 집사가 멈추더니 가만히 휴대폰을 쳐다본다. 'Restricted(발신자 표시 제한)'라는 문구가 떠 있다. 정부 기관에서 온 전화라는 걸 직감적으로 알아차린 서 집사가 최 박사에게 휴대폰을 건넨다. 최 박사는 말없이 휴대폰을 받아 귀에 대고 그 안에서 들려오는 말을 가만히 듣는다. "Ok, Got it"이라고 짧게 말한 후 끊고는 서 집사에게 돌려준 후 아무 일 없다는 듯 다시 신문을 읽는다. 서 집사 역시 아무 말 없이 다시 화분이 있는 곳으로 가 물을 주기 시작한다. 다시 휴대폰이 울리더니 'Restricted'라는 문구가 뜬다. 최 박사가 신문에 시선을 둔 채 서 집사에게 말한다.

"받을 필요 없다네. 소 잃고 외양간 고치려는 전화야. 이제부터 오는 전화는 받지 말게. 나는 할 만큼 했고 말해줄 만큼 해줬어. 앞으로는 내 계획에 동참한 사람들하고만 함께하자고. 신경 쓰지 말고 얼음 가득 넣은 아이스커피나 한 잔 좀 타주게."

서 집사는 물뿌리개에 남은 물을 마저 붓고 아이스커피를 만든다. 휴대폰이 계속 울리지만 서 집사는 그대로 놔둔다.

훈련방에서 니나가 혼자 격렬히 격투 훈련을 하고 있다. 머리에 두른 머리띠에서 불빛이 깜빡인다. 그녀는 바퀴 달린 보드 위에서 샌드백을 열심히 치고 나서 무거운 덤벨을 드는 운동을 한 후 한 차례 스트레칭을 하고 심호흡을 한다. 해든과 오웬이 게임방에서 머리띠를 두른 채 서로 열을 내며 즐겁게 게임에 몰두하고 있다. 그들의 머리에 장착된 머리띠에서 희미한 빛이 나온다.

공부방에서는 레나와 리브가 등을 기댄 채 책을 읽고 있다. 레나는 동화책을, 리브는 소설책을 읽고 있다. 아라는 그 옆 책상에 앉아서 손으로 기계조립을 하면서 동시에 키보드를 두드리고는 컴퓨터 모니터와 기계를 바쁘게 살피며 몰두하는 중이다. 아라는 최 박사가 선물한 소형 컴퓨터를 자신의 컴퓨터와 연결한 후 다양한 자료를 동시에 읽는다.

*

민수와 급우들 그리고 선우필은 모두 최 박사 집으로 향하고 있다. 긴장한 표정의 민수와 다르게 아이들은 들떠 있다.

"야! 오늘 싸움 말고 더 재미난 걸 보겠는데?"

한 친구의 말에 다른 아이가 거든다.

"나 솔직히 선우필이 차이는 거 보면 더 재밌을 것 같은데. 그 여자애들이 어떤 애들인데. 저 새끼는 지 주제도 모르고 깝쳐."

다른 아이가 조용히 말한다.

"암튼 나중에 저 새끼 차이고 나서 어디 데리고 가서 좀 까자. 재수 없는 거 같아."

주위의 급우들이 동의한다.

아이들은 수준 낮은 농담을 지껄이며 옆에서 걷는 선우필을 본다. 그들의 말에 선우필은 고개를 돌려 본다.

"뭘 보냐?"

가만히 그들을 쳐다보던 선우필이 한심하다는 표정으로 고개를 절레절레 흔든다.

"너희는 생각하는 게 그 정도밖에 안 되냐?"

갑작스러운 말에 민수 친구들이 당황해한다. 선우필은 유유히 앞으로 걸어간다.

"저 인셀incel 새끼 지금 뭐라는 거야? 죽으려고 저게."

"내버려 둬 지금은. 고백하러 간다니까 괜히 세 보이려고 저러는 거잖아. 이따가 따로 불러서 정신 차리게 해주면 돼."

선우필은 이전과 다르게 지금은 급우들의 헛소리가 전혀 두렵지 않다. 리브를 만나 고백하려는 생각이 두려움을 지배하고 있기 때문이다. 뭉개진 꽃과 더러워진 편지를 든 손이 파르르 떨리고 있다.

어느새 최 박사 집에 도착한다. 집 외부를 쳐다보는 민수와 친구들은 멍해진다. 도심 한복판에는 존재하기 어려운 대형 주택의 야외 정원은 울타리와 철창으로 막혀 있다.

"여기야?"

민수의 질문에 선우필이 고개를 끄덕인다.

"응."

민수는 선우필을 보고 다시 저택을 쳐다본다.

"집이…… 좋네…… 아주……."

생전 본 적 없는 집의 구조에 민수는 멍해지며 혼잣말하고 선우필은 리브에게 할 말을 몇 번이고 연습한다. 민수 급우들 역시 넋을 잃고 집을 훑어보는 중이다. 다들 처음과 달리 어찌할 바를 모른 채 쭈뼛거리는데 선우필이 연습을 다 마친 듯 자연스럽게 정원으로 향하는 철창문을 열고 들어간다. 정원으로 들어가는 문은 사람 키보다 낮은 울타리로 되어 있다. 지나가는 사람도 정원을 구경할 수 있고 딱히 누구를 못 들어오게 막아둔 것 같지는 않다. 당당히 들어가는 선우필을 따라 민수와 친구들이 천천히 눈치를 살피며 들어간다. 정원을 지나 저택 내부로 향하는 민수와 친구들은 도심 한복판에 식물원을 연상케 하는 정원이 있다는 것에 놀라며 휴대폰을 꺼내 동영상이나 사진을 찍는다. 저택 현관문에 다다르자 선우필은 심호흡을 크게 한 번 하더니 벨을 누른다. 서 집사가 문을 연다. 서 집사는 선우필과 그 뒤에 함께 온 아이들을 보고 놀란다. 그러더니 뒤돌아서 소파에 앉아 아이스커피를 마시며 신문을 읽는 최 박사를 본다. 최 박사가 선우필을 보더니 올 것이라 예상한 듯 반가워한다.

"리브 만나러 왔구나!"

서 집사가 심각한 표정을 짓더니 어디론가 급히 간다. 최 박사가 선우필에게 말한다.

"어서 들어오렴. 친구도 없다면서 오늘은 잔뜩 데리고 왔구나.

다들 와서 재밌게 놀다 가렴."

서 집사는 이것저것 챙기며 분주하다. 이따금 선우필 뒤의 급우들을 보며 심각한 표정을 짓는다. 잠시 후 리브가 물을 마시러 나온다. 그리고 선우필과 눈이 마주친다. 최 박사는 리브와 선우필을 번갈아 보더니 리브에게 말한다.

"오늘 선우필이 친구들을 잔뜩 데리고 놀러 왔네. 널 보러 온 거니까 맛있는 거 해 먹으면서 다 같이 재밌게 놀렴."

최 박사는 짜증 섞인 표정을 짓는 리브를 뒤로하고 산타할아버지처럼 허허 웃으며 자신의 방으로 향한다. 최 박사를 째려보며 얼굴이 빨개진 리브가 외친다.

"할아버지!"

최 박사는 별 반응 없이 급하게 방문을 닫는다. 리브는 그런 최 박사를 향해 투덜대더니 주방으로 간다. 민수의 친구들은 리브를 보며 수군댄다.

"재다. 여왕님."

친구들은 리브를 보려고 집 안을 기웃거린다.

"선우필 이 새끼가 완전히 돌았구나. 감히 누굴 넘보는 거야?"

"다른 학교 일진 애들도 넘보고 있는데 이 새끼가 제 분수를 모르는 거지. 이따가 우리가 알려줘야지."

"소문대로 심하게 예쁘네."

"공부도 엄청나게 잘한다는데."

선우필의 뒤통수를 치면서 급우들이 수군댄다.

"이 새끼는 왜 맞을 행동이나 차일 행동을 이렇게 하는 거지?"

"내 말이 그 말이라고. 미친 거 아냐."

"난 그냥 쟤 손 한 번만 잡아보면 소원이 없겠네."

"난 그다음."

수군대는 급우들 틈에 또 다른 팔이 나오더니 선우필의 뒤통수를 강타한다.

"이 새끼 깡다구가 장난 아니네. 내가 아는 형들이 쟤 건드리는 새끼들 가만 안 놔둔다 그랬는데. 너 지금 이런 행동도 그 형들이 알면 가만 안 둔다고."

선우필은 약간 화가 난 듯 급우들을 쳐다본다.

"그만해."

선우필이 진지하게 말한다. 민수와 아이들이 선우필의 달라진 행동에 놀라 한마디하려는데 그 순간 바깥에서 폭발하는 듯한 굉음이 들린다.

바깥에서는 언제부터 와 있었는지 원형 비행물체가 하늘을 돌며 알 수 없는 빛을 총처럼 쏴대며 무작위로 건물을 부순다. 곧이어 원형 비행물체에서 마치 용의 형상 같은 대형 괴생물체들이 나타나 사람들을 공격한다. 형태는 용이지만 입을 제외한 다른 부위들이 없다. 마치 면적이 넓은 대형 지렁이 같기도 한데 무수히 붙어 있는 다리가 사람들을 들었다 공중에서 떨어트리기도 한다. 하지만 허공을 돌며 입에서 쏴대는 빛이 더 많은 사람을 순식간에 쓸어버린다. 빛에 맞은 사람들은 먼지처럼 사라진다. 쓰러진 건물 파편에 맞아 죽는 사람들도 있다. 우후죽순으로 빛을 쏴대는 대형 괴생물체들의 공격에 사람들은 속수무책으로 죽는다. 그리고 괴생물체들을 내보낸 원형 비행물체는 천천히 어디론가 향한다.

정원에 나온 민수 급우들은 놀라서 앞에 있는 친구들을 밀치면서 서로 집 안으로 들어오려고 한다. 그러던 중 맨 앞에 있던 민수가 떠밀려 집 안으로 들어온다. 넘어지는 민수를 붙잡던 선우필은 뒤에서 급우들이 넘어지는 바람에 깔린다. 그때 정원에서 알 수 없는 빛이 무더기로 지나가면서 정원에 있던 급우들의 몸이 산산조각 나고 찢겨 집 안까지 온통 피범벅이 된다.

최 박사가 나와 아이들을 부른다. 아이들이 일제히 거실로 나오더니 최 박사와 함께 이전에 선우필을 데려갔던 지하 벙커로 향한다. 미리 나와 있던 리브는 아이들과 함께 최 박사의 지휘 아래 신속히 지하 벙커 쪽으로 향한다. 이미 전투 유니폼을 입은 서 집사가 준비라도 한 듯 바닥에 붙은 문을 열고 그 안 사다리를 펼쳐 아이들을 엘리베이터로 피신시킨다.

최 박사는 바닥에 넘어져 있는 선우필을 부축해 엘리베이터로 향한다. 선우필은 어리바리한 모습으로 최 박사가 하는 대로 따른다.

집 안에 들어왔던 민수와 남은 급우들이 겁에 질려 소리 지른다.

"뭐야!"

민수가 자기 뒤에서 소리를 지르는 급우들을 보고 도망치려 하지만 후들거리는 다리가 말을 듣지 않는다. 그러다 정신을 차리고 보니 최 박사가 선우필을 데리고 바닥에 난 문으로 들어가는 것을 보고 그쪽으로 향한다. 뒤에서 급우들도 따라가지만 알 수 없는 빛이 다시 현관문과 거실을 박살내면서 튀는 파편에 맞는다. 민수는 축축해진 등을 손으로 만지는데 피가 잔뜩 묻어 있다. 뒤를 돌아보자 파편에 맞은 친구들이 모두 고통스러워하며 쓰러져 있다. 일부는 죽어 있다. 잔뜩 겁에 질린 민수는 떨리는 몸을 겨우 이끌고 엘리베이터로 가까스로 움직인다.

많은 양의 피가 집 안에 흐르고 있다. 미처 들어가지 못한 최 박사와 선우필 역시 피범벅이 된 채로 엘리베이터로 향한다. 최 박사는 선우필을 먼저 밀어 넣는다. 엘리베이터 안으로 떨어진 선우필은 일어나면서 균형을 잃고 리브와 부딪힌다.

최 박사 역시 엘리베이터로 내려가려고 사다리를 타는데 민수가 뒤에서 팔을 잡는다.

"자네는 아니네!"

어디서 그런 괴력이 났는지 최 박사가 민수를 밀쳐낸다. 아까 산타클로스 할아버지처럼 호탕하게 웃던 최 박사가 아닌 완전히 다른 사람이 된 듯하다. 민수는 최 박사의 힘을 당해내지 못하고 넘어진다. 겁에 질린 민수는 기어가 최 박사를 다시 잡는다. 이전에는 전혀 보지 못한 살려달라는 표정으로 눈물을 흘리며 벌벌 떠는 민수를 최 박사가 냉랭하게 바라본다.

"자네는 여기에 속한 아이가 아니야! 선택받은 아이가 아니라고! 여기 남아서 저 잘났다고 떠들어대는 자네 친구들과 운명을 같이하게나!"

최 박사가 붙잡힌 발을 떨어내며 사다리로 내려가려는데 민수는 다시 소리 내어 울면서 최 박사의 팔을 잡더니 놔주질 않는다. 최 박사의 하반신은 사다리에 있고 상반신은 위로 나와 있다. 민수는 최 박사의 어디라도 붙잡으려 발버둥 친다. 최 박사는 엘리베이터로 들어오려는 민수를 제지하고 두 사람은 계속 실랑이를 벌인다.

"주저하지 말고 빨리 버튼을 눌러!"

최 박사가 서 집사를 향해 외친다. 한순간에는 가능했어도 기력이 약해지고 있는 최 박사로서는 민수의 체력을 당해낼 수가 없다.

이제 서 집사가 버튼을 누르면 바닥의 문이 닫히면서 엘리베이터가 그대로 지하로 내려갈 것이다. 그러면 저 민수라는 아이는 닫힌 문에 몸이 절단되어 죽을 것이다. 서 집사는 어쩔 줄 몰라 하며 버튼과 최 박사를 번갈아 쳐다본다. 아무리 최 박사의 말이라도 이건 받아들이기가 힘들다.

엘리베이터에서 리브 역시 난생처음 보는 최 박사의 모습에 놀라 어찌할 바를 모른다. 다른 아이들도 당황하고 있다. 늘 최 박사의 말을 들으며 그의 말을 따라 행동해왔고 지금까지 순조로운 생활을 해왔다. 그것은 세상이 만들어낸 규칙과 통념을 잘 따르는 생활이었다. 하지만 지금 그런 건 아무 쓸모가 없으며 그저 생사를 오가는 상황이다. 이럴 때 규칙과 통념으로만 살아온 아이들은 어떻게 행동해야 하는지 모른다. 늘 답이 있었던 리브조차 지금은 당황할 수밖에 없다. 그때 리브는 누가 자신의 손을 꼭 잡는 것을 느낀다. 레나인가 싶어 무의식적으로 안아주려고 돌아보니 그 손의 주인은 선우필이다.

선우필이 자신의 손을 꼭 잡은 채 겁에 질려 있다. 그는 실랑이를 벌이고 있는 민수와 최 박사를 보고 있다. 하지만 리브는 선우필의 손을 의식하지 못한 채 그저 떨리는 눈으로 최 박사와 민수를 보다가 선우필의 눈과 마주친다. 리브도 잠시 선우필을 보다가 자기도 모르게 선우필의 손을 뿌리친다. 도대체 이 아이는 누구인데 여기에 있는 건가? 최 박사는 왜 선우필을 자신의 최고 후원자라고 했는가? 후원자라면 최 박사의 연구를 금전적이나 심적으로 여러 방면에서 다양하게 도와주는 사람 아닌가? 왜 선우필을 이곳에 오게 했는지, 왜 자신과 연결하려는 느낌이 강하게 드는지 리브는 의구심이 들었다. 이제껏 한 번도 최 박사의 행동이나 말에 이렇게 의구심이 든 적이 없었다.

손을 뿌리치자 리브의 목에 걸린 펜던트가 옷 밖으로 튀어나온다. 너무 매몰차게 뿌리쳤나 싶어 약간 미안해하는 표정으로 선우필을 보는데 선우필의 시선이 펜던트에 박힌 자신의 부모님 사진에 향해 있다. 그 순간 어떤 생각이 났는지 선우필이 외친다.

"아버지!"

아버지를 부르며 선우필이 급히 엘리베이터에서 나가려고 하자 리브는 본능적으로 선우필의 손을 꽉 잡는다.

"지금 나가면 안 돼!"

왜 선우필을 잡았는지 모른다. 리브는 처음으로 자기 의지로 남자의 손을 잡은 행동에 놀랐지만 지금 선우필이 나가면 큰일이 날 거라는 직감이 들었다. 선우필은 리브가 잡은 손을 보며 잠시 머뭇거리다가 손을 뿌리친다. 선우필은 자신의 행동에 놀라고 리브 역시 놀란다. 선우필은 어찌할 바 모르는 표정으로 리브를 쳐다보다 매몰차게 뒤돌아서 나간다. 사다리에 걸쳐서 실랑이를 벌이고 있는 최 박사를 넘어 밖에서 들어오려고 발버둥 치는 민수를 뛰어넘어간다. 리브는 나간 선우필을 보며 두려운 마음으로 자신의 손을 본다. 선우필의 손에서 느껴지던 온기와 땀이 손에 남아 있다.

너무 빠르게 나가려던 선우필의 다리를 최 박사가 무의식적으로 잡는 바람에 민수를 놓아버린다. 선우필은 갑자기 다리를 잡히는 바람에 넘어지고 민수는 그 틈을 타 최 박사를 건너 뛰어 엘리베이터 안으로 들어온다. 그리고 잔뜩 겁에 질린 표정으로 재빠르게 구석으로 기어가서 다시는 안 나가려는 듯 쭈그리고 앉는다. 그런 민수를 보고 최 박사가 선우필의 다리를 잡은 채 사다리를 타고 올라가려고 하자 리브가 다급히 외치며 아래에서 최 박사의 다리를 붙잡는다.

"할아버지 나가면 안 돼! 위험해!"

서 집사가 최 박사를 따라 나가려는 리브를 붙잡자 리브는 서 집사의 팔을 뿌리치려 한다.

"할아버지가 위험해요! 이거 놔요!"

계속 나가려고 하지만 서 집사는 단호하게 리브를 더 꽉 잡는다. 최 박사가 사다리에 올라탄 채 리브를 본다. 그러고는 뒤에서 리브를 잡고 있는 서 집사에게 고개를 살짝 끄덕이더니 리브가 잡고 있던 자신의 다리를 흔들어 리브에게서 떨어진다.

"할아버지……."

리브는 말이 더 안 나오는 듯 조용히 최 박사를 부른다. 최 박사는 그렇게 엘리베이터 밖으로 나간다. 거실로 나온 선우필은 최 박사의 손을 뿌리치고는 다시 일어나 집 밖으로 나가려 하지만 최 박사가 다시 뒤에서 꽉 잡는다.

"이미 늦었다네!"

"아버지가 위험해요! 제가 빨리 가서 도와드려야 해요!"

"아니야! 자네 아버지는 자신의 길을 이미 선택했어. 자네와는 다른 길이야! 지금 가봤자 아무 소용 없어! 내 계획에만 차질이 생길 뿐이야!"

선우필은 놀란 듯 최 박사를 쳐다본다.

"선택했다니요?"

최 박사는 창가 쪽에서 알 수 없는 빛을 뿜는 총을 쏘며 사람들을 죽이고 있는 중형 괴생물체들의 윤곽을 보며 그들이 최 박사의 집으로 동선을 바꾸고 있다는 것을 알게 된다.

"지금 시간이 없네! 저들이 곧 우리를 공격할 거야. 우리는 살아 있어야 해. 내 계획을 실행시키기 위해서는 우리가 반드시 살아야 해! 벙커 안에 들어가서 다 설명해주겠네! 자네는 우리와 꼭 함께 해야 해!"

선우필은 믿을 수 없다는 표정으로 집으로 걸어오는 중형 괴생물체 무리를 본다. 그들은 보통 인간보다 조금 더 크고 역시나 입만 빵긋대고 걸어온다. 눈이 있어야 할 자리에는 점이 두 개 박혀 있다. 바깥에서는 초소형, 소형, 중형, 대형으로 크기가 각기 다른 괴생물체들이 인간들을 공격하고 있다.

"말도 안 돼요……. 저것들은 뭐란 말이에요?"

선우필은 그렇게 말하고는 방심한 최 박사의 손을 재빠르게 뿌리치고 집 밖으로 나간다. 그리고 중형 괴생물체 무리를 피해 숨고는 다른 방향으로 재빠르게 뛰어간다. 최 박사는 갑자기 자신을 뿌리치고 나간 선우필을 다시 잡으려다가 넘어지고 발목을 접질린다. 소리를 지르는 최 박사는 선우필이 간 방향을 보며 중얼거린다.

"이게 아니야……. 이러면 안 되는데…… 아니야……. 이러면 계획이 다 어긋나."

사다리를 타고 머리를 내민 서 집사가 최 박사에게 외친다.

"박사님!"

7장 2절
신의 시점

서 집사가 밖으로 나오려고 하자 넋이 나가 있던 최 박사가 급히 소리 지른다.

"나오지 마!"

그 소리에 서 집사는 멈칫한다. 리브는 서 집사와 함께 사다리를 잡은 채 거실에서 접질린 자신의 발목을 잡고 무슨 생각을 빠르게 하듯 눈동자가 급히 움직이고 있는 최 박사를 본다. 최 박사는 복잡한 심경인 듯 전에는 보지 못했던 쫓기는 듯한 표정으로 계속 생각하다 사다리를 꽉 잡은 채 두려움에 떠는 리브를 본다. 최 박사는 리브의 눈을 보며 더 머리가 복잡해진 표정이다. 그때 리브는 한 중형 괴생물체가 최 박사 뒤로 다가오는 것을 본다. 밖에서 쬐는 태양 빛이 리브 쪽을 향하고 있어 괴생물체의 형태만 보일 뿐 자세히 보이지는 않는다.

"할아버지! 뒤에!"

다급하게 외치는 소리에 뒤를 돌아본 최 박사는 반사적으로 두 팔로 몸을 가린다. 중형 괴생물체의 팔이 칼의 형태로 변하면서 뾰족한 날이 만들어진다. 그리고 최 박사를 찌르려는 듯 다가온다. 서 집사는 다급하게 권총을 꺼내 괴생물체를 향해 연속으로 세 발을 쏜다. 그중 두 발이 명중하고 괴생물체가 쓰러진다. 서 집사가 최 박사를 데리러 거실로 나가려는데 창문 밖으로 더 많은 중형 괴생물체들의 그림자가 집 안으로 들어오려는 모습이 보인다. 지금까지 느껴보지 못했던 두려움이 엄습해오고 서 집사는 몸이 뜻대로 움직이지 못하고 있다는 걸 깨닫는다. 나름대로 열심히 훈련해 선우민만큼은 아니어도 어빌리스가 꽤 강한 서 집사이지만 지금은 몸이 벌벌 떨리고 있다. 다른 아이들 역시 엘리베이터 안에서 두려움에 질려 움직이지 못한 채 떨고 있다. 니나도 지금까지의 훈련이 무색할 만큼 두려운 표정으로 가만히 서 있기만 하고 있다.

최 박사는 엘리베이터 쪽으로 기어가 사다리에 걸쳐 있는 서 집사를 본다.

"뒤를 부탁하네. 아무리 생각해도 다른 방법이 떠오르질 않아. 자네가 잘해야 할 거야. 선우필 없이 어떻게 해야 할지 아이들과 잘 연구해주게. 난 선우필을 찾아야 한다네. 선우필 없이는 내 계획이 모두 무산되어버려."

서 집사가 떨리는 몸으로 다급하게 대답한다.

"박사님! 차라리 제가 대신……."

서 집사는 최 박사를 향해 가고 싶지만 몸이 전혀 움직이지 않는다. 최 박사는 그런 서 집사에게 나오지 말라는 제스처를 하며 씁쓸한 표정으로 말한다.

"몸이 안 움직일 거야. 자네나 아이들의 신체는 앞으로 내가 말한 기간 동안 벙커에만 들어갈 수 있게 되어 있어. 자네는 계획대로 저 아이들을 준비시켜. 특히나 리브를 잘 준비시켜주게. 난 어떻게든지 선우필을 준비시킬 방법을 찾아야 해."

어쩔 줄 몰라서 괴로워하는 서 집사와 그 옆에서 눈물을 흘리며 최 박사를 쳐다보는 리브는 자신의 몸이 최 박사의 말대로 움직이지 못한다는 것을 그제야 알게 된다. 어떻게 해서든지 나와 최 박사를 데리고 오고 싶지만 몸이 더는 나아가질 않는다. 오히려 엘리베이터 안으로 알 수 없는 힘이 끌어당기는 느낌이 들 뿐이다.

최 박사는 엘리베이터 안에서 눈물을 흘리며 자신을 보는 리브에게 슬픈 미소를 띠며 말한다.

"미안하다."

"할아버지…… 안 돼……."

리브는 울먹이다가 자신의 몸이 움직이려는 듯하자 사다리를 타고 다시 올라가려 한다. 하지만 이번에는 아라가 뒤에서 붙잡는다. 아라는 울먹이는 리브를 뒤에서 있는 힘껏 안아주며 최 박사를 쳐다본다. 그녀 역시 어찌해야 할지 몰라 눈물만 가득 고인 채 최 박사를 쳐다만 본다. 최 박사는 아라를 보며 고개를 끄덕인다.

"나와 함께했던 연구들을 잘 기억해보면 어찌해야 할지 다 알게 될 거야. 내가 조금 더 너와 있으면서 도와줘야 하는데 상황이 안 그렇구나. 미안하다."

아라는 미안한 표정을 짓는 최 박사를 보며 눈물을 흘린다. 해든과 오웬은 바닥에 주저앉아 서로를 붙잡으며 입술을 바르르 떨며 최 박사를 보고 있다.

"박……박사님……."

소리가 제대로 나오지 않는 두 사람은 그렇게 불러보는 것이 지금 할 수 있는 최대의 표현이다. 니나는 방금 리브가 움직이는 모습을 보고 억지로 자신도 움직이려 하지만 뜻대로 되지 않는다.

"박사님!"

니나가 소리를 질러본다. 태어나서 처음으로 소리를 질러봤을 것이다. 아이들 모두가 어째서 자신의 몸을 움직이지 못하는지 알 수 없어 괴롭다. 처음으로 느껴보는 공포감 때문인지 몰라도 온몸의 힘이 다 빠지고 신경 하나하나가 파르르 떨리는 느낌을 받는다. 니나는 다른 아이들과 달리 몸을 움직이는 아라를 본다. 아라는 리브를 잡고 있을 뿐 더 이상의 움직임이 없다. 최 박사는 최대한 환하게 미소를 지어 보이며 아이들을 향해 고개를 끄덕인다.

"걱정들 하지 말아. 너희는 잘할 수 있을 게야."

그 말에 사랑하는 사람을 잃을지도 모른다는 공포감이 더 강하게 밀려온 리브는 뒤에서 중형 괴생물체 무리가 다가오는 것을 본다. 형태는 사람과 비슷하지만, 팔다리가 길고 타원형의 머리와 긴 목을 가지고 있다. 그 목에는 남자들의 아담스 애플(울대뼈)처럼 큰 혹이 튀어나와 있다. 얼굴에는 점처럼 작은 눈이 있지만 코나 입술은 없는 듯하고 입 주위는 계속 벙긋대고 있다.

최 박사가 서 집사의 권총을 빼앗고는 재빠르게 마루 문을 닫는다. 칠흑 같은 암흑이 엘리베이터를 뒤덮고 바깥에서 철컥거리며 문이 닫히는 소리가 들린다. 그러고 몇 발의 총소리가 들리더니 곧 파란 불빛이 켜진 엘리베이터가 순식간에 지하로 내려간다. 서 집사는 버튼을 누르지도 않은 엘리베이터가 어떻게 저절로 작동하는가 싶지만 이내 최 박사가 미리 손쓴 것임을 깨닫는다.

빠르게 내려가는 엘리베이터 안에서 아이들은 주저앉아 있다. 서 집사는 평상시보다 더 깊이 내려가는 엘리베이터의 속도를 느끼며 최 박사의 계획을 짚어본다.

"할아버지!"

리브의 울부짖음이 메아리처럼 울리는 가운데 엘리베이터는 계속 지하로 내려간다. 벙커가 있던 깊이보다 더 깊이 땅속으로 내려간다. 서 집사는 주저앉아 울고 있는 리브와 아이들을 보며 자신에게 주어진 시간을 이 아이들과 벙커에서 어떻게 활용해야 할지 생각한다. 그는 이제껏 느껴보지 못한 집중력을 발휘하기 시작한다.

*

최 박사는 천천히 다가오는 괴생물체 무리에게 권총을 쏴보지만 아까와 달리 괴생물체들은 날아오는 총알을 막기도 피하기도 한다. 아까 서 집사에게 총을 맞고 쓰러진 괴생물체도 다시 일어나 무리와 합류한 것을 본 최 박사는 권총에 남은 총알을 확인해본다. 몇 발 안 남았다. 엘리베이터가 내려간 소리를 들은 최 박사는 다른 손에 쥐고 있던 엘리베이터 원격조종장치를 권총으로 부순다. 그러고는 괴생물체 무리를 피해 반대 방향으로 발버둥 치며 기어간다. 이제껏 보았던 여유로움이 사라졌다. 최 박사는 이제 허둥대며 일어나 자신의 방을 향해 아픈 다리를 절뚝대며 걸어간다. 그곳에 들어가면 해결책이 있다는 듯 서둘러 가려는데 가만히 지켜보던 한 괴생물체가 빠르게 다가와 최 박사의 등을 잡아 올린다. 최 박사는 남은 총알을 그 괴생물체에게 쏴보지만 아무 소용이 없다.

괴생물체는 총알을 다 막아낸다. 최 박사는 힘껏 권총으로 괴생물체의 머리를 내리친다. 약간 멈칫하던 괴생물체가 이내 고개를 옆으로 한 번 젓더니 자신의 머리를 최 박사에게 붙인다. 마치 최 박사를 쳐다보듯이 모든 괴생물체가 고개를 돌리고 있다. 최 박사는 괴생물체 머리 아래 튀어나온 울대뼈를 보고 있는 힘껏 권총으로 내리쳐본다. 괴생물체는 아픈 듯 소리를 지른다. 그러다 다시 최 박사를 본다. 최 박사는 손목에 있는 시계 비슷한, 아이들에게 나눠준 선물과 비슷한 기구를 떼어내 자신의 머리에 머리띠처럼 장착한다. 순간 머리띠에서 빛이 나오고 최 박사는 무언가를 찾는 듯 온 집 안을 쳐다본다. 그러다 힘이 빠진 듯 숨을 헐떡이더니 이내 포기한 듯 총을 내려놓고 혼잣말을 한다.

"홀랜프……."

자신에게 다가오는 괴생물체들을 보는 최 박사의 머리띠에서 빛이 서서히 사라진다.

"선우민 이 친구야……. 우리 매스클랜은 존속시켰어야지."

*

시끌벅적한 매스클랜 미팅 장소는 마치 영국 의회를 보는 듯 어수선하다. 사람들은 최 박사와 그의 제자들이 속한 그룹을 매스클랜Math Clan이라 부르고, 그의 제자들을 매스Math라고 불렀다.

"성스러운 땅의 후원자?"

최 박사는 매스클랜이 저마다의 주제로 수다를 떨고 있을 때 커다란 화이트보드에 무언가를 적고, 선우민은 또박또박 최 박사가 쓴 걸 읽고 있다. 그런 선우민을 쳐다보고는 최 박사가 밑에 다른 글을 적는다.

"Sanctus Terra Patronus."

매스클랜은 수다 떠는 걸 일제히 멈추고 흥미로운 눈빛으로 최 박사를 본다. 김 상사는 두 손을 머리 뒤로 포개면서 선우민에게 비꼬듯 말한다.

"또 시작이다."

박 여단장과 서 집사 역시 고개를 끄덕이고 모두가 낄낄대며 웃는다.

"박사님! 현재 진행되는 프로젝트도 한창인데 뭘 또 따오신 겁니까?"

다른 매스들이 김 상사의 말에 한바탕 크게 웃는다. 최 박사도 미소를 지으며 보드에 적힌 글을 가리킨다.

"우리가 일하면서 외계인이다 생물체다 이렇게 부르는 것 때문에 외신에서 뭐라 하는 것 같아서 우리끼리의 용어를 새로 만들어 보았네. 어떤가?"

모두 동의하는 눈빛이다. 선우민은 고개를 갸우뚱거리며 묻는다.

"그래서 또 라틴어로 쓰자고요?"

모두가 이런 일이 처음이 아닌 듯 낄낄대며 웃는다.

"저번에 만드신 용어도 라틴어잖아요?"

박 여단장 역시 선우민을 거들고 다들 재밌다는 듯 웃으며 최 박사의 대답을 기다린다.

"멋있지 않나? 라틴어는 정말 묘한 매력이 있어. 지금은 사용하지 않는 언어인데도 계속해서 쓰이는 걸 보면."

"박사님 같은 분만 계속 쓰는 거잖아요! 전에는 히브리어가 매력 있다고 하셨으면서!"

모두가 김 상사의 말에 웃는다. 선우민도 웃으며 일어나 화이트보드 앞으로 다가간다. 모두가 긴장된 표정으로 쳐다본다.

"이번엔 라틴어나 히브리어보다는……."

선우민은 최 박사에게서 마커펜을 받아 라틴어 밑에 무언가를 적는다.

"Holy Land Patron."

최 박사가 차분하게 읽어본다.

"나쁘지 않아. 그냥 영어로 바꿨다는 것 말고는."

매스클랜 모두가 따라 읽어본다.

"너무 길어!"

김 상사가 불평하는 소리를 하자 다들 웃는다. 최 박사가 선우민이 쓴 글을 뚫어지게 보다가 자신이 쓴 글도 보더니 빨간 마커펜으로 영문 단어들 앞에 동그라미를 친다. 그 글자들을 합치면 이렇다. HOLLANP.

"홀랜프?"

선우민이 읽어보더니 코웃음 치며 최 박사를 본다. 최 박사는 만족스럽다는 표정이다.

"어떤가?"

한참 동안 화이트보드를 보던 선우민이 다른 매스클랜을 본다. 이상하리만큼 모두가 선우민의 대답을 기다리는 눈치다. 선우민이 다시 한번 읽어보더니

"괜찮은 거 같아요"

하면서 화이트보드를 살짝 친다. 모두 놀란 듯 서로를 쳐다본다.

"웬일이래?"

김 상사와 박 여단장이 서 집사를 보며 고개를 갸웃거리면서 말한다.

"처음 아니야? 두 사람이 싸우지 않고 한 번에 동의한 게?"

김 상사의 말에 모두가 박수를 치며 수긍한다.

"저들도 늙어가는 거지. 언제까지 어린애처럼 싸우겠어?"

소형 컴퓨터로 자료를 적고 있던 최 박사의 며느리가 한마디하자 모두가 킥킥거린다.

"자, 그럼 축배하러 갑시다!"

갑자기 박 여단장이 일어서서 외친다. 모두가 환호성을 외친다.

"또? 어제도 마셨잖아?"

최 박사의 며느리가 눈살을 찌푸리며 박 여단장을 쳐다본다. 그가 그녀의 눈치를 보며 말한다.

"맨날 마셔도 재밌는데 뭐 어때?"

그녀가 고개를 절레절레 흔들며 옆에서 책을 읽고 있는 선우민의 아내 어깨를 살짝 건드린다.

"너도 갈 거야? 안 갈 거면 나랑 같이 어디 좀 가줄 수 있어?"

선우민의 아내가 최 박사의 며느리를 쳐다본다. 그리고 이내 미소를 지으며 고개를 끄덕인다.

"에이, 너희 둘이 빠지면 섭섭하지. 한 잔만 하고 가. 저 두 사람이 오늘 처음으로 아무 탈 없이 뭔가에 동의한 날이잖아."

박 여단장의 말에 최 박사의 며느리와 선우민의 아내가 최 박사와 선우민을 바라본다.

"딱 한 잔이다."

"좋아!"

최 박사의 며느리 말에 박 여단장이 힘차게 손뼉을 치고 모두가 시끌벅적하며 좋아한다. 축제 같은 분위기의 방에서 선우민이 어색하게 최 박사를 쳐다본다.

"같이 가시죠."

선우민의 권유에 최 박사 역시 어색한 듯 대답한다.

"그럴까?"

그런 두 사람의 모습이 생소한 듯 매스클랜 대원들이 킥킥댄다.

*

"홀랜프……. 선우민…… 자네 아들은 도대체 왜……."

돌기가 나 있는 팔을 뻗는 괴생물체는 같은 말을 반복적으로 중얼거리는 최 박사의 입을 손으로 잡는다. 그리고 힘을 주어 최 박사의 입을 부러트린 후 그의 몸을 뒤에서 지켜보고 있는 괴생물체들에게 던진다. 최 박사의 몸을 받은 괴생물체들은 그 몸을 갈기갈기 찢는다. 돌기가 난 그들의 팔에서 뾰족한 칼이 나와 최 박사의 팔다리를 찢고는 몸통을 사정없이 벤다. 이제 최 박사의 머리에 있던 머리띠의 빛이 완전히 사라진다.

7장 3절

생물체

갑자기 나타난 괴생물체들의 공격에 온 세상이 폐허가 되어간다. 인간들은 영문도 모른 채 괴생물체들에게 죽어간다. 하늘에서 비행하는 대형 괴생물체들은 인간들이 이제껏 지어온 건축물들을 공격하고 파괴한다. 대형 괴생물체 위에 탑승하고 있던 인간과 비슷한 크기의 중형, 인간의 반 크기인 소형 괴생물체들은 지상으로 내려와 인간들을 공격한다. 중형 괴생물체들은 한 손에 총과 비슷한 무기를 들고 알 수 없는 빛을 쏴대고 돌기가 나 있는 날카로운 팔로 사람들을 베어 죽인다. 괴생물체들은 흡사 해파리와 물곰을 섞어놓은 모양이다.

하늘에서 공격하며 날아다니는 괴생물체는 100미터 정도 되는 대형 괴생물체로서 마치 용을 연상시키는 움직임에 크고 길다. 그들이 입을 벌릴 때마다 빛이 나와 건물을 부수고 공군의 비행기가 공격해오면 공중전을 하면서 모든 인간의 기계를 파괴한다.

소형 괴생물체는 대략 70센티미터 크기로 역시나 뾰족한 두 칼이 팔에 붙어 있고 빠른 속도로 인간을 공격하기도 하고, 그대로 잡아먹기도 한다. 그리고 비슷한 모양이지만 그보다 작고 빠른 초소형 생물체들은 10센티미터 정도 크기로 대부분 개미처럼 무리 지어 다니면서 사람의 몸을 갉아 먹는다. 머리, 몸통, 두 팔, 두 다리가 있고 사마귀와 해파리가 섞인 형태다. 뻥긋대는 입 안에는 혀가 날름거리며 날카로운 이빨들이 촘촘히 박혀 있고 팔에 돌기가 나 있어 마치 앙상한 뼈를 보는 듯하다. 그 팔 끝에 붙어 있는 열두 개의 긴 손가락에는 손톱이 없고 무엇을 잡을 수 있는 집게가 붙어 있다. 그들이 주먹을 쥐면 주먹 위로 칼이 나온다. 두 다리 역시 앙상한 뼈가 길게 뻗어 있고 그 다리 끝에는 각기 여섯 개의 긴 발가락이 땅을 짚고 있다.

인간의 신체 크기와 비슷한 중형 괴생물체는 인간과 비슷한 머리 형태만 있을 뿐 입은 뻥긋거리며 팔에 붙어 있는 칼을 이용해 공격하고 다른 쪽 팔에는 빛이 나오는 총이 있어 사람들을 죽인다. 그중 철갑을 두른 열두 마리의 특수 중형 괴생물체들은 장창을 들고 하늘을 날아다닌다. 그 열두 마리의 리더로 보이는 괴생물체가 여러 크기의 생물체들에게 지시하며 선우민의 도장으로 날아간다.

그들 모두의 공통점은 목에 아담스 애플을 연상케 하는 커다란 혹이 있다는 것이다.

다른 한쪽에서는 처음에 본 원형 모양의 비행물체가 지상으로 착륙을 시도하며 천천히 내려간다. 그 장면을 보며 아버지가 있는 철과치 도장으로 달려가던 선우필은 자신의 시야가 점점 넓어지고 있음을 감지한다. 이전에는 느낄 수 없던 감각이 깨어난 듯 괴생물체들이 움직이는 소리가 더 잘 들리고 그들이 풍기는 냄새까지 맡을 수 있다. 게다가 괴생물체들이 어떻게 움직일지 어느 정도 예측까지 할 수 있다.

계속 달려가던 선우필은 자신의 감각이 조금 전과는 다르게 계속 발전되어 깨어나는 걸 느낀다. 이제는 괴생물체들의 신체 내부에 존재하는 신경들이 움직이는 소리가 들리며 그들의 냄새가 공기를 타고 진동하는 걸 감지하게 된다. 그뿐만 아니라 자신이 눈으로 보고 코로 맡으며 귀로 듣는 모든 장면이 머릿속에 모두 저장되고 시야가 갈수록 더 밝아지는 걸 느낀다.

한 걸음 디딜 때마다 변화하는 자신의 신체에 적응하던 선우필이 순간 리브가 자신을 쳐다보던 표정이 떠오른다. 가다가 멈춰선 선우필은 뒤돌아 최 박사의 집을 바라본다. 리브의 존재가 희미해지고 최 박사가 부르는 소리가 메아리치듯 들린다.

자신의 변화된 신체에 당황하지만 이내 곧 괴생물체들에게 죽을 사람들을 보며 정신을 차리려는 선우필은 혹시 그날 벙커에서 깊이 잠든 후 지금까지 꿈을 꾸는 게 아닌가 하는 생각도 든다. 그래서 눈앞에 보이는 소형 괴생물체를 발견하고는 있는 힘껏 들이받아 본다. 소형 괴생물체가 저 멀리 날아가고 자신의 몸도 꽤 아프다는 걸 느낀 걸로 봐서는 꿈이 아니다. 근처에 있던 다른 괴생물체들이 일제히 선우필에게 다가온다. 그들은 인간을 잔인하게 죽여놓고는 먹기도 하고 더 짓밟기도 한다. 인간들이 곤충이나 약한 동물을 짓밟거나, 식물을 태우거나 한 것처럼 이제는 인간이 괴생물체들에게 학살을 당하고 있다. 그런 모습에 선우필은 이전에 최 박사가 보여준 글귀가 생각난다.

'세상이 썩었고, 무법천지가 되어 있었다……. 살과 피를 지니고

땅 위에서 사는 모든 사람의 삶이 속속들이 썩어 있었다……. 땅은 사람들 때문에 무법천지가 되었고, 그 끝날에 이른 이 세상……. 반드시 사람과 땅을 함께 멸해야 한다.'

최 박사 스스로 쓴 글인지 아니면 인용한 건지는 모르지만 무슨 이유로 자신에게 이 글을 읽게 했는지 모르겠다. 다만 그 당시의 최 박사는 큰 분노에 차 있었고 반복되는 말을 혼자 계속 지껄였다.

"생각 없이 사는 썩어빠진 인간들 같으니……."

최 박사가 분노에 찬 모습을 거의 본 적이 없던 선우필은 놀랐고 그런 선우필을 보며 최 박사가 말했다.

"지금 세상은 무법천지가 된 지 한참이야. 이런 세상을 보며 분노할 줄 아는 것도 올바른 사람의 자세인 셈이지. 다만 그 분노를 어떤 식으로 표출할 수 있느냐가 존귀한 인간과 아닌 생물체의 차이라고 할 수 있다네. 화가 나면 화를 내게. 정의롭게 화를 표출할 수 있는 방법을 찾게나."

그 순간 선우필의 속에서 알 수 없는 분노가 치밀어올랐다. 어디에 무엇에 이렇게 화가 나는지 알 수 없어 그 이유를 생각해본다. 이전에 민수 급우들이 선우필을 괴롭힐 때가 생각나고, 어디에도 소속되지 못한 자신의 모습이 생각난다. 이런저런 생각들이 하나로 모이면서 분노를 자아낸다. 감정이 격해지려 한다.

"감정을 조절하는 것 또한 어빌리스 훈련이지."

순간 아버지의 말이 떠오른다. 하지만 그것도 잠시, 이내 다시 사람들이 자신을 평가하는 말투가 생각나고, 왕따의 경험, 혼자서 지낼 수밖에 없던 나날들이 떠오른다. 어머니의 알 수 없는 죽음, 그리고 은폐시켜버린 단체들, 그리고 리브에게 고백하기 위해 준비한 모든 것을 망가트릴 뻔한 민수의 친구들이 떠오르면서 민수의 의미 없던 격려, 그리고 최 박사와 대화했던 나날들이 떠오른다. 결국 그 모든 기억은 아이들과 함께 식사하던 그날에서 멈춘다. 리브의 표정이 머릿속에서 그려진다. 마치 문신이 새겨지듯 선우필의 기억에 리브의 모습과 아이들의 모습이 새겨진다. 그와 더불어 아버지의 음성이 들린다.

"강해지면서 함께 남을 배려하는 자세도 익혀야 해."

선우필의 현재 모습이 아버지가 그토록 말했던 강해진 사람인지는 아직 확신이 서지 않는다. 그런데 인간을 저렇게 무참히 죽이고 자신에게 다가오는 괴생물체들이 마치 자신을 괴롭히는 민수의 급우들과 겹쳐 보인다.

한 소형 괴생물체가 바닥에서 살려달라고 애원하는 인간을 죽이려다 돌아서서 양팔을 날카로운 칼로 바꾼 후 선우필을 향해 달려온다. 선우필 역시 달려가 있는 힘껏 그 소형 괴생물체를 밀친다. 선우필은 아픈지 팔을 만지며 인상을 찌푸린다. 살려달라고 애원하던 사람은 고맙다는 말도 없이 두려움에 소리치며 도망간다. 선우필은 아픈 팔을 어루만지면서 자신의 신체가 변화되었어도 전투 실력이 늘었다는 생각이 들지 않는다. 몸이 말을 잘 듣지 않아서 자신을 공격하려고 달려오는 소형 괴생물체를 보며 눈을 질끈 감는다.

그때 어디선가 차 한 대가 나타나 괴생물체를 받아버린다. 차의 범퍼가 찌그러지고 그 안에서 한 사람이 나와 선우필에게 도망가라고 말한다.

"도망가라고요?"

선우필이 중얼거린다. 지금 도망가는 것이 배려하는 일일까? 어디로 도망가야 하는가? 괴생물체들이 하늘과 땅을 다 지배해버렸다. 어디에 가든지 언젠가는 발견되어 죽을 것이다. 그때 차 보닛 위로 건물 옥상에서 사람들이 떨어진다. 차를 운전하던 사람은 선우필을 남겨둔 채 떠난다. 선우필은 건물 옥상으로 고개를 돌린다. 그곳에서 우왕좌왕하는 사람들 사이로 어린 여자아이가 두려움에 쭈그려 앉아 있는 모습이 보인다.

"위험해!"

선우필은 생각할 틈도 없이 옥상으로 가기 위해 건물로 간다. 건물 안에 들어온 선우필은 괴생물체들의 알 수 없는 빛에 죽어가는 사람들을 보고 자기도 모르게 몸을 숨긴다. 총알이 아닌 빛이 나오면 사람들이 연기처럼 사라진다. 선우필은 고장 난 엘리베이터 옆에서 비상문을 발견한다. 이곳을 통해 옥상으로 올라가기로 하지만 너무나 많은 괴생물체가 건물 안에 남은 사람들을 쏴 죽이고 있어 함부로 나설 수가 없다. 선우필은 그 알 수 없는 빛이 어디로 향할지 알고는 피해 보지만 워낙 많은 양의 빛이 쏟아져 기둥 뒤에 숨는다.

괴생물체들은 기둥 뒤에 숨은 선우필을 발견하고는 계속 빛을 쏘고 선우필은 그 빛을 피해 다른 기둥 뒤로 숨는다. 하지만 워낙 많은 양의 빛이라서 결국 죽을 위기에 처하고 눈을 질끈 감는다. 아까 소형 괴생물체를 밀치다 팔이 부러진 것 같았지만 워낙 고통에 둔한지라 별다른 생각 없이 옥상의 여자아이를 구할 생각으로 무작정 건물에 들어왔다. 알 수 없는 빛의 파동이 가까이 왔음을 감지한다. 그때 자신의 온몸과 머리에서 짜릿한 전류가 흐르는 듯하다. 정신이 멍해지더니 이내 온 세상에 지진이 난 것처럼 몸과 시야가 흔들리고 지금까지 느껴보지 못한 또 다른 세상에 와 있는 듯한, 마치 처음 입에 민트를 넣은 것처럼 화한 느낌이 오감에서 느껴진다. 눈을 떠보니 자기도 모르게 또 다른 기둥 뒤에 숨어 있다. 언제 이렇게 움직였는지 모르겠다. 천천히 팔을 움직여본다. 아팠던 팔이 조금 뻐근한 정도가 되더니 이내 멀쩡해진다. 회복이 빨라졌다. 선우필은 심호흡을 깊게 쉬어본다. 그리고 자신에게 빛을 쏘면서 다가오는 괴생물체들의 어빌리스를 뚜렷이 감지한다. 지금 몇 마리의 괴생물체가 자기에게 오는지 뚜렷이 감지한다. 다 해치울 수 있을 듯하다. 한번 시도해보려 주먹을 쥐어보고 종아리에 힘을 준다. 그리고 나가려고 하는데 강한 어빌리스가 느껴지는 사람들이 자신이 있는 쪽으로 오는 걸 감지한다.

이들은 지금 건물 안에 있는 괴생물체보다 강하다. 이내 월등히 강한 실력으로 괴생물체들을 처치하며 들어오는 군인들이 보인다. 그중 한 군인은 압도적으로 강한 전투 실력을 갖추고 있는 듯하다. 그들은 소총이나 쇠몽둥이로, 아니면 맨주먹과 발차기로 괴생물체들을 진압해간다. 다치는 군인도 있지만 적어도 건물 안에 있는 괴생물체들은 다 진압할 듯하다. 월등히 강한 실력의 한 군인은 다친 동료들을 보호하며 동시에 괴생물체들을 현란한 무술로 제압한다.

"김 상사! 뒤!"

김 상사라 불리는 군인은 중형 생물체가 칼로 변화시킨 팔을 피하며 동시에 자신이 들고 있던 산탄총으로 중형 생물체의 머리를 날리고 칼로 변화시킨 팔을 잡아 목청에 튀어나온 아담스 애플을 잘라낸다. 생물체는 쓰러지더니 이내 연기처럼 사라진다. 너무 순식간에 일어난 일이라서 선우필은 김 상사의 움직임을 제대로 보지 못했다. 그 속도는 눈으로도 어빌리스를 감지하는 그것으로도 따라가지 못할 정도다.

"그들의 목청 부위다. 아담스 애플을 겨냥해 잘라내면 저들은 죽는다!"

김 상사가 살아남은 동료들에게 외친다.

"그러면 뭐 하나? 그들의 목청을 잘라낼 수 있는 힘과 속도가 있어야 하는데……."

덩치가 큰 다른 군인이 기관총을 들고 건물 안으로 들어오면서 말한다. 그리고 남은 괴생물체들을 일제히 쏴 쓰러트린다. 군인들은 재빨리 쓰러진 괴생물체들의 아담스 애플을 잘라내고 연기로 변해 사라진 모습을 보며 굳은 얼굴로 덩치 좋은 군인을 쳐다본다.

"그러게 어빌리스 훈련을 제대로 했으면 됐잖아! 다들 최 박사의 계획에 동참한다고 해놓고는 훈련하지 않은 건 무슨 논리야? 별을 달았으면 달았지, 그게 무슨 대단한 계급이라고 정치질이나 하고……."

김 상사는 짜증난다는 듯 덩치 큰 군인을 나무란다. 주위의 군인들이 소리 죽여 킥킥대며 웃고 덩치 큰 군인은 미안한 듯 고개를 끄덕인다.

"내가 그렇게 열심히 정치질을 하니까 너희가 지금까지 나하고 이렇게 남아 편하게 지낸 거야."

덩치 큰 군인이 반박하자 김 상사가 고개를 돌린다.

"박 여단장! 부대를 이끌고 즉시 철과치 도장으로 향한다!"

밖에서 누군가 박 여단장을 부르자 덩치 큰 그가 "넷!" 하면서 부대원들에게 가자는 제스처를 한다. 다들 나가려는데 김 상사가 선우필을 발견한다.

"넌 뭐야? 여기 어떻게 있는 거냐? 어서 피해라! 지금 대피명령이 떨어진 지 오래다. 인근 대피소로 피해 있어. 군인들이 데리러 올 것이다."

선우필이 김 상사를 보며 옥상을 가리킨다.

"저 옥상에 아이와 사람들이 있어요. 아이가 위험해요."

김 상사는 선우필이 가리키는 방향을 바라본다. 그때 박 여단장이 다시 건물 안으로 들어온다.

"김 상사! 지금 당장 철과치로 향하라는 사령관님의 명령이다! 사태가 더 심각해지고 있는 듯해!"

선우필을 발견한 박 여단장은 아는 듯 모르는 듯한 표정으로 쳐다본다.

"자네는 왜 아직 대피소에 안 갔는가? 지금 이건 장난이 아닐세. 진짜 전쟁이야. 게임이 아니라고."

"사령관님이 저 옥상의 사람들을 어떻게 하라고 하셨나?"

김 상사가 선우필에게 말하는 박 여단장에게 묻는다. 박 여단장은 선우필과 김 상사를 번갈아 보더니 이내 사태를 파악한 듯 선우필에게 말한다.

"지금은 때가 아닐세. 옥상에 있는 사람들은 우리가 구할 테니 자네는 어서 대피소로 향하게. 우선 살아야 다른 사람들도 살릴 수 있어. 지금은 도망칠 때지 살릴 때가 아니야."

박 여단장의 말을 들으며 선우필 역시 박 여단장과 김 상사를 어디서 본 듯한 표정을 짓는다. 하지만 이내 옥상의 꼬마를 먼저 구해야 한다고 생각한 선우필은 비상구를 통해 재빨리 계단을 올라간다.

"뭐야 재는? 이봐! 피해야 한다니까!"

김 상사가 선우필을 따라가려는데 사령관으로 보이는 사람이 건물 안으로 들어온다.

"내 명령을 못 들었나! 우리는 지금 구할 수 있는 민간인을 최대한 많이 구하라는 명령을 받았다! 빨리 선우민 사범이 있는 곳으로 향하라는 명령이다! 저렇게 죽으려고 영웅 놀이하는 놈 따위 신경 쓰지 마라!"

김 상사는 사령관을 쳐다보며 옥상을 가리킨다.

"저 옥상에도 사람들이 있습니다! 어린아이도 있습니다! 저희가 구하지 않으면 모두 죽을 겁니다!"

김 상사의 말을 들은 사령관이 바깥으로 나와 빌딩 옥상을 쳐다본다. 김 상사와 박 여단장을 포함한 살아남은 군인들도 나온다. 옥상에서 사람들이 우왕좌왕한다. 한 아이가 두려움에 쭈그리고 앉아 있다. 이따금 보이는 괴생물체들이 사람들을 베고 있고 어떤 사람은 그 공격을 피하려다 땅으로 떨어진다. 그 피가 사령관의 몸에도 튄다. 죽어가는 사람의 모습을 본 사령관의 표정이 일그러진다.

"이곳은 늦었다! 여기는 버리고 지금 당장 선우민 사범이 있는 곳으로 향한다! 명령이다!"

사령관이 부하들을 데리고 군용차를 탄다. 그리고 김 상사를 쳐다본다.

"내 명령이 안 들리나! 어서 따라와!"

군용차는 세 대다. 사령관은 두 번째 차에 탑승한다.

"박 여단장은 뒤에 따라와라! 출발한다!"

앞 군용차에는 또 다른 여단장이 박 여단장을 보며 비웃듯 미소 지으며 사령관에게 충성하듯 경례한다. 박 여단장은 그런 앞 군용차의 여단장을 보며 고개를 절레절레 흔든다. 앞의 두 군용차가 출발하고 박 여단장은 김 상사를 위로하듯 어깨를 손으로 툭 치고는 세 번째 군용차에 탑승한다. 김 상사는 옥상을 쳐다보며 "쳇" 하는 소리와 함께 세 번째 군용차에 탑승한다.

7장 4절

군대

군용차 세 대가 선우민이 있는 철과치 도장으로 향한다. 다른 두 군용차도 합류한다. 그렇게 총 다섯 대의 군용차가 도망가듯 급하게 가파른 길을 간다. 박 여단장과 김 상사가 탄 차는 가는 길에 괴생물체들의 공격을 받는 사람들을 발견하고 뒤로 빠진다. 맨 끝으로 달리게 된 박 여단장의 차가 괴생물체들의 공격에 주춤하는 사이 다른 차들은 도와줄 생각을 하지 않고 유유히 철과치 도장으로 향한다.

차량 안에서 박 여단장의 병사들이 열심히 괴생물체에게 총을 쏘고 김 상사가 말한 것처럼 목청을 노려보지만 쉽지 않다. 괴생물체들에게 소총을 쏴서 쓰러트리기는 했지만 이내 다시 일어나 공격해온다. 잘 죽지도 않는 데다가 어찌 된 영문인지 점점 더 강해지는 듯하고 숫자도 늘고 있다. 그리고 하늘에서는 대형 생물체들이 계속 입으로 폭격을 하고 있어 앞으로 나아가는 것조차 힘들다. 앞에 가던 네 대의 군용차 중 두 대가 빛에 맞아 폭발한다. 죽지 않은 군인들이 군용차에서 기어 나오지만 이내 괴생물체들의 공격에 죽고 만다. 칼로 변형된 팔이 그들의 몸을 찢고 그 모습을 앞선 군용차에서 지켜보던 사령관이 겁에 질려 더 속력을 내라고 소리친다. 사령관을 태운 차는 괴생물체들의 공격을 피해 전속력으로 도망간다.

뒤에서 박 여단장과 함께 전투 중인 김 상사는 처참하게 죽어가는 동료들을 보고 분노한다. 그는 공격해오는 모든 괴생물체를 검으로 순식간에 베어버린다. 앞에 가던 군용차 한 대가 박 여단장의 군용차보다 속도가 느려진다. 거기에는 아까 박 여단장을 비웃듯이 쳐다보던 김 여단장이 겁에 질린 채 운전하고 있다. 그가 박 여단장과 눈이 마주친다. 박 여단장이 도우려고 차를 돌리는데 그만 김 여단장의 군용차가 길을 벗어나더니 소형 생물체들이 무더기로 달려든다. 김 여단장과 군인들이 나와 대적해보려 하지만 박 여단장이 차를 돌리기도 전에 모두 죽고 만다. 허무하게 죽은 군인들을 보며 김 상사가 박 여단장에게 말한다.

"젠장! 이게 말이 되냔 말이야! 저들과 우리는 군에서 무술로는 최고라고 할 수 있는데 이렇게 허무하게 당하냔 말이야! 내가 약점을 알려줬잖아!"

박 여단장과 김 상사는 전멸한 다른 차량들을 보며 철과치로 향한다. 김 상사가 죽인 괴생물체들은 다채로운 색의 연기가 되어 사라지고 그 사이로 죽은 인간들과 군인들이 피투성이가 된 채 죽은 모습이 보인다. 형태를 알아볼 수 없게 된 사람들도 많다.

"나도 그렇고 자네도 그렇고 우리는 아직 어빌리스가 높지 않아. 더 훈련해야 한다고……."

김 상사가 피범벅이 된 모습으로 박 여단장에게 말한다. 그는 분노에 가득 차 있다. 그가 검 자루를 꽉 쥔 상태로 주위를 둘러본다. 더는 그들을 쫓아오지 않는 괴생물체들은 아직 죽지 않고 고통스러워하는 인간들마저 찾아 죽이고 있다. 그리고 그들 앞에는 또 다른 괴생물체 부대가 기다리고 있다.

"우리가 할 수 있는 최선을 다해보자. 그러고도 안 된다면 운명을 받아들여야지 어쩌겠어?"

박 여단장의 말에 김 상사가 고개를 절레절레 흔든다.

"다 끝난 것처럼 말하지 마. 최 박사의 계획이 어찌 되었든 난 이제 선우민 사범을 믿을 거야. 선우민이 최 박사의 계획을 따르자면 따를 것이고 아니다 하면 아닌 거야."

김 상사는 결심한 듯 말한다. 다른 군인들 역시 고개를 끄덕이며 양손에 칼을 쥔 군인들과 소총을 쥔 군인들로 나뉜다. 그들은 차에서 내려 괴생물체 부대를 쳐다본다. 박 여단장은 한 손에는 총을, 다른 손에는 운전대를 잡고 액셀을 밟는다.

괴생물체들이 사정없이 달려든다. 총을 쥔 군인들은 괴생물체의 목을 향해 쏜다. 목청이 터진 괴생물체는 색감 있는 연기로 변하며 사라지고, 총을 피한 괴생물체는 계속 공격해온다. 그들 또한 목을 피하기도, 방어하기도 하면서 점점 전투력이 늘어간다.

"젠장! 쉽게 되지는 않는다니까!"

김 상사가 검을 휘둘러 싸운다. 하지만 저들의 약점을 찾았다 한들 공격이 쉽지 않다. 아담스 애플을 공격하면 된다 해도 가만히 있지 않기 때문이다.

공격하던 대형 괴생물체가 어느새 공중에서 사라졌다. 다른 괴생물체도 공격을 멈추고 그저 순찰하듯 돌아다닐 뿐이다.

"최 박사가 해준 말들은 또 없어? 이것도 계획의 일부야? 무슨 계획이 이런 식이야? 이것들 너무 강하잖아! 그리고 지금은 왜 저렇게 멈춰 있는 건데? 선우민 사범을 찾아서는 어쩌라는 거야?"

김 상사가 불안한 듯 묻는다. 박 여단장 역시 불안하다. 그렇게 공격을 퍼붓던 괴생물체들이 고요해졌고 대형 괴생물체나 비행물체는 어디론가 사라졌다.

"지금 우리가 할 수 있는 건 없어. 저들의 약점을 찾은 것만 해도 대단한 거라고!"

박 여단장이 격려한답시고 김 상사에게 말한다.

"지금 대단한지 아닌지를 묻는 게 아니잖아! 저런 것들을 어떻게 완전히 해치우냐고?"

박 여단장은 다시 앞으로 운전해 나아간다.

"곧 철과치에 도착할 거야. 잠시 숨 좀 고르고 있어."

박 여단장은 살아남은 군인들이 하나같이 정신을 못 차리고 있는 것을 본다. 김 상사는 짜증을 내며 다친 군인들의 상태를 본다. 그때 박 여단장이 뭔가 생각난 듯 말한다.

"최 박사 아이들하고 선우민 아들하고 만났겠지?"

김 상사는 코에 묻은 피를 닦으며 대답한다.

"그러길 바라야지. 최 박사가 선우민 사범하고 같이 있을 수도 있지."

"그럴 일은 절대 없어, 이 사람아. 아직도 그들을 몰라?"

"그냥 바람일 뿐이야."

박 여단장이 씁쓸히 웃는다. 김 상사는 별 반응 없이 다시 다친 군인들을 치료한다. 그들의 차가 적막하기만 한 곳을 지나 선우민의 도장으로 향하고 있다.

8장 1절
각성

빌딩 옥상에 도착한 선우필은 옥상을 가득 메운 괴생물체들을 보고 겁에 질린다. 하지만 어설프게나마 그들과 접전을 벌이기 시작한다. 어빌리스가 높아졌고 강해진 건 사실이지만 전투 실력은 여전히 형편없다.

잠잠했던 감각이 평상시와 다르게 예민해졌고 목적의식이 생기면서 주위의 것들이 뚜렷하게 느껴진다. 여기 있는 괴생물체들을 물리치지 않는다면 저 아이가 죽을지도 모른다. 그런 생각에 선우필은 괴생물체들을 향해 주먹을 찔러보고 발차기도 해본다. 하지만 아까 소형 괴생물체를 밀칠 수 있던 것과는 다르게 이 괴생물체들은 중형인 데다 선우필의 공격을 다 막아낸다. 그리고 이제 그들이 선우필을 공격한다. 얻어맞은 선우필은 쓰러지지만 그다지 타격을 받은 것 같지 않다. 다만 그들의 총에서 나오는 빛에 사람들의 몸이 부서지고 으깨지는 것을 본다. 아프지는 않지만 잔뜩 겁에 질린 선우필은 아이의 훌쩍거리는 소리를 듣다가 민수의 말이 생각난다.

'더 자신감을 가져봐.'

선우필은 죽어가는 사람들 뒤로 옥상 끝에 앉아 있는 여자아이를 본다. 지금 구하지 않는다면 아이가 죽을지도 모른다는 걸 감지한다. 그는 다시 자신의 감각이 하나로 집중되는 걸 느낀다. 몸에서 무엇이 빠르게 흐르는 소리가 들리고 느껴진다. 눈이 밝아지고 시야가 넓어지면서 먼 거리에 있는 괴생물체들의 다음 움직임까지 읽힌다. 선우필의 피부 끝에 와닿는 저들의 어빌리스가 느껴지고 혀끝으로는 그들이 뿜어내는 향도 알 수 있다. 이제 괴생물체들의 모든 움직임과 세포까지 감지된다. 너무 예민한 나머지 지구의 자전까지 느껴져 어지럽다가 이내 머릿속이 잠잠해진다. 이것이 아버지가 늘 말해오던 어빌리스다.

여기 옥상에 있는 괴생물체들의 어빌리스는 아까 잠시 만났던 김 상사와 박 여단장보다는 약하지만, 그들이 모여 만드는 어빌리스는 훨씬 강하다. 선우필의 머릿속은 이제 수많은 생각이 파도가 덮치는 듯하다. 선우필은 있는 힘을 다해 여자아이가 있는 곳으로 달려간다. 괴생물체의 총에서 나오는 빛들이 자신에게 집중되지만 모두 피한다. 이미 그 빛이 어떻게 굴절되고 어느 방향으로 가는지 미리 짐작해 피할 수 있다. 그는 그저 달려가지만 자신이 일으키는 바람에 판자와 널브러진 시체들이 날아가는 걸 본다. 지금 자신이 얼마나 빠르게 달리는지 짐작이 안 될 정도다.

여자아이 역시 바람에 쓸려 떨어지는 걸 선우필이 재빨리 낚아챈 후 옆 빌딩 옥상으로 점프한다. 아이는 눈을 꼭 감은 채 선우필의 옷깃을 잡는다. 그들은 마치 하늘을 날 듯이 점프를 하여 옆 건물 옥상으로 건너고 있다. 아이는 안도감에 선우필의 품에 얼굴을 묻는다.

선우필은 자신이 어떻게 그렇게 높고 멀리 점프해서 옆 건물 옥상으로 왔는지 모른다. 단지 팔을 움직이듯, 숨을 쉬듯 자연스럽게 이루어졌다. 그때 아주 강한 어빌리스가 감지된다.

이건 아버지의 어빌리스다. 그리고 그 주위에도 강한 어빌리스가 있다. 아버지의 제자들인 듯하다. 그들이 괴생물체들과 전투 중인 것 같다. 지금 감지된 선우민과 제자들의 어빌리스로 충분히 그곳에 모여든 괴생물체들을 처리할 수 있어 보인다. 게다가 아까 만난 군인들도 그곳으로 향하고 있다. 하지만 선우필은 불안하다. 아까 하늘을 날던 갑옷을 착용한 열두 마리의 중형 괴생물체들이 생각난다. 그들의 어빌리스는 감지되지 않고 있다. 그것이 불안의 이유이다. 선우필은 철과치 도장 쪽으로 고개를 돌린다.

"아버지……."

*

도복 차림의 선우민이 제자들과 함께 괴생물체들을 상대하고 있다. 비교적 이기기 쉬운 상대들이다. 하지만 지금 하늘에서 날아다니며 맴돌기만 하는 열두 마리의 중형 괴생물체들이 불안하다. 저들의 어빌리스가 강하다는 걸 어느 정도 감지할 수 있지만 얼마큼 강한지가 전혀 느껴지지 않는다. 열두 마리는 그리 급하지 않은 듯 아래를 보며 천천히 비행 중이다. 선우민의 제자들은 전투 중에도 하늘의 중형 괴생물체들을 계속 의식한다. 선우민도 말없이 열두 마리를 바라보다 조용히 명상하듯 눈을 감는다. 땅에서 전투 중이던 괴생물체들이 갑자기 멈춘다. 그 뒤로 괴생물체 무리가 몰려오고 있다. 제자들이 웅성거린다. 선우민은 조용히 눈을 뜨고 셀 수 없이 많은 괴생물체가 떼지어 오는 것을 보며 제자들을 향해 외친다.

"모두 준비하라! 끝까지 물러서지 않는다! 지금까지 배운 대로 싸우면 된다!"

제자들은 "네!" 하는 외침과 함께 전투태세를 갖춘다. 이미 수백 번 맞춰본 듯한 합이다. 자신을 믿고 남은 제자들 앞에 선 선우민은 비장하지만 어두운 표정으로 지상에서 공격해오는 괴생물체 무리를 본다.

선우민과 제자들은 전투를 벌인다. 소형과 중형 생물체들이 무리 지어 제자들을 공격한다. 처음에는 제법 비슷한 실력으로 싸우는 듯하지만, 괴생물체들의 공세가 거세지고 수가 많아지면서 제자들이 하나둘 죽어간다. 살아남은 제자들 역시 거센 공격에 힘겨워한다. 선우민도 버거워지기 시작한다. 인간은 실패하면서 배운다. 그리고 배우는 데는 어느 정도 시간이 걸린다. 하지만 이 괴생물체들은 단시간에 배우며 성장하는 듯하다. 그들의 약점인 아담스 애플을 공격해보지만 이제는 피하거나 방어하고 있다. 제자들의 속력이나 힘, 기술을 이미 파악한 것이다. 괴생물체의 어빌리스도 점점 높아지고 있다. 여전히 선우민 쪽의 어빌리스가 강세를 보이지만 이런 식으로 싸우다가는 결국 체력이 소진돼 죽을지 모른다. 선우민에게 훈련받은 제자들이라서 어느 정도 버틸 뿐이다.

선우민은 하늘에 떠 있는 열두 마리 중형 괴생물체들을 다시 올려다본다. 여전히 저들의 어빌리스가 완전히 감지되지 않는다. 현재 살아 있는 인간 중 저들을 상대할 수 있는 사람은 선우민밖에 없을 것이다. 하지만 선우민 같은 사람이 열 명은 있어야 저들 중 한 마리만 없앨 수 있을 것이다. 선우민은 불안감에 떨기 시작한다. 머릿속에서 수많은 후회와 아쉬움이 교차한다. 군에 어빌리스 훈련을 더 강하게 제시하지 못한 것이 후회된다. 서 집사의 말대로 최 박사의 계획에 동참해야 했나 하는 아쉬움이 남는다. 하지만 최 박사를 마주하면 죽은 아내와 리브의 부모가 생각나 어쩔 수가 없다.

지상에서 공격하는 괴생물체들과 다시 접전을 벌이는 선우민은 자신의 곁에서 죽어가는 제자들을 본다. 그들의 죽음을 지켜보며 자신이 잘못된 선택을 한 것 같다는 후회가 몰려온다. 언제나 남을 배려하는 자세로 살자는 신념을 가지고 살아왔지만 지금은 자신의 자만을 반성할 수밖에 없다. 기회를 봐서 제자들과 이 상황을 벗어날 수 있다고 생각했지만 아무리 둘러봐도 빠져나갈 구멍이 없다. 게다가 하늘에 떠 있는 저 열두 마리의 특수 괴생물체들을 피할 수는 없을 것 같다.

순간 최 박사의 어빌리스가 언제부턴가 느껴지지 않는다는 걸 감지한다. 설마 하는 생각에 최 박사의 어빌리스를 찾아보려 하지만 자신을 향해 맹렬한 공격을 퍼붓는 괴생물체들 때문에 집중이 힘들다. 선우민은 남은 제자들과 이 상황을 빨리 벗어나야겠다는 생각을 굳힌다. 너무 많은 제자가 자신을 믿다가 죽었다. 이제 살아남은 제자들에게 후퇴하자고 하려는데 공중에 떠 있던 열두 마리의 괴생물체들이 지상으로 천천히 내려오는 모습을 보고 멈춘다. 그중 리더로 보이는 괴생물체가 선우민에게 천천히 다가온다.

어빌리스가 느껴지지 않는다. 그래서 더 불안하다. 선우민은 지금 먼저 공격하지 않는다면 승산이 없다는 생각이 들어 괴생물체 리더를 공격한다.

리더의 목을 잡으려 하지만 예상한 듯 간단히 막아낸다. 선우민은 모든 기술을 총동원하여 다양한 방법으로 공격해보지만 괴생물체 리더는 모든 공격을 간단히 막아낸다. 지금까지 상대해본 누구보다 확연히 강한 괴생물체 리더의 어빌리스가 이제 조금씩 감이 온다. 보통 이렇게 어빌리스가 느껴지지 않는 것은 자신의 훈련이 부족하거나 상대방이 월등히 뛰어날 때 나타난다. 게다가 모든 체형의 괴생물체들 연합과 전투를 벌인 터라 체력이 많이 떨어진 상태라 괴생물체 리더를 혼자 상대하기에는 역부족이다. 싸울수록 불리한 상황이다. 어떻게 해서든지 괴생물체 리더의 목청을 공격하기 위해 발차기와 각종 무술을 시도하지만 아무것도 통하지 않는다. 선우민이 계속 공격하지만 그 리더는 방어만 한다. 연달아 공격을 퍼부어도 간단히 막는 방어에 선우민의 체력이 급격히 소모된다. 다른 약점이나 급소가 있을까 하는 생각에 다른 부위도 공격해본다. 하지만 괴생물체 리더는 틈을 주지 않는다. 선우민이 이렇게 작정하고 공격할 때 방어할 수 있는 사람은 이 세상에 존재하지 않았다. 격투에서 한 번도 상대방을 죽이겠다는 생각을 한 적 없던 그가 처음으로 죽여야겠다고 생각한다. 그리고 맹렬히 공격을 퍼붓는다. 그 공격이 너무나 빨라 제자들의 눈에는 보이지도 않는다. 하지만 여전히 손쉽게 막아낸다. 더 큰 두려움을 느낀 선우민은 아들에게 늘 해줬던 이야기가 부끄럽게 느껴진다.

'생각과 마음에서 지고 들어가면 체력이 아무리 강해도 이길 수

가 없어. 늘 이긴다는 생각으로 임해야 이길 확률이 높아져.'

모든 생물에는 급소가 있다. 특히 인간에게는 다양한 급소가 존재한다. 명치, 머리, 목 부위, 갈비뼈 주위의 다양한 급소를 공격하면 인간은 고통을 느낀다. 그 고통에 인간은 패배를 인정하기도 한다. 괴생물체 리더 역시 생물체이고 인간과 비슷한 형태를 하기에 목이 급소라면 다른 부위에도 분명 급소가 있을 것이다. 한 급소를 공략하면 다른 부위를 막지 못한다. 자신의 급소를 막아야 하기 때문이다. 아담스 애플이 급소라고 생각할 수밖에 없었던 건 목에서 유달리 튀어나온 곳이기 때문이다. 마치 급소라고 말해주는 듯. 하지만 그들도 이제 깨달은 듯 자신의 목청을 보호하고 있다. 다른 괴생물체들은 목청을 보호할 때 다른 부위를 치면서 목청의 보호를 깰 수가 있었다. 그리고 결국 목청을 공격해 그들의 아담스 애플을 꺼내 죽이면 된다. 하지만 괴생물체 리더는 다르다. 아담스 애플을 빠르게 보호하는 동시에 이어지는 다른 부위의 공격을 선우민 자신도 반응하기 전에 막아버린다. 마치 선우민의 공격 방식을 다 읽고 있는 듯한 방어이다.

선우민은 처음으로 무력함을 느낀다. 힘이 더 빠지면서 가쁜 숨을 쉰다. 한 번도 없던 일이다. 무력함을 느끼는 이유가 여러 가지 있는데 그중 하나는 지금 괴생물체 리더가 힘을 다 안 쓰고 선우민을 상대하고 있다는 걸 깨달았기 때문이다. 선우민은 제자들을 바라본다. 그들의 얼굴은 이제 두려움도 보이지 않은 채 굳어 있다. 세상에서 제일 강하다고 생각한 자신들의 스승이 이렇게 무기력하니 공포에 사로잡혔을 것이다. 선우민은 마지막까지 싸우다가 기회를 봐 제자들을 피신시킬 계획을 짠다.

무력함을 느끼는 이유 중 다른 하나는 최 박사이다. 최 박사가 죽었다는 생각이 들면서 더 이상 살아서 뭐 하느냐는 생각이 짧게 들었다. 이전부터 선우민은 최 박사로 인해 생기는 이런 현상을 그물망을 뜻하는 메시Mesh라고 불러왔다. 최 박사는 남에게는 잔인할 정도로 매몰차도 자신의 사람들에게는 자신의 것을 아낌없이 나눠준다. 오랫동안 꾸준히 연구해서 얻은 지식부터 마음의 평온과 금전적 여유까지 모두 끊임없이 나눠줬고 평생을 그렇게 살아온 사람이다. 그러면서 그의 계획을 사람들에게 얘기하고 동참시킨다. 그렇게 최 박사와 함께 생활하는 사람들은 자신도 모르게 최 박사의 말을 따르게 되고 그의 계획에 맞춰 자신도 계획을 만든다. 강요 없이 자발적으로 그의 계획에 맞춘 삶을 살게 된다는 것이다. 자발적으로 하는 일만큼 잘되는 일이 없다. 매스클랜과 함께 실행한 최 박사의 프로젝트가 성공한 이유이다.

하지만 최 박사의 계획이 실패하면 매스클랜 모두의 인생이 실패한다는 착각을 일으켜 마치 베르테르 효과 같은 일이 나타날 것이다. 최 박사가 죽었다는 예감이 들자 선우민은 삶의 의욕을 잃어가고 있다.

미지의 세계에 들어가 아내를 잃음으로써 최 박사의 메시에서 벗어날 수 있었던 자신과 달리 아들 선우필은 다르다. 선우필에게는 자신도 범접하기 힘든 이상한 오기가 있어 최 박사의 메시에 걸려들지 않을 거라는 생각이 들었다. 선우필은 그리 똑똑하지도 튼튼하지도 않은 것 같고, 사람을 이끄는 매력도 없다. 식성도 특이하고 무슨 생각을 하는지도 묻기 어려울 만큼 단순하지만 어떨 때는 깊은 생각에 잠겨 있다. 이해하기 힘든 잠재력도 강하게 느껴진다. 답답할 정도로 한 번 꽂힌 일에는 실패하든 성공하든 상관없이 우직하게 하는 편이다. 녀석에게는 결과보다 과정이 중요하다.

그때 선우민에게 선우필의 어빌리스가 느껴진다.

"필?"

다급하게 아들을 부르며 어빌리스가 감지된 방향을 바라보는 선우민을 괴생물체 리더가 가격한다. 선우민은 맞는 방향으로 날아가 쓰러진다.

*

"아버지……."

옥상에서 아이를 안고 있던 선우필은 아버지의 어빌리스가 많이 떨어지고 있음을 감지한다. 지금 자신을 꼭 붙잡고 있는 여자아이와 자신을 제외하고는 옥상에 있던 사람들은 모두 죽었다. 괴생물체들이 선우필을 죽이려고 오고 있다. 아버지 정도의 점프 실력은 아니지만 그래도 여러 빌딩을 건너면서 다가온다. 선우필은 옷깃을 움켜쥐며 안긴 아이를 더 세게 안아주며 말한다.

"이제 우리는 여기를 떠나서 우리 아버지가 있는 곳으로 갈 거야. 지금처럼 나를 꼭 붙잡고 놓으면 안 돼. 알았지?"

"여기서 벗어날 수 있어? 저 괴물들이 우리 엄마 아빠도 죽였는데?"

지금 건물 사이를 뛰어다니며 괴생물체들을 상대한다면 아이의 목숨도 위험하다. 그래서 바로 답하기보다는 옥상에 있는 물탱크 뒤에 숨는다. 선우필은 눈을 감고 몇 마리의 어빌리스가 느껴지는

지 세어본다. 그리고 눈을 떠 자기 생각과 맞는지 확인하려고 고개를 빼려는데 이미 아이가 고개를 빼서 괴생물체의 숫자를 확인하고 있다. 선우필은 피식 웃으며 말한다.

"벗어나 보자. 지금 열네 마리가 오는 거 같은데 맞니?"

아이는 하나둘 세보더니 열넷에서 멈춘다.

"응. 맞아. 열넷이야. 오빠 잘 맞추네. 어떻게 맞춘 거야?"

"그러게."

숫자를 맞춘 것이 신기해 서로 쳐다보며 웃는다.

"아버지……."

선우필은 조용히 선우민을 불러보며 철과치 도장으로 고개를 돌린다. 선우필은 눈을 들어 지금 서 있는 건물 옆의 옥상을 쳐다본다. 그곳을 지나면 철과치 도장이 보일 것이다. 거리상으로도 선우민과 가까워질 것이다. 아이를 꼭 붙든 채 선우필은 맞은편 옥상으로 달리기 시작한다. 이제 옥상에 도착한 괴생물체들이 달려들지만 도리어 선우필에게 발차기 공격을 당한다. 아이를 안은 채 발차기만으로 괴생물체들을 쓰러트린 선우필은 발이 땅에 닿기도 전에 다른 발차기 기술로 소형 괴생물체를 옥상에서 떨어트린다. 이전보다 강해진 것은 사실이지만 기술 사용이 서툴러 괴생물체들을 죽이지는 못한다. 나자빠진 괴생물체들을 뒤로하고 반대편 건물 옥상으로 점프한다. 아이가 무서워 눈을 질끈 감고 다시 떴을 때 건물 사이가 아주 멀다는 걸 보게 된다. 아이는 선우필이 하늘을 나는 게 아닌가 싶어 입을 벌려 잠시나마 하늘의 공기를 느낀다. 선우필 역시 맞은편 옥상에 착지하고는 자신의 도약에 놀란다. 하지만 잠시 후 반대쪽에서 중형 생물체들이 빛을 쏘며 공격하고 선우필은 그 빛을 피하면서 시야에 들어오는 철과치 도장으로 가려는데, 순간 아버지의 어빌리스가 현저히 떨어졌음을 감지한다.

"아버지…… 아빠?"

그때 중형 괴생물체가 쏜 총에서 나온 빛이 선우필의 다리를 스친다. 선우필은 고통을 느끼며 균형을 잃고 여자아이를 붙잡은 채 건물 밑으로 떨어진다. 건물에 부딪히면서 떨어지던 선우필이 여자아이를 놓치고 자신은 잔해 더미에 묻힌다. 아이도 묻힌 걸 보고 어떻게 해서든 구하려고 하지만 몸이 뜻대로 움직이지 않는다. 숨도 제대로 쉬어지지 않아 가쁘게 호흡한다. 위에서 파편이 계속 떨어지고 결국 더 많은 잔해에 선우필은 파묻힌다. 얼굴만 겨우 나와 있던 그는 자신의 몸이 꿈쩍도 않는 걸 알고는 하늘을 보고 흐느끼면서 고통스러워한다.

"아! 윽. 아버지……."

8장 2절

결투

피를 흘리며 거의 주저앉다시피 한 선우민은 주위를 둘러본다. 수많은 제자가 쓰러져 죽어 있다. 그들의 얼굴을 차례대로 보면서 선우민은 숨을 크게 한 번 쉰다. 다른 괴생물체들은 아무 공격도 하지 않은 채 선우민과 그들의 리더가 벌이는 전투를 구경만 하고 있다. 선우민이 일어나 다시 싸우지만 그 리더는 이미 승기를 잡은 듯 일방적으로 공격한다. 처절하고 무기력하게 당하기만 하는 선우민의 어빌리스가 급격히 떨어지고 있다. 싸울수록 강해지는 괴생물체 리더와 달리 현저히 약해지는 선우민이 강한 펀치를 맞는다. 그렇게 맞고 날아갈 뻔하지만 한 제자가 잡아준다.

"사부님, 지금의 저희로는 도저히 안 될 것 같습니다. 우선 이 자리를 피하고 훗날을 기약해야겠습니다."

어렴풋이 들리는 제자의 말에 돌아본다. 몇 안 남은 제자들이 피를 흘리며 심한 부상을 입었다. 제자들 뒤로 괴생물체들이 둘러싸고 있다. 선우민이 다시 괴생물체 리더를 본다. 그 손에서 날카로운 칼이 나온다. 한쪽 무릎을 꿇고 가쁜 숨을 쉬던 선우민이 제자에게서 떨어지며 말한다.

"내가 길을 터줄 테니 너희는 어떻게 해서든지 이곳을 빠져나가라. 곧 군부대가 도착할 예정이니 상황을 잘 살펴본 다음 피하면 된다."

"안 됩니다. 사부님! 저희는……."

"너희는 해야 할 일이 있다. 그 임무를 마무리하는 것에만 신경 쓰도록 해라. 여기까지 따라와 줘서 고맙다."

선우민이 다시 일어선다. 부축하는 제자를 밀어내고 주위를 둘러싼 괴생물체들을 공격한다. 그들의 아담스 애플을 바로 뽑아낸다. 순식간의 공격에 괴생물체들은 풍비박산으로 쓰러지더니 아지랑이처럼 피어오르다 신체가 사라진다. 그렇게 제자들이 도망갈 수 있는 공간이 만들어진다.

"가라!"

제자들은 괴로운 표정을 지으며 피한다. 그때 괴생물체 리더가 팔에 달린 칼을 휘두르며 제자들에게 다가오자 그 앞을 선우민이 가로막는다.

그가 자세를 낮춰 리더의 다리를 공격한다. 균형을 잃고 넘어진 괴생물체 리더는 이어서 들어오는 선우민의 발차기에 얼굴을 맞고 뒤로 뒹굴다가 일어난다. 선우민이 멈추지 않고 날카롭게 발로 찌른다. 리더는 가까스로 막아내더니 곧바로 일어나 칼을 휘두르고 선우민은 피한다. 하지만 피하면서 중심을 잃자 괴생물체 리더의 다른 팔에서 칼이 튀어나오며 선우민을 향한다. 영락없이 베이려는 찰나 박 여단장과 김 상사가 나타나 막아준다.

박 여단장의 차에 탔던 군인들도 괴생물체들과 전투를 벌인다. 김 상사는 괴생물체 리더를 향해 총을 쏘면서 다가가지만 그놈은 팔을 이용해 총알을 막고 있다. 김 상사가 빠른 속도로 여러 총을 꺼내 쏘자 리더는 그 총알들이 버거웠는지 조금씩 뒤로 물러선다. 모든 총의 탄환이 다 떨어지자 김 상사는 빠르게 달려 나가 날아차기를 한 후 괴생물체와 싸운다. 하지만 역시나 김 상사의 어빌리스가 괴생물체의 리더에 비해 많이 딸린다. 박 여단장이 선우민을 부축하며 말한다.

"선우민 관장! 자네 너무 약해진 거 아냐? 저딴 놈들에게 이런 식으로 당하기나 하고."

선우민이 살짝 미소를 짓고는 김 상사와 괴생물체 리더의 전투를 지켜본다. 김 상사가 맹렬히 공격하지만 괴생물체는 모두 방어한다. 어느 순간 둘의 공격이 동시에 부딪치더니 괴생물체 리더가 뒤로 물러선다. 김 상사 역시 리더를 쳐다보며 선우민과 박 여단장이 있는 곳으로 뒷걸음질한다. 짧은 전투지만 김 상사는 많이 지친 듯하다.

"우리가 그렇게 떠들어대던 홀랜프가 저런 모습이었구먼."

박 여단장이 선우민에게 말하면서 가쁜 숨을 내쉬는 김 상사를 쳐다본다.

"홀랜프든 뭐든 간에 꿈쩍도 안 하잖아. 이봐, 선우민. 저 새끼들은 지금 우리 상황에서 어떻게 해볼 놈들이 아니야. 자네가 이 정도까지 당할 정도면 최 박사 말이 확실한 거야. 우선 우리와 함께 이곳을 피하는 게 맞아."

김 상사가 짧게 숨을 헐떡이면서도 긴장을 늦추지 않으려는 듯 괴생물체 리더를 보며 말한다.

“최 박사의 계획이 꺼림칙하다 해도 지금 죽는 것보다는 낫지 않겠어?”

선우민이 숨을 깊게 들이마시고 내뱉는 김 상사를 쳐다보며 가소롭다는 듯 웃으며 말한다.

“군대 일도 바빴을 텐데 꽤 강도 높게 훈련했나 보네. 자네가 나를 다 걱정하다니.”

농담하듯 말하는 선우민을 보며 김 상사가 진지하면서도 냉정한 표정으로 말한다.

“지금 농담할 때가 아니야. 자네조차 지금 이것들에게는 안 되는 거잖아. 그렇다면 당장 후퇴한 후 더 힘을 키워서 와야지. 그게 맞는 순서 아니겠어? 다른 방법을 모르겠다면 최 박사의 계획을 따르는 수밖에 없어.”

박 여단장 역시 부축하고 있던 선우민을 꼭 잡아주며 말한다.

“그래. 홀랜프에 관한 연구도 더 필요해. 최 박사님의 계획이 정말로 현실로 다가온 거잖아. 우리는 지금 너무 부족해. 최 박사님이 분명 해결책을 가지고 계실 거야. 박사님이 아이들 프로젝트를 계속 진행하셨으니까 곧 해결책이 나올 거야. 지금은 자네도 힘을 비축했다가 우리와 함께 훗날을 기약해야 한다고.”

선우민은 쓰러져 있는 제자들을 쳐다본다. 자신을 믿다가 원망하나 없이 죽어버린 제자들이다. 선우민은 홀랜프에 맞서 싸우는 군인들이 하나둘 죽어가는 것을 본다. 헬리콥터 여러 대가 착륙하고 더 많은 군인이 나오면서 싸우지만, 홀랜프 리더 한 마리에 고전하며 사망자가 늘어간다. 이상하게도 그 리더를 포함한 특수 괴생물체 부대는 이따금 공격해오는 군인들을 죽이는 것 말고는 아무 행동도 하지 않으면서 선우민 쪽만 보고 있다. 박 여단장이 재촉한다.

"어서 헬기로 가자고!"

박 여단장이 끌고 가려 하지만 선우민은 가지 않으려는 듯 다리에 힘을 준다. 선우민은 홀랜프 리더에게서 눈을 떼지 못하고 있다. 군인들이 기관총을 쏴보지만 무용지물이다. 너무나 쉽게 막거나 피하기까지 한다. 선우민이 생각하는 듯 잠시 눈을 감았다 뜨더니 결심한 듯 말한다.

"지금 우리가 모두 저들에게서 벗어나는 건 무리야. 저 리더 같은 홀랜프는 너무 강해. 우리가 도망가게 놔두지 않을 거야."

김 상사가 다급하게 외친다.

"뭔 소리야! 그러니까 자네가 더 강해져서 돌아와 해치우면 되잖아! 우리 모두 어빌리스 훈련을 더 해서 강해진다면 저딴 놈들은 쉽게 해치울 거라고!"

다급히 말하는 김 상사와 달리 박 여단장은 말없이 선우민을 쳐다본다. 선우민은 입에서 떨어지는 피를 닦으며 박 여단장을 쳐다본다. 자신의 말을 이해한 듯하다. 선우민은 고개를 끄덕인다. 김 상사는 이성을 잃은 듯 소리를 지르고 박 여단장은 그런 김 상사와 죽은 군인들을 쳐다본다. 그리고 홀랜프 리더와 그의 특수 홀랜프 부대를 쳐다본다. 선우민은 지금 잘 서 있지도 못한다. 입 안에 고인 피를 내뱉은 선우민이 박 여단장에게 말한다.

"최 박사의 계획…… 난 이해하기도 싫고 동의하기도 싫어. 하지만……."

여전히 흥분이 가라앉지 않은 듯 씩씩대는 김 상사와 그에 비해 차분한 박 여단장이 선우민을 쳐다본다.

"이제는 최 박사의 계획 말고는 방법이 없어. 그리고 그 계획을 실행하기 위해서라면 너희 두 사람이 반드시 살아남아야 해. 그러려면 내가 지금 여기 남아야 해."

선우민이 홀랜프 리더를 응시한다. 김 상사 역시 홀랜프 리더를 보며 선우민에게 소리 지른다.

"무슨 소리야! 함께 가야지! 우리가 함께하면 못 이길 게 없다며! 자네가 예전에 나한테 그랬잖아! 우린 다시 모여 더 큰 일을 할 거라고!"

저 멀리 헬리콥터에서 지휘관이 겁에 질린 채 철수하라고 외친다. 그 말에 박 여단장이 군인들에게 철수하라고 외친다. 살아남은 군인들이 지휘관을 향해 달려가는 그때 빠른 속도로 홀랜프 리더가 지휘관의 몸을 찢어 죽인다. 그리고 그가 탔던 헬리콥터를 부수고 조종하던 군인 역시 몸이 터져 죽는다. 살아남은 군인들이 놀라며 급히 두 번째 헬리콥터에 몸을 실은 후 이륙한다. 남은 군인들이 다른 헬리콥터들이 있는 곳으로 다시 달려가지만 그 길목은 홀랜프 부대가 막고 있다. 그들이 힘겹게 홀랜프와 전투를 벌이며 헬리콥터로 향하지만 조종사들이 두려움을 못 이기고 이륙하기도 한다. 나머지 헬리콥터들도 하나둘 이륙을 시작한다. 홀랜프 리더는 더 이상 공격하지 않고 겨우 도망가는 헬리콥터들을 쳐다본다. 그러다 선우민을 향해 고개를 돌린다. 선우민이 박 여단장과 김 상사를 떠민다.

"저놈들이 왜 저러는지 모르겠지만 지금이 기회야. 어떻게든 살아남아야 해. 너희밖에 믿을 사람이 없어!"

어쩔 수 없다는 표정의 박 여단장과는 다르게 김 상사는 이해 못 한다는 표정이다. 선우민은 이제 서 있기조차 힘든지 다리를 부들부들 떨고 있다.

"자네 아들과 그 아이들은 어떤가? 벙커에 무사히 들어간 건가?"

박 여단장의 질문에 선우민은 말이 없다. 크게 숨을 쉬더니 어쩔 수 없다는 듯 고개를 푹 숙이는 그의 입술이 파르르 떨린다. 그리고 천천히 입을 뗀다.

"최 박사의 아이들……. 그들과 만나서 방법을 찾아. 그것도 최 박사 계획의 일부니까. 여기는 내가 막을 테니 어서 가. 시간이 없어."

박 여단장이 아랫입술을 깨물며 김 상사를 본다. 김 상사는 그럴 수 없다는 듯 고개를 흔든다. 이제 마지막 헬리콥터가 이륙하려 한다. 그 안에서 한 군인이 박 여단장과 김 상사를 부른다. 헬리콥터에서 홀랜프 무리를 향해 기관총을 쏘고 있지만 곧 떠나려는 헬리콥터의 프로펠러가 잔인하게 돌아가고 있다. 김 상사가 선우민의 옷을 잡아당기며 소리친다.

"웃기지 마! 우린 무슨 일이 있어도 함께한다. 알았나! 싸우더라도 함께 싸우는 거라고!"

그 말에 선우민은 예전 일을 생각한 듯 피식 웃는다. 김 상사가 계속 선우민의 옷을 잡으며 끌자 뒤에서 박 여단장이 후려쳐 기절시킨다. 그가 기절한 김 상사를 어깨에 들어 올린다.

선우민은 안도의 웃음을 짓는다.

"이 친구 성격은 나이가 들어도 그대로인가 보네."

박 여단장이 씁쓸한 표정을 지으며 대답한다.

"나는 자네가 이해돼서 더 답답하기도 해. 물론 함께하면 좋겠지만."

"나는 더 이상 최 박사의 일에 연루되고 싶지 않아. 내 아들을 내어준 것만으로도 아내와의 마지막 약속을 지켰다고 생각해."

박 여단장이 더 안타까운 듯 선우민을 쳐다본다.

"자네 아들…… 분명 최 박사의 계획대로 인류를 구할 열쇠를 가지고 있는 거지?"

선우민이 박 여단장의 질문에 걱정스러운 표정으로 말한다.

"최 박사의 계획이 무산되었다거나 잘못되었다면 다른 이야기가 될 거야."

박 여단장이 놀라 묻는다.

"무슨 말이야? 뭐가 잘못된 거야?"

"최 박사…… 아무래도 죽은 듯하네."

박 여단장이 놀라서 주위를 둘러본다. 이제는 대화가 힘들 정도로 시간이 촉박하다. 헬리콥터는 지면에서 약간 뜬 상태로 되도록 많은 군인을 실으려는 듯 홀랜프에게 총을 쏘고 있고 홀랜프는 그저 방어만 하고 있다.

"무슨 말이야? 최 박사가 벙커에 자네 아들과 함께 들어갔어. 그렇게 보고 받았다고. 혹시 내가 모르는 뭔가가 더 있나? 미지의 세계도 그렇고, 자네는 그 후 나한테도 아무 얘기를 안 해줬어. 최 박사가 죽으면 어떻게 하란 말인가? 우리의 역할이 무엇이란 말인가? 난 아직도 훈련이 부족해서 자네처럼 어빌리스가 강하지 않아."

방어만 하던 홀랜프 무리가 이제 공격하려는 듯 헬리콥터로 향하고 있다. 홀랜프 리더는 여전히 서서 마치 공부라도 하는 듯 군인들을 관찰하고 있다.

"최 박사의 어빌리스가 사라졌어. 아마 저놈들이 선수를 쳤을 거야. 뭔가가 잘못되었어. 저들은 우리 예상보다 훨씬 더 지능적이고 강해."

선우민이 기절해 있는 김 상사를 보더니 말한다.

"최 박사가 죽었다고 계획이 틀어지진 않았을 거야. 다만 앞으로 최 박사의 계획을 사람마다 다른 관점으로 보려 할 거야. 진정한 해답을 찾는 것이 중요해. 자네가 반드시 내 아들을 누구보다 먼저 찾아내게. 아이들과 함께 벙커로 들어간 것 같지도 않아. 하지만 그렇게 쉽게 죽을 녀석이 아니야. 잠시 어빌리스가 느껴진 걸로 봐서 이제 막 잠재력이 깨어난 듯해. 이른 시일 내로 내 아들을 찾아내게. 최 박사의 후원자들 역시 반드시 내 아들을 찾으려 할 거야. 엉망진창처럼 보이는 그의 계획을 가장 확실히 아는 사람이 내 아들이야. 그러니 자네가 그들보다 먼저 찾아야 해! 알았지? 내 아들은 오리 새끼처럼 처음 보는 사람을 가장 신뢰해. 단순한 놈이란 말이야. 최 박사나 내가 아니라면 자네 말을 듣게 해야 해. 최 박사의 후원자들이 아닌 자네의 말을 들어야 한다고."

박 여단장은 선우민의 말이 헷갈리지만 결심한 듯한 표정으로 말한다.

"자네도 최 박사님처럼 횡설수설하는구먼. 하지만 새겨듣겠네. 지금은 무슨 의미인지 이해 못 하지만 자네 말대로 내 반드시 자네 아들을 먼저 찾겠네."

그때 홀랜프 무리가 리더를 중심으로 선우민을 공격하려는 듯 걸어온다. 다른 쪽에서는 다른 홀랜프 부대가 총을 꺼내 빛을 쏘기 시작한다. 선우민이 앞에 놓인 널빤지를 재빨리 집어 빛을 막아내며 박 여단장에게 말한다.

"어서 피하게! 때가 올 때까지……."

기절한 김 상사를 쳐다보며 선우민이 말을 이어간다.

"이 친구와 함께 어빌리스를 향상시켜주게. 자네가 지금까지 해왔던 그 어떤 훈련보다 강도 높은 훈련을 하란 말일세. 지금 내 어빌리스가 감지되지? 이것보다 더 강해지란 말이야!"

점점 가까워지는 홀랜프 무리와 리더를 보며 선우민이 말한다.

"그리고 저 홀랜프보다 훨씬 강해져야 해!"

박 여단장이 김 상사를 어깨에 걸치며 씁쓸한 웃음을 짓는다.

"우리 친구들…… 이렇게 다시 못 만날 줄 알았더라면 자리라도 한번 만들걸."

후회 섞인 목소리로 말하는 박 여단장을 보며 선우민이 힘겹게 미소 짓는다.

"언젠가…… 언젠가는 다 같이 만나지 않겠나?"

박 여단장은 선우민의 힘겨운 미소를 보며 김 상사를 둘러업고 헬리콥터로 향한다. 괴생물체 리더가 박 여단장을 잡으려 하자 선우민이 발차기로 막는다.

홀랜프 부대의 벽을 뚫은 박 여단장이 김 상사와 함께 무사히 헬리콥터에 도착한다. 헬리콥터가 이륙하더니 하늘 높이 날아간다. 그 방향을 보던 홀랜프 리더가 다시 선우민 쪽을 본다. 선우민이 바로 얼굴에 주먹을 날린다. 그 힘이 꽤 강했는지 리더가 약간 뒤로 주춤한다. 자신의 얼굴에 흐르던 피를 모두 닦은 선우민이 마지막 반격을 하려는 듯 자세를 고쳐 잡는다.

9장 1절
죽음

잔해에 묻혀 있던 선우필은 어떻게든 몸을 움직여보려 하지만 뜻대로 되지 않는다. 건물에서 떨어진 충격으로 뼈가 부러진 듯하다. 게다가 건물 잔해가 위에서 계속 떨어지면서 더 강하게 짓누르고 있어 숨이 가쁘다. 얼굴과 팔만 겨우 잔해 위로 나와 하늘을 향한다. 있는 힘껏 주먹을 쥐고 더 높이 하늘을 향해 팔을 뻗어본다. 눈에서 눈물이 흐르고 나지막하게 소리를 내본다.

"아……버……지……."

홀랜프 리더에게 계속 공격을 가하는 선우민은 다친 것이 무색할 정도로 압도하고 있다. 홀랜프 리더는 이상하리만큼 일방적으로 당하기만 한다. 선우민의 어빌리스가 이번 전투로 향상되면서 더 빠르고 강해진 이유도 있다. 어느 순간 홀랜프 리더의 목청이 개방된 걸 포착한다. 선우민은 기회를 놓치지 않고 온 힘을 다해 홀랜프 리더의 아담스 애플을 파괴하기 위해 발차기를 한다. 하지만 리더는 공격을 순식간에 막는 동시에 공격한다. 갑작스러운 공격에 선우민은 쓰러질 뻔하지만 다시 일어난다. 그리고 자신의 힘이 더는 남아 있지 않은 걸 감지한다. 이제 어빌리스에 모든 걸 기댄 채 정신력으로 버텨야 한다. 주위에 살아 있는 인간은 없다. 헬리콥터도 시야에서 사라졌다. 그들의 어빌리스를 감지할 힘조차 남지 않았다. 죽은 제자들을 보며 호흡을 최대한 고르다가 자꾸만 나오는 쇳소리에 주먹을 쥐어본다. 지고 싶지 않다. 죽고 싶지도 않다. 아들이 며칠 전에야 처음으로 보여준 밝은 미소가 떠오른다. 사랑하는 여자를 만난 것 같다며 혼자 연극을 하듯 떠들어대던 아들의 모습이 보인다. 아들과 아들이 좋아하는 여자가 알콩달콩 연애하는 것도 지켜보고 싶고, 결혼해서 사는 모습, 애를 낳고 키우는 모습도 모두 보고 죽고 싶다.

지금 선우민의 어빌리스는 무아지경에 이르렀다. 이제는 생각하고 싸우는 게 아니다. 상황에 맞춰 자신의 뇌리에서 감지되는 모든 위험을 방어하고 목표를 끝마치기 위해 자신의 신체가 조정될 것이다. 선우민이 자세를 취한다. 그리고 홀랜프 리더를 향해 달려간다. 그때 한 번도 움직이지 않고 지켜보기만 하던 열한 마리의 특수 홀랜프 중 네 마리가 선우민을 공격한다. 뜻밖의 공격에 선우민의 신체가 방향을 틀어 방어하려 하지만 그 네 마리 역시 목적을 읽은 듯 선우민의 두 팔과 두 다리로 향한다. 그리고 있는 힘껏 한 부분씩 잡는다. 당황한 선우민이 어떻게 해서든지 벗어나려고 하지만 두 다리와 두 팔을 제대로 잡힌 상황이다. 네 마리의 특수 홀랜프가 선우민의 팔다리를 잡고는 공중으로 천천히 뜬다. 공중에서도 발버둥 치던 선우민은 점점 무력해지는 자신을 발견한다. 인생에서 처음으로 겪는 굴욕적인 순간이다. 네 마리와 높이 뜬 선우민이 아래를 내려다본다. 여기서 자신을 놓아버린다면 죽지는 않겠지만 크게 다칠 것이다. 어쩌지 못하는 사이 홀랜프 리더가 선우민의 눈높이까지 떠오른다. 선우민은 발버둥을 멈추고 리더를 본다.

"하늘을 날다니…… 괴상한 놈들인 게 분명하군."

리더는 아무 소리도 내지 않고 가만히 선우민 앞에 떠 있다. 그때 선우민은 아내와 최 박사 아들 부부와 함께 들어갔던 미지의 세계가 머릿속에서 떠오른다. 그곳에서 나왔을 때 싸늘하게 죽어 있던 아내가 느껴진다. 최 박사와 처음이자 마지막으로 술잔을 부딪치며 술을 마신 기억이 떠오른다. 프로젝트마다 최 박사와 다투는 상황이 머릿속에서 떠오른다. 그리고 자기 아들이 리브에 대해 말하는 모습이 떠오른다. 그렇게 기억이 순서 없는 영화처럼 떠오르다가 의식이 현실로 돌아온다. 선우민이 홀랜프 리더를 쳐다보며 말한다.

"내가 하는 말을 이해할지 모르겠지만 잘 들어라. 인간은 그렇게 나약하지 않다. 내가 못 이룬 목표는 내 아들이 반드시 이룬다."

리더는 여전히 반응이 없다. 선우민은 힘겹게 고개를 돌려 멀리 있는 최 박사의 저택을 본다. 최 박사가 어린아이처럼 계획을 말하던 날이 떠오른다.

"인간은 본능적으로 이기적인 생물이지. 자기만 생각하는 이기적인 생물체. 그 이기심이 쌓여 결국 멸망에 이르는 거야. 홀랜프는 그러한 인간의 본능을 시험하는 생물체일지 몰라."

이기적인 사람들이 이기심으로 낳은 아이가 커서 또 다른 이기심으로 살다가 다시 아이를 낳고 그렇게 이기심이 반복되다가 세상이 멸망한다.

"당신 말이 맞을지도 모르지……."

선우민이 조용히 속삭인다.

건물 잔해에 묻혀 하늘을 보던 선우필은 공중에 떠 있는 선우민과 네 마리의 홀랜프 그리고 그 앞에 떠서 선우민을 바라보고 있는 홀랜프 리더를 보게 된다.

"아버지? 뭐야? 왜 거기 있는 거야? 안 돼!"

힘을 다해 말해보지만 목소리가 건물 잔해 주변만 맴돈다. 어떻게 해서든 잔해 밖으로 나오려 하지만 몸은 더 안으로 들어간다. 건물 위에서 하늘을 덮을 만큼 큰 덩어리가 떨어지려는 듯 흔들거리고 있다.

"안 돼!"

그렇게 외쳐보지만 짓눌린 가슴이 고통을 더한다. 필사적으로 발버둥 치며 나오려 애써 보지만 헛짓일 뿐이다. 아무것도 뜻대로 되지 않는다. 그때 하늘에 떠 있는 홀랜프 리더가 팔에서 나온 칼로 선우민을 반으로 자른다. 선우필은 아버지의 상반신과 하반신이 분리되는 걸 본다. 분노에 휩싸인 그가 마지막 남은 힘으로 소리 지른다.

"아버지!"

하지만 소리는 제대로 나오지 않고 도리어 건물 위 잔해 덩어리가 떨어지는 동시에 건물마저 무너진다. 선우필의 얼굴과 팔 그리고 모든 신체가 덮인다. 선우필은 완전히 파묻힌다.

ACT 3

HOLLAMP

10장 1절

태아

엘리베이터 문이 열리는 동시에 눈이 부실 정도로 지하 벙커의 밝은 빛이 비친다. 리브와 아이들은 엘리베이터 안에서 나올 생각을 하지 않은 채 쭈그리고 앉아 훌쩍거린다. 그러나 벙커에서 나오는 강렬한 빛에 눈이 부신 듯 손으로 얼굴을 가린다. 점점 눈이 적응하면서 지하 벙커의 모습이 보이고 아이들은 천천히 손을 내리고 일어나 벙커로 들어간다. 이전에 선우필이 들어왔을 때 본 대형 스크린 형태의 움스크린이 여전히 오른쪽 벽을 차지하고 있다. 모든 아이가 엘리베이터에서 나오자마자 엘리베이터 문이 큰 소리를 내며 다시는 열리지 않을 듯 굳게 닫힌다. 하지만 아이들은 그 소리에 반응도 못 할 정도로 충격에 휩싸여 있다. 리브는 조용히 눈물을 글썽이며 주위를 둘러보고, 레나는 그런 리브를 붙들고 훌쩍이고 있다. 아라, 니나, 해든, 오웬 그리고 민수 역시 넋이 나간 표정으로 주위를 둘러본다.

아라가 다리에 힘이 풀린 듯 주저앉는다. 그러다 눈앞에 놓인 컴퓨터를 본다.

"박사님……."

민수가 아라를 쳐다보지만 여전히 질문을 할 수도, 아무 소리도 입 밖으로 낼 수가 없다. 아라는 오른쪽 벽을 짚으며 일어나 움스크린을 손으로 어루만지고는 벽을 쓸면서 하이퍼 컴퓨터로 간다. 책상 밑에 놓인 하이퍼 컴퓨터 본체가 힘차게 돌고 있고 책상 위 모니터에는 이해할 수 없는 숫자와 글자가 나타나고 있다. 하지만 아라는 그 의미를 이해하는 듯 의자에 앉아 모니터에 나오는 숫자와 글자를 읽으며 앞에 놓인 키보드의 버튼을 누른다. 그러자 깜깜했던 움스크린에 불이 들어온다. 모두가 움스크린을 쳐다본다. 움스크린 안에는 물이 가득 채워져 있고 마치 산모의 배 속을 보여주는 듯 애벌레 같은 태아가 중심에 있다. 작고 투명한 막이 그 주위를 감싸고 있으며 투명한 태아의 속이 다 보인다. 커다란 연필심이 박혀 있는 듯한 검은 두 눈이 어디를 보는 듯 조금씩 움직이고 머리 주위에는 전류가 흐르는 듯 빛이 흐르고 있다. 조그마한 심장이 팔딱거리는 것이 진동으로 느껴지는 듯 태아는 이따금 꿈틀거린다.

아라가 움스크린으로 다가가 태아를 자세히 관찰한다. 다른 아이들도 움스크린 앞으로 가 태아를 본다. 조용히 눈물만 흘리던 리브가 눈물을 닦으며 그 자리에서 움직이지 않은 채 움스크린 안의 태아를 본다. 리브의 모습에는 불안함이 느껴진다. 니나가 돌아서서 리브에게 묻는다.

"이거…… 너하고 관련된 게 맞지?"

다른 아이들도 일제히 리브를 본다. 리브는 잘 모르는 듯 어리둥

절하면서도 불안한 모습이다. 그리고 그 모습이 슬픔과 교차한다. 리브는 최 박사가 선물한 펜던트가 있는 듯 자신의 가슴팍에 손을 대고는 꿈틀대는 태아를 보고 있다. 그때 아이들보다 먼저 엘리베이터에서 나온 서 집사가 엘리베이터 옆 오픈 키친 옆에 있는 방문을 열고 나온다. 서 집사의 표정은 차가워 보인다.

"니나, 해든, 오웬…… 그리고……."

서 집사가 민수를 쳐다본다.

"자네 이름은 뭔가?"

민수가 눈치 보듯 쭈뼛거리며 대답한다.

"민수……요."

"민수?"

서 집사가 이름을 한번 불러보더니 골똘히 생각한다. 그리고 민수의 어깨에 손을 대며 말한다.

"민수까지 이렇게 넷이서 이제 훈련을 시작할 테니 들어오거라."

서 집사가 방금 자신이 나온 방으로 다시 들어간다. 머뭇거리며 어쩔 줄 몰라 하는 니나, 해든, 오웬 그리고 민수가 서로를 쳐다보기만 할 뿐 들어가지 않자 서 집사가 다시 방에서 나와 말한다.

"시간이 없다. 너희가 빨리 강해져야 하니까 속히 들어오거라."

해든이 서 집사에게 묻는다.

"집사님…… 도대체…… 지금 무슨 일이 벌어지고 있는 거예요? 아까 그 괴물 같은 것들은 무엇이고 왜 세상을 파괴하는 거예요? 지금 저 태아는 뭐고 저희가 왜 이런 상황에 벙커에 와 있는 거예요? 박사님은 어떻게 된 거예요?"

오웬 역시 해든 옆에서 울먹이며 말한다.

"왜 이런 일이 일어난 거예요?"

리브와 레나 그리고 아라와 니나도 불안하고 두려운 표정이다. 서 집사는 잠시 생각하다 천천히 입을 연다.

"지금 움스크린에 보이는 태아가 이 세상에 나와 다섯 번째 생일을 맞이할 때까지 우리는 여기 있는다. 우리에게 주어진 시간이 그 정도로 정해져 있다."

아이들이 서로를 쳐다본다. 해든이 움스크린에 보이는 태아를 한 번 보고는 서 집사에게 의심스러운 말투로 묻는다.

"그다음에는요? 저 태아가 다섯 번째 생일을 맞이하고 나면요?"

서 집사가 고개를 절레절레 흔든다.

"그건 나도 모른다. 내가 아는 건 그동안 우리가 이 벙커에서 훈련하며 문이 열릴 때까지 기다려야 한다는 것이다."

해든이 바로 되묻는다.

"박사님 뜻인가요?"

서 집사가 고개를 끄덕인다.

"그래. 박사님 뜻이다."

해든이 엘리베이터로 향한다.

"이까짓 것 지금 열면 어떤데요?"

해든이 굳게 닫힌 엘리베이터 문을 힘으로 열어보려 하지만 열리지 않는다. 무술을 하듯 문을 발로 차며 열려고 해도 엘리베이터 문은 꿈쩍도 하지 않는다. 옆에 있던 오웬도 도와보지만 마찬가지다. 해든이 계속 시도하다가 니나를 본다.

"이것 좀 열어봐."

니나는 대꾸 없이 가만히 엘리베이터 문을 보다 움스크린의 태아를 바라본다. 그리고 서 집사를 본다. 해든이 아라에게도 열어보라고 하지만, 아라 역시 대꾸 없이 서 집사를 본다. 해든이 짜증이 난 듯 발로 문을 차면서 짧게 소리 지른다. 서 집사가 그런 해든을 보며 말한다.

"설령 그 문을 지금 연다고 치자. 그래서 어쩔 거냐? 세상 밖으로 나가서 저 괴생물체들에게 의미 없이 죽을 거냐?"

대답을 못 하는 해든을 보던 서 집사가 말을 이어간다.

"아까 밖에서 괴생물체를 잠깐 봤지? 우리는 그들보다 더 강해져야 한다. 우리에게 주어진 시간 안에 말이다."

가만히 듣던 민수가 입을 연다.

"저희가 훈련해서 강해지면 저희만 데리고 저 괴물들…… 저 괴생물체들을 다 물리칠 수 있나요? 셀 수도 없이 많은 것 같은데. 저들의 무기가 뭔지도 모른다면 우리 같은 인간은 한 방에 죽을 수도 있는데요?"

정적이 흐른다. 서 집사가 진지한 표정으로 대답한다.

"바깥세상이 어떻게 변할지, 아니 어떻게 변해 있을지 우리는 모르겠지. 지금은 박사님이 알려주신 계획에 맞춰 움직이는 방법밖에 없다. 다른 방법이 있다면 말해보아라."

모두가 서로 쳐다만 볼 뿐 아무 말도 못 한다. 리브에게 꼭 안긴 채 훌쩍거리던 레나가 떨어지며 묻는다.

"할아버지는 진짜 죽은 거예요?"

레나의 말에 다른 아이들도 울려고 한다.

"그래."

서 집사의 짧은 대답에 레나가 다시 리브를 껴안고 울음을 터트린다. 리브는 그런 레나를 안아주며 서 집사에게 묻는다.

"할아버지가 말씀하신 계획이 뭔데요?"

서 집사는 망설임 없이 대답한다.

"우리가 다시 바깥세상에 나갈 때 살아남은 사람들과 연합하여 저 생물체들에 맞서 싸워 인류의 멸종을 막아 멸망에서 구원하는 것이다."

"멸종? 멸망? 구원?"

민수는 세 단어를 읊으며 믿기 어렵다는 듯 아이들을 쳐다본다. 아이들은 서 집사의 말을 이해하는 듯한 표정이다. 두려움이 가득하지만 어딘지 모르게 믿는 구석이 있는 표정이다. 이상하게도 레나만 혼자 훌쩍거리며 이해를 못 하는 듯 리브에게 붙어 있다. 민수가 갑자기 생각난 듯 묻는다.

"그렇다면…… 그 계획이라는 게 선우필이 반드시 있어야 하는 거 아닌가요?"

모두가 민수를 본다. 민수는 미안한 표정이다. 아이들은 민수를 보고 움스크린의 태아를 한 번 본다. 그리고 일제히 약속이라도 한 듯 리브를 쳐다본다. 리브가 화를 낸다.

"뭘 봐!"

리브는 빛이 들어오는 베란다 쪽으로 걸어가더니 베란다 문을 열고 나간다. 레나가 따라간다.

"언니!"

불안한 듯 리브를 부르며 따라 나간 레나는 베란다 바깥을 보더니 놀란다.

"이건……?"

마치 베란다에서 좋은 경치를 감상하는 듯하다. 하늘에 걸린 노을 진 태양 아래 푸른 나무들과 그에 둘러싸인 공원이 멋지다. 공원 사이로 시냇물이 흐르고 그 끝에는 작은 폭포가 있다. 이전에 아이들이 견학 갔던 울창한 밀림의 자연과 각 도시에 배치된 작은 자연을 잘 어우러지게 만든 듯하다. 작지만 자꾸 눈이 가는 자연의 풍경이 리브와 레나의 눈앞에 펼쳐져 있다.

레나가 아이들을 부른다.

"다들 여기로 나와 봐!"

아이들은 꾸며진 자연의 모습에 감탄한다. 서 집사도 함께 나오고 그 뒤로 민수가 나온다. 니나는 실감 나게 떨어지는 폭포를 보며 서 집사에게 묻는다.

"인공자연인가요? 박사님이 이런 것까지 만드시는 줄 몰랐어요? 언제 이런 걸 다……."

서 집사는 대답 대신 아라를 가리킨다. 민수가 놀란 표정으로 아라를 본다.

"너하고 이걸 만드신 거야?"

아라의 눈에 눈물이 맺힌다. 서 집사가 아라의 어깨를 다독인다.

"이 벙커를 너희가 살던 곳의 구조와 최대한 비슷하게 꾸며 조금이나마 너희가 안정되게 살길 바라셨지."

서 집사의 말에 아이들은 숙연해진다. 서 집사는 넋을 잃은 민수에게 말한다.

"자네는 나와 함께 방을 쓸 거야."

민수가 멍한 표정으로 대답한다.

"네? 아…… 네."

서 집사가 아이들에게 얘기한다.

"전에 쓰던 것과 같다. 해든은 오웬과 방을 쓰고, 니나와 아라가 같이 방을 쓰고, 리브와 레나가 같은 방이다."

아이들이 고개를 끄덕인다. 서 집사는 할 말을 다 한 듯 다시 안으로 들어간다.

해든이 눈물을 닦는 아라에게 말한다.

"이걸 언제부터 만든 거야?"

눈물을 닦은 아라가 대답한다.

"우리가 중학교 들어가기 전 방학 때야. 여행 가기 전에 우리를 위한 아지트를 만드실 계획인데 여행 중 마음에 드는 장소를 말해 달라고 하셨어."

해든이 기억나는 듯 고개를 끄덕인다.

"그때 전 세계에 있는 자연이나 도시는 다 돌아다녔지. 방학 때마다."

아라가 해든의 말에 고개를 끄덕인다.

"우리가 고등학교 졸업쯤에 보여주실 계획이셨어. 나더러 그때까지 너희에게 비밀로 하라셨어. 고등학교 졸업 선물로 깜짝 놀라게 해주자고 하셨지. 박사님이 아직 발표하지 않은 기술을 나에게 생일마다 선물로 알려주시면서 시간 날 때마다 여기서 벙커를 개조했고. 박사님은 자주 이곳에 계셨지만 나는 그러지 못했어. 박사님은 벙커의 기초 작업을 미리 끝내신 후 더 세밀한 걸 계획하고 계셨지. 당시에는 나도 이해를 제대로 못 했어. 나에게는 건축부터 시작해서 농사까지도 인공적으로 할 수 있다 하시고는 벙커에 실험 계획안을 심어놓겠다고 하셨어. 난 여기 구조하고 기초적인 건

설만 몇 개 만들어보고 신체 실험할 때만 들어와 봤지. 베란다 문은 늘 닫혀 있었고. 그러니까 이런 완성본은 나도 지금 처음 본 거야."

옆에서 듣던 민수가 묻는다.

"그럼 넌 그저 선물이라고만 생각하고 구체적인 이유는 안 물어본 거야? 이 벙커의 구실에 대해서?"

"그래."

아라가 짧게 대답한다. 해든이 옆에서 민수에게 조용히 말한다.

"우리는 살면서 단 한 번도 박사님 얘기에 반박하거나 질문하지 않았어. 박사님은 언제나 옳고 우리를 위해 모든 일을 하시니까."

민수는 이해되지 않는다는 표정으로 또 물으려 입을 연다.

"아무리 그래도……."

그때 아라가 거실로 들어가는 바람에 말할 기회를 놓친 민수는 더는 아무 말 하지 않는다. 민수는 숨을 크게 내쉬며 공원을 본다. 풍경이 아름답지만 뭔가 허전해 보인다. 거실로 들어온 아라를 쳐다보는 니나 역시 짧은 숨을 한 번 내쉬더니 석양을 본다.

아라는 하이퍼 컴퓨터가 있는 책상으로 가 앉는다. 움스크린의 태아를 보더니 앞에 놓인 컴퓨터 모니터를 보고 본체를 살포시 쓰다듬는다. 고개를 오른쪽으로 돌리자 벽에 붙은 책장에 꽂힌 책들이 보인다. 하이퍼 컴퓨터에 대한 설명서가 빼곡히 꽂혀 있다. 아라가 좋아하는 전문 서적들도 보인다. 아라는 소리 나지 않게 조용히 흐느낀다.

10장 2절
능력

서 집사는 훈련실에서 여러 도구를 꺼내며 준비 중이다. 니나, 해든, 오웬, 민수가 들어온다. 아이들은 지금까지와는 다른 차원의 공기가 흐르는 걸 느끼며 숨쉬기 힘들어 한다. 공기의 양이 바깥보다 적은 데다 중력이 강하게 끌어당기듯 몸이 무거워지고 온도도 낮아 움직임마저 둔해진다.

네 명의 아이를 앞에 세워놓은 서 집사가 뒷짐을 지며 말한다.

"이곳은 너희의 훈련을 위해 특화된 방이다. 이미 느껴지듯이 바깥세상과는 전혀 다른 환경이다. 벙커 거실보다 더 무겁게 느껴질 것이다. 중력이 상당해서 숨 쉬는 것도 힘들고 움직임도 둔탁할 것이다."

말을 하는 서 집사도 몸이 무거운 듯 숨을 깊게 쉬고 내뱉는다. 아이들도 서 집사를 따라 숨을 내뱉으며 주위를 둘러본다. 니나를 제외한 남자아이들은 숨을 내쉬다 헛기침하고는 괴로워한다.

"뭐야. 콜록콜록. 진짜……."

"숨이 잘 안 쉬어져……."

해든과 오웬이 목을 잡고 콜록대면서 숨을 들이마시려 하지만 기침만 나온다. 민수는 기침이 나오는 걸 참아보려다 결국 한 번 나온 기침이 그칠 줄 모른다. 결국 세 남자아이는 괴로워하며 훈련실에서 나간다. 니나도 괴로운 표정을 보이지만 호흡법으로 어느 정도 버티고 있다. 니나의 이마에 땀이 맺힌다. 훈련실을 나갔다 돌아온 남자아이들은 다시 자세를 잡고 숨을 쉬어본다. 서 집사가 아이들을 보며 말한다.

"괴생물체들의 물리적 힘을 잠깐이나마 확인했으니 그들이 얼마나 강한지 짐작할 것이다. 그렇지 않다 해도 훈련을 하다 보면 알게 될 것이니 지금은 바깥세상에 신경 쓰지 않도록 노력해라. 당장 명심해야 할 것은 목표를 세우는 것이다. 우리에게 주어진 시간은 그리 많지 않다. 너희에게 주어진 이 시간에 인간의 한계를 뛰어넘어 적들과 맞서 싸울 수 있어야 한다. 잠재력을 모두 꺼낼 수 있어야 한다."

서 집사가 민수에게 다가가 어깨에 손을 얹는다.

"자네에 대해서는 선우민 사범에게 익히 들어 알고 있네. 철과치 도장에 다니는 제자 중 잠재력이 가장 많은 아이라고 하더군. 도장을 다니면서 자네도 모르게 어빌리스 훈련을 했을 걸세. 그리고 전투 능력이 몸에 배어 있을 거야. 여기 아이들과 비슷한 출발을 할 거라 생각되니 열심히 따라오게."

민수는 고개를 끄덕이지만 여전히 미안한 표정이다. 벙커에 들어오고 나서 민수의 당당함은 사라진 지 오래다. 마치 다른 사람이 된 것처럼 주인 잃은 강아지 같은 표정이다. 해든이 그런 민수의 변한 표정이 거슬리는 듯 말한다.

"이 새끼 겁나 약해요, 집사님. 저한테 왕창 깨진 놈이어서 특별히 더 강도 높은 훈련을 해야 할 거예요."

해든이 비꼬듯 장난스럽게 말하며 민수의 눈치를 살피지만, 이전과 다르게 아무 대꾸도 없이 어둡고 미안한 표정이다.

"여기 있어야 할 사람…… 제가 아니라 선우필이어야 하지 않나요? 잠재력도 저보다는 걔가 더 많고요."

민수의 회의적인 말에 서 집사는 아무 말도 못 한다. 해든 역시 그런 민수가 안쓰러운 듯 보다가 갑자기 민수의 뒤통수를 있는 힘껏 친다. 어이없다는 표정으로 해든을 보는 민수에게 해든이 다시 손을 휘두른다. 민수가 이번에는 피한다.

"야 이 새끼야! 쓸데없는 생각하지 말고 나부터 이길 생각해! 나한테도 깨진 놈이 무슨 수로 저렇게 강한 적과 싸우겠다는 거야? 벌써 나약한 생각을 하는 놈이 무슨 철과치 도장 제자라고. 거기는 들어가고 싶어도 아무나 못 들어가는 곳이야. 그 도장 출신 놈이 그딴 식으로 생각해서 도장 망신이나 주고, 선우민 사범님을 무능력한 선생으로 만들 생각이야? 쪽팔린 줄 알아야지!"

해든의 도발에 민수는 화를 내며 발길질한다. 해든이 막고는 뒤돌아차기로 민수의 얼굴을 가격한다. 도발이 먹힌 듯 민수가 다시 해든에게 주먹질을 하고 두 사람은 계속해서 싸운다. 그러다 점점 캥거루 두 마리가 싸우듯 허공에다 주먹질만 하게 된다. 옆에서 둘을 쳐다보던 니나가 혀를 끌끌 차다 멀리 떨어져 스트레칭을 시작한다.

서 집사가 니나에게 다가가 묻는다.

"저 민수라는 애도 확실히 어빌리스 훈련을 받은 것 같다."

니나가 고개를 절레절레 흔들며 말한다.

"그냥 둘 다 바보예요."

*

훈련을 시작하는 네 명의 아이들은 서 집사가 꺼내는 나무 널빤지를 쳐다본다. 스케이트보드처럼 생겼다.

이미 해든, 오웬, 민수의 얼굴은 상처로 가득하다.

"이것이 앞으로 너희가 사용할 무기다. 엘릿 볼란티스 멘사보드 Elit Volantis Mensa Board, 일명 멘사보드라고 불리는 무기다. 인체와 공기 사이로 흐르는 어빌리스를 사용하는 무기이지."

"어빌리스?"

민수는 무슨 말인가 싶어 되짚어 말한다. 해든이 갑자기 폼을 잡으며 말한다.

"너 같은 찐따가 알 리 없지. 잘 들어. 어빌리스는 우리 신체의 모든 감각과 능력을 말하는 거야. 흔히 말하는 인간의 오감인 청각, 시각, 후각, 미각, 촉각 이런 거 알지? 그런 감각이 모두 깨어날 때 생기는 능력이지. 알았나?"

민수는 모르겠다는 표정이다. 니나가 조용히 해든에게 말한다.

"너도 제대로 모르잖아. 가만히 좀 있어."

민수가 니나를 쳐다보고는 다시 해든을 본다. 해든이 발끈한다.

"나 알아. 박사님이 말해주셨어. 온 우주에 흐르는 생명체들이……."

"그래 해든이 한 말이 어느 정도는 맞다."

서 집사가 해든의 말을 자르며 말한다. 해든이 고개를 빳빳이 들고 '봤지?' 하는 표정으로 니나를 쳐다본다. 니나는 해든을 보지도 않는다. 해든이 무안한지 니나 앞에서 알짱거리자 니나는 그냥 눈을 감아버린다. 서 집사가 까부는 해든의 어깨를 톡톡 치자 해든이 쑥스러운 듯 웃으며 자기 자리로 돌아간다.

서 집사가 아이들 주위를 천천히 걸으며 말을 이어간다.

"모든 생명체가 어빌리스를 갖고 태어난다. 해든이 말한 대로 우리의 오감을 깨우는 것에서부터 시작되지. 우리 몸에 있는 모든 신경세포를 깨우고 감을 익히면 우리 몸에서 보내는 신호를 감지하게 된다. 그리고 나아가 분자, 원자, 전자, 소립자 수준에서 다양한 미시적 현상을 감지하고 볼 수 있게 해주는 능력이다."

"외계의 생명체들 것도요?"

민수의 질문에 서 집사가 고개를 끄덕인다.

"그렇지. 이 능력은 전력이 없을 때 대체전력으로도 사용할 수 있다. 큰 의미로는 상상의 힘, 즉 너희의 상상력을 이용해 전력부터 모든 에너지를 다 끌어낼 수 있지."

민수가 서 집사의 말에 의아해한다.

"그게 어떻게 가능한 거예요? 상상력으로 에너지를 만들어요?"

해든이 민수의 어깨를 한 대 치며 자신감 넘치는 미소로 말한다.

"집사님, 조금 더 자세히 설명해주세요. 얘가 좀 멍청해서 이해를 못 할 거예요."

"너도 이해 못 하잖아."

니나가 톡 쏘아 말한다. 해든이 니나를 째려본다.

서 집사가 미소 짓고는 민수에게 말한다.

"우리 인간 세상은 전기가 없으면 무너질 수 있을 정도로 전력 의존도가 높다. 그 외에도 인간에게 필요한 천연자원 그리고 원자력을 생산하는 재료들도 언젠가는 고갈될 것이다. 최 박사님과 선우민 사범은 인간 생존에 필요한 무궁무진한 에너지가 있기를 바랐다. 그분들이 발견한 인간의 능력에 최 박사님의 기술력이 더해진 것이 어빌리스지. 어빌리스는 모든 살아 있는 생물체에게 존재하는 에너지다. 존재하지만 눈에 보이지 않는 원자와도 같은 것이지. 훈련을 통해 어빌리스의 능력을 향상시키고 발전시키면 몸에 흐르는 전류, 정확히는 뇌에서부터 시작되는 뇌류를 이용해 필요한 에너지를 만들어 사용할 수 있다. 즉 체내에 존재하는 힘을 이용해 체외의 흐르는 에너지를 발견하여 함께 사용하는 것이다. 그 에너지를 발견하려면 상상력이 강해야 하지."

민수가 놀라 외친다.

"아니, 그렇게 대단한 걸 왜 진작 세상에서 사용하지 않은 겁니까? 그랬더라면 저 괴물들도 다 물리칠 수 있지 않았을까요?"

서 집사가 잠시 생각하더니 대답한다.

"안타깝게도 어빌리스가 발견된 건 그리 오래되지 않았다. 더 많은 연구와 탐구, 실험이 필요했지. 어빌리스를 처음 발견한 선우민 사범조차 완전히 이해하지 못해 계속 연구하던 중이었다. 게다가 어빌리스를 깨우치려면 그에 맞는 훈련을 해야 하는데, 시간이 많이 필요한 훈련은 바쁜 현대사회에 맞지 않았지. 선우민 사범은 기본적인 것만 어느 정도 완성시켜 문서화했지만, 생각만큼 사람들이 관심을 가지지 않았다. 저런 괴생물체들이 쳐들어올 것이라고 아무도 예상하지 못한 데다 인간의 뇌류로 모든 에너지를 대체한다는 것은 현재 과학기술로는 위험할 수도 있다고 생각했었다. 지금은 우리에게 선택권이 없어서 배우는 것이지."

민수가 생각에 잠긴다. 해든이 그런 민수가 웃긴 듯 신기해하는 표정으로 쳐다본다.

"그럼 무슨 훈련부터 시작해야 합니까?"

진지한 질문에 서 집사가 고개를 살짝 끄덕인다.

"어빌리스 훈련에는 크게 체내에서 하는 훈련인 비전 트레이닝Vision Training: VT과 체외에서 할 수 있는 퀀텀 트레이닝Quantum Training: QT이 있다. 너희의 어빌리스가 어느 정도 성장하면 뉴컨밴드Neuconn Band를 착용해 본격적인 훈련에 들어갈 수 있지."

"뉴컨…… 뭐요?"

민수가 질문한다. 해든과 오웬도 모르는 눈치다. 서 집사가 멘사보드를 다시 들어 보인다.

"너희의 뇌신경을 이 멘사보드와 연결하는 장치다. 머리와 몸의 신경세포들을 이용해 멘사보드와 함께 자유자재로 움직이는 것이다."

서 집사가 이전에 리브나 아이들이 머리에 장착했던 얇은 밴드를 꺼내 보인다. 더 개조된 모형이다. 해든과 오웬이 뉴컨밴드를 알아보고는 서로를 쳐다본다.

"아! 저게 이름이 있었어요? 그냥 머리띠라고 불렀는데?"

"아라 누나가 아직 미완성 단계라고 했었는데."

해든과 오웬이 한마디씩 하며 아는 척한다. 서 집사가 고개를 끄덕이며 말한다.

“너희에게는 일찍이 박사님께서 착용시켜주셨지. 어렸을 때부터 알게 모르게 너희의 어빌리스를 끄집어내는 훈련 아닌 훈련도 시켰고. 너희가 좋아하는 게임을 할 때도 머리나 손목에 장착하게 하셨잖니?”

해든과 오웬이 고개를 끄덕인다. 민수는 서 집사가 들고 있는 멘사보드를 가리키며 묻는다.

“공중에 떠다니는 보드 같은 거네요?”

“이론적으로는 그렇지.

서 집사가 대답한다.

해든이 갑자기 앞으로 나오면서 민수를 쳐다본다.

“이해가 잘 안 되지?”

“아니야. 이해했…….”

“이 형님이 시범으로 보여주마.”

해든이 자랑스럽게 멘사보드를 달라고 손을 내민다. 니나가 한숨을 푹 쉰다. 서 집사는 미소를 지으며 해든을 본다.

“너희 중에서는 현재 니나의 어빌리스가 가장 높게 감지된다. 하지만 그런 니나도 지금은 무리다. 오늘부터 계속 훈련해야 한다. 너희는 아직 멀었다. 멘사보드를 뜻대로 움직이려면 두뇌에 있는 신경조직을 느끼고 몸에서 흐르는 원자의 소리를 들어야 한다. 그것이 지금 들리더냐?”

해든과 오웬은 서로를 쳐다보고 다시 서 집사를 본다.

“뭔가 들리는 것 같기도 한데요?”

해든이 자신 없게 말한다. 오웬이 놀라서 묻는다.

“정말? 형은 역시 대단해!”

"그리고 싸움은 머리가 아닌 감으로 하는 거야."

해든이 자신 있게 말한다. 옆에서 니나는 화를 참으려는 듯 입을 꾹 다물고 다시 눈을 감는다.

"우선 훈련을 시작해보자. 너희의 어빌리스 수치가 어느 정도인지도 알아야 하니까."

서 집사가 해든과 오웬의 말에 신경 쓰지 않고 말을 이어간다. 민수가 무언가 기억난 듯 서 집사에게 묻는다.

"사부님이 무술 훈련을 시켜주셨지만 지금 말씀하시는 어빌리스 훈련은 처음 들어요?"

"선우민 사범이 훈련 시작 전에 언제나 명상을 시키지 않았나?"

민수는 기억난 듯 고개를 끄덕인다.

"평범한 명상이 아니었을 걸세. 잘 떠올려보게."

민수는 철과치 도장에 들어서면 도복으로 갈아입고 바닥에 앉아 선우민이 시키는 명상을 하고는 했다. 처음에는 일주일에 한 번 했는데 날이 갈수록 자주 한 기억이다. 눈을 감고 선우민 사범이 말하는 그림을 머릿속으로 떠올렸다. 10분 정도 지났을까 점점 몸이 힘들어져서 눈을 떠 보니 1시간이 지났었다. 이러한 명상을 매일 하지는 않았지만 일주일에 두 번 이상은 했던 것 같다. 명상을 한 날에는 하지 않은 날보다 체력이 심하게 떨어졌다. 그때 명상을 하는 동안 선우민이 말한 내용은 기억나지 않는다. 그저 머릿속에서 꿈을 꾸는 듯 온 세상을 날아다니기도 하고 우주를 갔다 오기도 한 신비한 체험이었던 것만 머릿속에 남았다.

서 집사가 보드에 꽂혀 있는 뉴컨밴드를 꺼낸다. 보드는 그냥 평범한 나무 널빤지다. 뉴컨밴드는 얇은 머리띠 모양에 음악 들을 때 사용하는 작은 헤드폰과 닮았지만, 귀에 걸치기보다는 머리 주위와 귀 둘레에 부착한다. 마치 머리뼈 구조에 맞춘 듯하다.

"겉으로 보기에는 평범한 판때기 같지만……."

서 집사가 나무 보드를 바닥에 떨어트린다. 그리고 뉴컨밴드를 자신의 머리에 부착한다.

"뉴컨밴드를 이렇게 머리에 부착하면 뇌신경에 연결된다."

서 집사의 뉴컨밴드에서 빛이 나더니 바닥에 있던 나무 보드가 공중에 낮게 뜬다.

"뇌신경에 연결된 뉴컨밴드가 마치 블루투스처럼 멘사보드와 연결되는 것이지."

서 집사가 나무 보드, 즉 멘사보드에 올라탄다. 해든과 오웬 그리고 민수는 감탄한다. 니나도 서 집사 쪽으로 다가온다. 흥분한 해든과 오웬이 멘사보드에 올라탄 서 집사를 보며 소리 지른다.

"와! 뭐야! 원래 저런 기능으로 만드셨던 거예요? 왜 신작에 우리한테 말 안 해주고."

"대박! 우리가 한 게임이 현실이 됐어!"

서 집사가 멘사보드를 조금 더 높게 떠오르게 한다.

"그래. 박사님이 아라에게도 만들어보라고 하신 머리밴드의 최신 기종이다. 너희의 어빌리스를 깨우기 위해 게임이나 선물이 다 이런 식으로 만들어졌지. 어빌리스 수치를 높이기 위해서였어. 그래서 너희가 게임이나 운동을 하든, 책을 읽든, 무슨 일을 할 때도 뉴컨밴드를 착용시킨 거다. 그렇게 너희의 어빌리스 능력치가 조금씩 향상되었지."

서 집사가 멘사보드를 이용해 공중에서 왔다 갔다 해본다.

"이런 걸 실제로 보다니!"

민수가 벌린 입을 다물지 못한 채 외친다.

"선우민 사범이 어빌리스를 발견했고 박사님은 뉴컨밴드와 멘사보드를 개발하셨지. 그리고 이 기계는 군용무기로 채택되었었다. 괴생물체들이 공격하기 전에 군에서 테스트하도록 한정적으로 만들어 보냈지만, 군에서 어빌리스 훈련을 제대로 하지 못하는 바람에 제대로 사용하지 못하였지."

서 집사가 멘사보드를 타고 자유자재로 공중을 날아다닌다. 머리에 장착된 뉴컨밴드에서는 더 강렬한 빛이 나온다. 아이들이 멘사보드를 타고 훈련실의 공중을 날아다니는 서 집사를 신기한 듯 따라다닌다. 서 집사가 현란하게 멘사보드와 함께 공중에서 몇 번 돌더니 다시 아이들이 있는 곳으로 온다. 멘사보드에서 내린 그가 잠시 숨을 헐떡거리다 천천히 심호흡을 한다. 코로 숨을 들이마시고 입으로 내뱉기를 여러 번 한다. 서 집사의 이마에 맺힌 땀을 보며 해든이 묻는다.

"많이 힘드신가 봐요?"

니나가 서 집사 뒤에 놓인 다른 멘사보드를 보고 그곳으로 향한다. 멘사보드에 붙어 있는 뉴컨밴드도 빼서 살펴본다. 그리고 주머니에서 이전에 착용한 뉴컨밴드를 꺼내 본다. 확실히 여기서 본 뉴컨밴드가 업그레이드되어 있다. 숨을 가쁘게 내쉬던 서 집사가 니나를 보면서 숨을 고르더니 뉴컨밴드를 머리에서 떼며 대답한다.

"이 밴드의 정식명칭은 뉴런 커넥팅 캐핏 밴드Neuron Connecting Capit Band지만 그냥 짧게 뉴컨밴드Neuconn Band라고 부르지. 아라와 리브가 이전 버전으로 요리 기구를 사용하면서 성공했을 때, 아마도 박사님이 더 발전시켜서 멘사보드에 더 원활히 연결되도록 만드신 것 같구나."

서 집사는 잠시 말을 멈추고 다시 심호흡한다.

"민수는 다른 아이들보다 더 훈련해야 할 것이다. 이 아이들은 태어날 때부터 어빌리스 훈련을 배워온 셈이니까 민수는 더 노력하거라. 멘사보드를 움직이게 하는 건 지금껏 했던 훈련과는 차원이 다르다. 기본적으로 풀코스 마라톤을 2시간 정도에 완주할 만한 체력이 필요해. 멘사보드를 제대로 타기 위해서는 강도 높은 훈련을 모두 따라와야 한다."

"네. 그런데 이름들이 꽤 기네요."

민수가 멘사보드와 뉴컨밴드를 보며 묻는다. 서 집사가 머뭇거리다 웃으며 대답한다.

"박사님과 선우민 사범이 같이 지은 이름이다. 두 사람은 명칭 때문에 늘 싸워왔다. 우리에게는 좋은 볼거리이기도 했지만 두 사람은 명칭에서 다른 스타일을 고집했지. 박사님은 라틴어를 좋아했고 선우민 사범은 늘 앞 글자를 이어 붙이길 원했지."

민수가 서 집사의 말을 들으며 뉴컨밴드를 착용하려고 하는데 해든이 뺏으며 말한다.

"내가 먼저 타볼게요!"

"난 그다음!"

오웬도 해든 뒤에 서서 흥분한 표정으로 본다. 해든이 멍하니 쳐다보는 민수에게서 멘사보드를 뺏어 바닥에 놓는다.

"잘 보아라. 이 형님의 어빌리스를!"

서 집사가 뉴컨밴드를 머리에 장착하려는 해든을 말린다.

"너희는 아직 멘사보드를 탈 능력이 안 된다. 어빌리스 수치도 높지 않고 생각을 마음대로 조절할 수도 없다. 모든 신경을 다 이용해야 할 만큼 육체적, 정신적 훈련이 많이 필요하다. 민수보다 조금 높긴 해도 비슷하게 훈련해야 한다."

해든은 아니라는 듯 고개를 옆으로 까닥까닥 돌리며 말한다.

"무슨 말씀이세요? 방금 저희가 태어날 때부터 박사님이 어빌리스 훈련을 시켜주셨다고 했잖아요? 저희가 박사님이 만드신 게임을 온종일 한 거 기억나지 않으세요?"

오웬도 거든다.

"맞아! 어떨 때는 거의 한 달 동안 잠도 안 자고 한 적도 있잖아!"

해든이 오웬을 보며 고개를 끄덕이고 두 사람이 서 집사를 본다. 니나는 어이없다는 듯 눈을 치켜뜬다. 서 집사가 흥분한 해든과 오웬을 진정시킨다.

"멘사보드와 뉴컨밴드를 연결하면 어빌리스가 극대화돼서 위험할 수 있어. 많은 체력을 요구하기에 어빌리스가 제대로 형성 안 된 상태에서 사용하면 금세 지쳐. 감각이 계속 깨어 있도록 생각을 끊임없이 해야 하고 체력을 계속해서 써야 하니까. 아직 너희는 생각을 자유자재로 하는 정신훈련이나 체력훈련, 감각훈련이 되어 있지 않아. 그 당시 너희에게 어빌리스 훈련을 시킨 건 다른 이유였지 멘사보드를 타기 위한 것이 아니었어."

해든이 아랑곳하지 않고 더 자신감 넘치는 표정으로 답한다.

"아뇨, 집사님. 전 할 수 있어요. 제 감각이 말해주고 있어요. 아시잖아요. 제가 체력훈련을 평생 한 몸 아닙니까?"

"평생 했다고?"

서 집사가 자신감 넘치는 해든을 가만히 지켜보다 니나를 본다. 니나는 아예 고개를 돌리고 있다. 해든이 그런 니나에게 다가가 말한다.

"야! 너 예전에 나랑 씨름해서 진 거 기억나지?"

해든의 말에 오웬이 말한다.

"형, 그건 형이 다섯 살 때 하도 이기게 해달라고 울면서 떼쓰니까 누나가 특별히 봐준 거잖아."

"아, 조용히 해 넌 너무 어려서 잘 기억이 안 나는 거야. 어쨌든 간에 내가 이겼어."

니나는 여전히 아무 대답이 없고 서 집사는 마지못해 마음대로 하라고 한다. 해든이 흥분하며 뉴컨밴드를 머리에 부착한다. 뉴컨밴드에서 빛이 나온다.

"오! 형! 빛이 영롱해!"

"야, 우리가 이런 걸 한두 번 해본 게 아니잖아. 빛이야 당연히 나오지."

"그럼 빨리 저 보드가 떠오르게 해봐."

오웬은 흥분하고 기대하는 눈빛이다. 해든이 민수를 의식한 듯 힐끔 쳐다본다. 민수는 부러운 듯 본다. 그런데 갑자기 힘이 드는지 해든이 눈살을 찌푸리며 멘사보드를 노려본다. 뉴컨밴드에서 더 강렬한 빛이 나면서 멘사보드가 공중으로 조금씩 떠오른다. 오웬이 더 흥분하며 소리 지른다.

"형! 떴어! 떴다고!"

해든도 흥분한 표정이지만 점점 더 심하게 숨을 몰아쉰다.

"그래…… 헉……헉…… 멋있지?"

많이 힘들어 보이지만 해든은 숨을 들이마시고 내뱉으며 어깨를 한 번 돌려본다. 오웬이 고개를 끄덕인다.

"응! 너무 멋있어!"

니나가 서 집사에게 다가가 묻는다.

"잘못하면 죽을 수도 있나요?"

서 집사가 해든을 보며 대답한다.

"그렇지. 어빌리스를 조절하지 못하고 멘사보드를 타면 죽을 수도 있고 뇌사상태에 빠질 수도 있다."

그제야 니나가 외친다.

"야! 그만하고 훈련부터 해! 너 그러다 죽을 수 있대."

들리는지 마는지 해든의 눈 밑에 다크서클까지 내려앉았다.

"뭔…… 소리……야. 다들…… 날 잘 봐!"

해든이 멋있게 멘사보드에 올라타려고 하지만 미끄러지며 그대로 넘어진다. 쿵 소리와 함께 땅에 머리를 박는다. 떠 있던 멘사보드도 바닥에 가라앉고 뉴컨밴드의 빛도 꺼진다. 천장을 바라보며 누운 해든이 헉헉댄다. 오웬이 그 옆에 쭈그리고 앉아 괜찮냐고 물어본다. 해든은 일어날 생각을 못 하고 숨을 거칠게 내쉬면서 말한다.

"뭐야…… 이거……. 내 몸이 왜 이러지……?"

어지러운 듯 벌린 입을 다물지도 못한 채 계속 숨만 가쁘게 쉰다. 니나가 짜증 난다는 듯 말한다.

"야! 시간 지체하지 말고 빨리 훈련부터 해!"

오웬이 천천히 다가가서 해든을 찔러본다. 해든은 기절했다. 니나가 어디서 물을 한 바가지 들고 와서 해든에게 그대로 붓는다.

해든이 벌떡 일어난다. 그리고 쑥스러운 듯 아픈 곳을 어루만지며 중얼거린다.

"뭐지? 할 수 있을 것 같은데……?"

"어! 형 이빨 빠졌다!"

오웬의 말에 해든이 앞니를 확인한다. 바닥에 이빨이 떨어져 있다. 앞니가 반 정도 부러졌다.

"어…… 이런……."

해든이 깨진 이빨을 보며 당황해한다. 니나는 한숨을 쉰다.

민수가 뉴컨밴드를 관찰하다 자신의 머리에 써보더니 불빛이 들어오자 바로 빼버린다. 짧은 시간이었지만 힘이 드는 듯 가쁘게 숨을 내쉰다. 해든이 그런 민수를 보며 비웃는다.

"그것 봐! 넌 아예 안 된다니까!"

해든이 부러진 이빨을 보이며 호탕하게 웃더니 그대로 기절해 버린다. 그런 해든을 보던 시 집사가 아이들에게 말한다.

"중추신경을 사용한다는 것은 많은 체력을 소모한다는 것임을 알고 훈련에 임하길 바란다."

10장 3절
훈련

네 명의 아이들이 둘러앉아 서로를 바라본 상태로 눈을 감고 비전 트레이닝을 시작한다. 코로 숨을 깊게 들이마시고 입으로 숨을 길게 내뿜기를 반복하고 다시 짧게 숨을 들이마시고 내쉬기를 반복한다. 집중력이 흐트러지지 않으려고 정자세로 허리를 꼿꼿이 세운다. 서 집사는 아이들 주변을 돌며 짧은 작대기를 돌리며 설명한다.

"먼저 가까운 거리에서 서로의 어빌리스를 감지하는 것으로 시작한다. 호흡법이 가장 기본이다. 끊임없이 반복된 호흡을 계속하다 보면 머리가 어지러워질 것이다. 잘못하다가는 정신을 잃을 수도 있다. 그럴수록 자세가 흐트러지지 않도록 계속 집중하려고 노력해라. 뇌파가 탄력을 받아 온몸의 세포로 전달되는 느낌이 들 때까지다. 이것이 첫 번째로 필요한 고도의 정신집중 훈련이다."

민수는 어지러운 듯 잠시 고개가 뒤로 젖혀지다 다시 원래대로 돌아온다. 철과치 도장에 들어가면 가장 먼저 시작했던 집중훈련이다. 하지만 지금처럼 몇 시간 동안 하지는 않았다. 그래서 지금의 호흡법은 버겁다. 다른 아이들은 꽤 잘 집중하는 듯하다. 서 집사가 작대기로 민수를 살짝 치며 눈을 감고 계속 호흡법을 익히라는 제스처를 보이며 말을 이어간다.

"눈을 감는 건 그만큼 불필요한 정보를 머릿속에 입력하지 않는 행동으로 다른 곳에 더 집중하기 위함이다. 한 치의 오류도 없이 체내에 있는 모든 신경조직을 너희의 생각과 육체에 하나로 집중시켜라."

해든이 실눈을 뜨고 서 집사를 본다.

"집사님은 어빌리스를 어느 정도 느끼시나요?"

서 집사가 다시 눈을 감으라는 뜻으로 작대기로 해든의 어깨를 툭 친다. 해든이 눈을 감는다.

"나도 훈련이 더 필요하지만 너희 정도 거리에 있는 건 감지할 수 있다."

오웬이 눈을 뜨며 묻는다.

"그러면 눈을 감아도 저희가 무얼 하는지 아시겠네요?"

"어느 정도는 알 수 있지. 네가 지금 눈을 몰래 뜨고 있다는 것 정도는 말이지."

서 집사가 오웬의 어깨를 작대기로 툭 치며 말한다. 오웬이 감탄하며 다시 눈을 감는다.

*

네 명의 아이들이 눈을 천으로 가린다. 서 집사는 그 앞에서 총알만 한 돌멩이를 집어 그들에게 던진다. 니나는 겨우 피하고 남자 아이들은 피하지 못하고 다 맞는다. 눈을 가린 천을 거두며 앞에 떨어진 돌멩이를 본 해든이 못 참겠다는 듯 짜증을 낸다.

"이게 말이 돼요? 요렇게 조그만 돌멩이를 피하라니요! 그저 호흡만 했을 뿐인데 머리도 아프고 체력소모가 너무 심해요!"

"머리를 안 쓰려고 하니까 그렇지."

니나가 옆에서 조용히 속삭인다. 해든이 니나를 째려보며 반박한다.

"난 원래부터 머리 쓰는 걸 싫어해."

니나는 대꾸 없이 멘사보드를 잡는다. 해든이 짜증이 나는지 "에잇!" 하며 소리 지르더니 다른 멘사보드를 집어 들고는 공중에 마구 휘젓는다. 서 집사가 그 모습을 보며 말한다.

"지속해서 훈련한다면 가능하다. 내가 시키는 훈련을 열심히 따라와라."

해든이 다시 "에잇!" 하며 멘사보드를 내려놓고는 바닥에 떨어진 총알 돌멩이를 집는다. 오웬은 바닥에 앉아 아픈 부분을 어루만지며 묻는다.

"집사님은 저희보다 훨씬 오래 훈련하셨잖아요? 저희는 스무 살도 안 되었는데 어떻게 멘사보드를 머리로 조종하고 움직여요?"

"내 말이!"

해든이 거들며 민수를 쳐다본다.

"야! 너도 한마디 좀 해! 잘 안 되잖아!"

민수는 훈련실 끝 쪽을 바라보고 있다. 뉴컨밴드를 착용하고 멘사보드에 올라타 조심히 공중에 뜨고 있는 니나가 보인다. 뉴컨밴드에서 강렬한 빛이 나고, 어설프지만 멘사보드가 서서히 떠오른다. 니나가 양팔을 옆으로 뻗어 균형을 잡고 있다. 해든과 오웬도 보고는 당황한다. 민수가 존경하는 위인을 만난 듯 니나를 우러러본다. 그리고 해든을 보고 놀리듯 말한다.

"니나는 저렇게 되는데?"

해든은 입을 벌린 채 민수를 보고 서 집사를 본다. 서 집사가 니나를 가리키며 어깨를 들썩인다. 그리고 돌멩이를 집어 해든에게 건넨다. 해든은 손에 쥔 돌멩이를 한 번 보고는 니나를 쳐다본다. 니나가 해든 근처로 멘사보드를 움직인 후 바닥으로 내려온다. 그리고 멘사보드에서 내린다. 헐떡이는 니나를 보며 오웬이 묻는다.

"누나도 힘든 거야?"

니나가 오웬의 머리를 쓰다듬고는 대답 대신 미소를 지어준다. 숨을 크게 들이마시고 내뱉으며 고른 호흡이 될 때까지 반복된 호흡을 한다. 그때 서 집사가 자신의 눈을 천으로 가린다.

"자, 이번에는 너희가 지금 들고 있는 돌멩이를 나에게 던져보아라."

남자아이들이 돌멩이를 쳐다보더니 히죽거린다. 그리고 심호흡을 크게 하더니 세 사람이 시간차 공격을 하듯 돌멩이를 서 집사에게 던진다. 눈을 가린 서 집사가 모든 돌멩이를 피하더니 뉴컨밴드를 꺼내 머리에 착용하자마자 바로 다가오는 멘사보드에 탑승하며 순식간에 남자아이들 주위로 날아온다. 너무나 순식간에 일어난 일에 남자아이들은 반응도 못 하고 꼼짝없이 서 있다. 주위에 흩어진 돌멩이를 주운 서 집사가 다시 남자아이들에게 돌멩이를 던져준다.

"다시! 제대로 던져봐! 그것밖에 못 해?"

해든이 화가 난 듯 오웬과 민수에게 눈짓한다. 남자아이들은 삼각형의 대열을 만든다. 그리고 최대한 많은 돌멩이를 집어 한 번에 던진다. 빈틈이 없을 정도로 많은 돌멩이가 날아오지만 서 집사는 멘사보드에 탄 채 공중에서 돌면서 돌멩이를 피하거나 잡는다. 곧바로 오웬이 뒤에서 던진다. 서 집사가 멘사보드의 아랫부분으로 돌멩이를 막더니 이어서 민수가 던진 돌멩이도 공중회전을 하며 피한다. 남자아이들은 열이 난 듯 계속 떨어진 돌멩이를 집어 던지지만 전혀 먹혀들지 않는다. 니나가 잠시 지켜보다가 다른 쪽으로 가서 혼자 멘사보드를 타고 연습한다.

한참 돌멩이를 던지던 아이들이 지쳐 헉헉댄다. 결국 바닥에 쓰러지며 포기한다. 서 집사는 눈을 가린 천을 벗고 멘사보드에서 내린다. 이전보다 덜 지친 표정이다. 서 집사는 멘사보드를 포함해 각종 무기를 보관하는 붙박이장으로 가서 권총 세 자루를 꺼내 남자아이들에게 하나씩 쥐어준다. 처음 만져보는 권총을 들고 벌벌 떨기 시작한다.

"엥? 이건 아니잖아요!"

오웬이 권총을 다시 서 집사에게 건네지만 받지 않는다.

"이제 나에게 쏴보거라."

서 집사가 다시 멘사보드에 탑승하더니 공중으로 살짝 떠오른다. 아이들은 권총을 손에 든 채 겁에 질려 있다. 니나가 훈련을 멈추고 보고 있다. 서 집사의 표정이 냉랭하다.

"우리가 바깥세상에 나갈 즈음에……."

천을 눈에 덮기 좋은 크기로 접으면서 서 집사가 말한다.

"저 괴생물체들과 마주쳐 상대할 때 너희의 어빌리스가 지금 들고 있는 총에서 나오는 총알을 피할 정도는 되어야 한다. 그보다 못 하면 여지없이 죽임을 당할 것이다. 어서 쏴라."

서 집사가 천을 눈에 덮는다. 아이들은 벌벌 떨며 권총을 겨눈다. 니나도 걱정스러운 표정이다. 해든이 떨리는 손으로 권총을 꽉 쥐고 오웬과 민수를 보며 고개를 끄덕인다. 방아쇠가 당겨진다. 그들의 권총에서 비비탄이 여러 발 날아간다. 서 집사가 총알을 피하면서 뒤돌아선다. 그리고 날아가는 비비탄을 손으로 잡는다. 해든이 안도의 숨을 내쉰다.

"휴…… 비비탄……."

니나는 어이없다는 듯 피식 웃는다. 오웬 역시 안도의 숨을 내쉰다.

"뭐야…… 집사님……. 이런 장난을……."

민수도 자신이 쥐고 있던 권총을 보며 말한다.

"놀랐습니다. 진짜 총 같아요."

비비탄을 쥐고 있는 서 집사가 미소 짓는다. 그러더니 비비탄을 가루로 뭉갠다. 민수는 그 모습에 감탄한다. 서 집사는 손을 털며 진지하게 말한다.

"지금은 비비탄 같은 장난감 총알이지만 다음번에는 진짜 총알로 테스트할 것이다. 나는 지금 총알이 공기 사이로 흐르는 것을 느꼈다. 그래서 피하고 잡을 수 있었지. 너희의 어빌리스는 빠른 시일 내 이 정도는 되어야 한다."

아이들의 표정이 진지해진다. 서 집사는 잠시 생각에 잠기더니 말한다.

"내가…… 우리가 여기 들어오기 전 잠깐이지만 마주쳤던 그들의 무기는 보통의 무기가 아니었다. 어떠한 빛이 우리를 공격했어. 빛은 당연히 총알보다 빠르다."

아이들의 표정이 달라진다. 두려움에 가깝다. 서 집사가 말을 이어간다.

"우리가 이 벙커에서 나가는 날에 벌어질 일들이 아마 인류의 존속을 건 전쟁이 될지도 모르겠다. 아니, 이미 전쟁은 일어났지……. 인류는 패배했고, 지금 이 시각에도 인류는 잃어버린 인권을 찾으려고 전쟁을 계속 일으키고 있을지 모르지……."

혼잣말인지 자신들에게 하는 말인지 헷갈리지만 아이들은 집중하여 듣는다. 민수는 충격을 받은 듯 혼잣말을 한다.

"전쟁……?"

민수의 얼굴이 굳어진다. 서 집사가 민수를 쳐다보며 눈을 가린 천을 내려 자신의 손을 덮는다.

"그래, 전쟁. 저 괴생물체들과의 전쟁. 우리가 승리해야 살아남을 수 있는 그 전쟁이다. 너희가 살아남으려면, 승리하려면 이곳에서 진지하게 훈련에 임해야 한다. 반드시 강해져야 한다는 마음가짐으로 훈련에 임해라. 정신력도 체력도 모든 것이 강해져야 지구의 멸망을, 인류의 멸종을 막을 수 있다. 생존하는 어떠한 생물체들보다 강해져야 우리 인류의 미래에 승산이 있다. 박사님의 말씀대로 인류의 존속을 지킬 열쇠를 너희가 쥐고 있을 테니까."

서 집사는 머리의 뉴컨밴드를 빼서 멘사보드에 걸치더니 다른 멘사보드와 함께 정리한다. 민수는 서 집사를 보며 혼잣말을 한다.

"인류의 멸망? 인류가 멸종할 수 있다고?"

이전과 다르게 해든과 오웬의 표정이 엄숙하다. 민수는 그들의 갑작스러운 표정 변화에 놀라며 니나를 본다. 무엇을 생각하는 듯 골똘히 바닥을 내려다보고 있다. 니나, 해든, 오웬은 갑자기 훈련을 시작한다. 해든과 오웬은 바닥에 앉아 호흡을 시작하고, 니나는 멘사보드를 타고는 균형을 잡는 연습을 한다. 민수는 다시 서 집사를 본다. 멘사보드를 정리하고 있는 서 집사의 뒷모습은 강하고 근엄해 보인다. 민수는 존경의 눈빛으로 서 집사에게 다가간다. 각자 훈련을 하던 아이들이 민수의 행동이 기이한 듯 쳐다본다.

민수는 서 집사에게 다가가 갑자기 90도로 인사한다.

"존경합니다. 앞으로 사부님으로 모시겠습니다."

서 집사는 놀라 돌아본다.

"아니다. 너의 사부는 여전히 선우민이다."

어이없다는 듯 그리고 민수가 귀여운 듯 미소 지으며 말한다. 계속 90도 인사를 유지하며 민수가 말한다.

"압니다. 하지만 사부님 역시 선우민 사부님과 마찬가지로 강하시고 높은 덕을 가지고 계십니다. 저를 받아주십시오."

정신을 집중하는 훈련을 하던 해든의 입에서 자신도 모르게 침이 튀어나온다. 어이없다는 듯 옆에 앉아 있는 오웬에게 말한다.

"저 새끼 뭐야? 왜 저렇게 오버하는 거야?"

민수는 여전히 90도 인사를 유지하며 해든에게 말한다.

"오버가 아니다. 스승에 대한 존경을 표하는 것이다. 무도인으로서 당연한 행동이다."

"무도인?"

해든이 민수의 말을 한 번 읊더니 한참 동안 민수를 쳐다본다.

"너 원래 이런 애였냐?"

민수의 대꾸가 없자 오웬이 조용히 해든에게 속삭인다.

"아마도 인류 멸종, 지구 종말, 전쟁, 뭐 이런 얘기를 들어서 더 저럴 거야. 영웅심리 같은 게 발동된 게 아닐까? 예전에도 저 형은 말끝마다 친구들 친구들 하면서 이상한 말투에 행동도 좀 정상이 아니었잖아. 요즘에 누가 저런 식으로 말해? 그냥 좀 가끔 이상한 행동을 하는 거 같아."

해든이 듣다가 오웬에게 속삭인다.

"중2병 같은 게 저런 건가? 근데 저 나이에?"

니나는 민수를 보다가 무슨 결심을 한 듯 다시 훈련에 임한다. 서 집사가 부담스러운 듯 민수의 어깨를 가볍게 친다.

"그냥…… 강해만 져라. 이렇게까지 할 필요는 없다."

민수가 그런 서 집사에게 갑자기 절하려고 한다. 서 집사가 민수를 말린다. 뒤에서 지켜보던 해든과 오웬이 웃긴 듯 킥킥댄다.

11장 1절

핵폭탄

리브는 자신의 방에 들어와 책상에 엎드린다. 소리가 거의 안 들릴 정도로 조용히 흐느껴 운다. 그런 리브 뒤에서 레나가 말없이 리브의 어깨를 안으며 함께 운다.

"언니……."

리브가 뒤돌아 울고 있는 레나를 안아주며 눈물을 닦아준다.

"괜찮아. 레나야. 다 괜찮아질 거야. 언니가 레나는 반드시 보호해줄 테니까 울지 말고. 아무것도 우리 레나를 해치지 못하게 할 거야."

레나는 서러움이 복받치는 듯 울음을 터트린다. 리브도 눈물이 쏟아지지만, 다시 입술을 다물고 레나를 꼭 안아준다.

"걱정하지 마. 우리 착한 동생……."

레나는 안 울려고 애쓰지만 쏟아지는 감정에 딸꾹질을 한다.

"언니…… 할아버지가 보고 싶어……. 지금 너무 보고 싶어……."

리브는 레나의 등을 어루만지고 눈물을 닦아준다. 그때 지진이 난 듯 벙커가 떨린다. 리브와 레나는 놀라서 거실로 나간다.

*

하이퍼 컴퓨터 앞에 앉아서 책을 읽으며 벙커에 관해 공부하던 아라가 키보드를 두들기고 있다. 그러다 벙커가 흔들릴 정도의 지진이 일어난다. 훈련실에 있는 네 명의 아이들과 서 집사도 뉴컨밴드를 착용한 채 거실로 나온다. 리브와 레나도 나오고 비슷한 지진이 한 번 더 크게 일어난다.

오웬이 위를 보며 말한다.

"바깥에서 무슨 일이 일어나고 있는 거지?"

아라 역시 위를 본다.

"핵폭탄이 터진 것 같아."

"핵폭탄? 그걸 어떻게 알아? 직접 본 적도 없잖아."

민수가 아라가 보고 있는 하이퍼 컴퓨터 스크린을 보며 묻는다. 거기에는 알 수 없는 글자와 숫자가 보인다. 민수가 묻는다.

"이게 뭐야? 무슨 글자들이야? 뭘 보고 있는 거야?"

민수의 계속되는 질문에 위를 보던 해든이 말한다.

"아라는 네가 생각하는 그 이상의 두뇌를 가진 아이야. 지금 네가 보고 있는 컴퓨터가 하이퍼 컴퓨터라는 건데 살아 있는 사람 중에 아라 말고 저 컴퓨터를 사용할 수 있는 사람이 몇이나 될까 싶다. 아라를 위해 박사님이 개조하신 컴퓨터야."

"엥? 그냥 컴퓨터 아냐? 나도 내 컴퓨터 내가 만들었는데?"

"그런 수준의 컴퓨터가 아니라고."

"그럼 뭔데?"

해든이 설명을 못 하겠다는 듯 한숨을 쉬더니 곰곰이 생각한다.

"그러니까 누가 만약 아라한테 소형 핵폭탄을 만들어보라고 하면 아라는 만들 수 있다는 거야."

해든이 대화 주제를 바꾼다.

"진짜? 저 컴퓨터로?"

"뭐 그런 식으로 아라를 생각하라는 거야. 저 컴퓨터도 그렇고."

해든은 민수가 이해했다고 믿는 듯 뿌듯해한다.

"와!"

민수가 자기도 모르게 소리치며 아라를 본다. 부담스러운지 아라가 뒤로 주춤한다.

"그냥…… 이전에 박사님이 시뮬레이션으로 다양한 폭탄에 대해 보여주신 게 전부야. 그때 핵이 터졌을 때의 폭발음, 진동, 그리고 폭발 이후의 현상들을 공부하게 하셨어. 지금 느낀 진동이 그때와 비슷해."

민수가 아라의 말에 "오!" 하고 소리치며 신기해한다. 아라는 더 부담스러운 듯 고개를 돌린다. 오웬이 옆에서 묻는다.

"그 후의 현상들? 바깥세상 사람들은 다 죽은 건가?"

아라가 컴퓨터 스크린을 보며 키보드를 두드린다. 스크린의 글자가 계속 바뀐다.

"그것까지는 모르겠어. 그런데 지금 정도 위력이라면 쑥대밭이 된 듯해. 지금 우리 위치가 표면에서 꽤 아래쪽에 있는 것 같거든. 그런 우리가 이렇게 느낄 정도면 핵을 사용한 것 같아. 두 번이나…….”

아라가 계속 키보드를 두드린다. 민수가 사용하는 그런 키보드가 아닌 특별한 키보드인 듯하다. 아라는 답답한지 키보드에 끼워져 있던 반지 두 개를 양 손가락에 낀다. 그러자 뉴컨밴드에서 빛이 난다. 순간 피로가 몰려온 듯 숨을 크게 내쉰다. 그리고 심호흡을 하더니 이내 손가락을 허공에다 움직이기 시작한다. 동시에 스크린에 글자들이 분주하게 변형되며 움직인다. 민수에게는 이 모든 것이 새롭고 신기할 뿐이다. 해든 역시 아라 쪽으로 와서 스크린을 본다.

“핵을 두 번이나 쏜 거라고?”

서 집사도 온다.

“더 자세히 알아볼 방법은 없니?”

허공에다 손가락을 움직이던 아라가 서 집사를 쳐다본다.

“어떻게 해서든지 바깥 상황을 알아보려고 신호를 잡아보는데 전혀 잡히질 않아요.”

서 집사는 조용히 혼잣말처럼 말한다.

“모든 위성을 다 파괴했다는 건가……?”

아라가 다시 손가락을 움직이더니 마치 키보드의 엔터를 누르듯 책상을 탁 친다. 그리고 서 집사를 보며 말한다.

“그런 것 같아요. 인터넷은 물론이고 전화선에도 필요한 모든 연결망이 사라진 지 꽤 됐어요. 전기를 완전히 끊은 듯해요. 박사님이 벙커에 유선망을 깔아놓으셔서 그걸 사용하려 했는데 연결이 잘 안 돼요.”

“박사님의 위성들도 그럼…….”

"네. 다른 위성들도 그렇고 다 사라진 지 꽤 된 것 같고요. 이따금 박사님의 위성이 잡히는 듯하다가 사라지고 그래요."

가만히 두 사람의 대화를 지켜보던 민수가 끼어들며 묻는다.

"나 너무 궁금해서 그러는데……요."

아라에게 물었지만 서 집사가 쳐다보자 존칭어를 끝에 붙인다. 그리고 다시 아라를 본다.

"여기 벙커에 전기는 어떻게 들어오는 거야?"

"지금은 박사님이 준비해놓으신 발전소가 있어. 그리고 저 태아에 의해서 우리에게 필요한 전력이 추가로 만들어지고. 박사님이 말씀하신 6년의 시간과 연관된 것 같아."

아라의 말에 민수가 움스크린에서 꿈틀대는 태아를 쳐다본다.

"와, 그럼 저 아기의 어빌리스가 벌써 형성된 거네? 대단한데? 전력을 계속 충전해줄 정도면……."

감탄만 계속하던 민수는 뭔가 생각난 듯 또 묻는다.

"바깥세상 사람들은 모두 죽었다는 거야? 우리만 살아남은 건가?"

"그건 몰라……."

아라의 말에 민수는 생각이 복잡해진 표정이다.

"그럼…… 선우필은?"

그 말에 모두 민수를 쳐다본다. 아이들의 시선에 놀란 듯 흠칫하는 민수가 리브를 본다. 그러자 모두 리브를 본다. 리브는 약간 당황스러운 표정으로 움스크린의 태아로 눈을 돌린다. 민수와 다른 아이들 역시 리브의 시선을 따라 움스크린의 태아를 본다. 태아는 이따금 꿈틀대고 그럴 때마다 움스크린의 양수에서 빛이 난다. 서 집사는 조용히 눈을 감는다. 해든이 서 집사를 조용히 부른다.

"집사님?"

"그래. 지금 선우필의 어빌리스가 감지되나 보고 있다."

서 집사가 눈을 감은 채 대답하더니 그의 뉴컨밴드에서 강한 빛이 나온다.

"희미하지만 사람들의 어빌리스가 감지되는구나. 역시나 수많은 사람이 죽은 듯하지만 아직 멸종된 건 아니다."

아이들이 안도의 한숨을 내쉰다. 서 집사의 뉴컨밴드에서 다시 강한 불빛이 나온다.

"선우필은……."

서 집사가 침을 한 번 삼키며 말한다. 더 강렬한 빛이 뉴컨밴드에서 나온다. 아이들은 걱정스러운 표정이다. 특히 리브는 무심한 척 움스크린의 태아만 보고 있지만 긴장되어 보인다.

"선우필의 어빌리스가 감지되지 않는구나……."

아이들이 약속이라도 한 듯 리브를 본다.

"나를 왜 쳐다보는 거야? 나하고는 아무 사이도 아닌 앤데!"

리브가 화를 내더니 돌아서 방으로 들어간다. 민수가 움스크린의 태아를 가리킨다.

"정말 저 아기…… 저 아기가 선우필과 리브 사이에 만들어진 아기라는 거야?"

11장 2절
최 박사의 아이들

민수의 말에 아이들은 일제히 서 집사를 쳐다본다. 민수 역시 서 집사를 쳐다보고 서 집사는 천천히 고개를 끄덕인다. 움스크린의 태아는 계속해서 꿈틀댄다. 모습이 형성된 것이 아닌 아직 세포에 가깝지만 마치 투명한 애벌레가 쭈그린 상태에서 꿈틀대듯 계속 움직인다. 태아의 투명한 몸에서는 전류가 흐르듯 빛이 계속 흐른다. 몸의 많은 부분을 차지하고 있는 새까만 눈 역시 움직이는 듯하다. 손톱만 한 몸통에 붙어 있는 탯줄이 어딘가로 연결되어 있다. 움스크린의 세상은 여자 배 속을 훤히 들여다 보는 듯한 생생함이 느껴진다. 태아의 계속되는 움직임에 아이들은 신기한 듯 눈을 떼지 못한다.

"저 태아가 인류의 종말을 막을 마지막 희망이 될 거라고 박사님은 말씀하셨다. 다들 여기로 와서 앉아 보아라."

서 집사가 아이들과 함께 거실로 향한다. 거실이라고 해봤자 오픈 키친으로 된 부엌과 베란다 사이에 테이블이 놓인 곳이다. 테이블 뒤로 리브를 제외한 아이들이 거실 바닥에 둘러앉는다. 레나는 리브가 들어간 방을 보며 서 집사에게 묻는다.

"언니도 불러올까요?"

"괜찮다. 리브는 이미 알고 있는 사실일 테니 생각할 시간을 주도록 하자."

서 집사가 움스크린과 태아에 대해 설명한다. 정확히는 민수를 위한 설명이다.

최 박사는 선우필과 리브의 생식세포를 가지고 자체 개발한 움스크린을 이용해 태아를 만들었다. 움스크린은 이전 시험관아기의 개선판으로서 그 속에 리브의 DNA를 이용한 양수를 채워 태아가 자라 태어날 때까지의 과정을 모두 볼 수 있게 만들었다. 그리고 산모의 상태와 마찬가지로 10개월 동안 태아에 필요한 영양분이 들어가게 하였다.

"어떻게 저 아기가 인류의 마지막 희망이 되는 겁니까?"

민수가 듣다가 참지 못한 듯 외친다.

"선우필과 리브를 이용해서요? 두 사람은 제대로 만난 적도 없다면서요? 그때 선우필이 저희와 함께 박사님 댁에 간 것도 한두 번 본 리브에게 선우필이 고백한다고 해서라고요. 제가 볼 때 리브는 선우필에게 전혀 마음이 없던 것 같았고요."

공감해주기를 바라는 마음에 아이들을 쳐다보지만 아무도 반응하지 않는다. 머쓱한 민수가 서 집사를 보며 말을 이어간다.

"그리고 왜 저 아기가 다섯 살이 될 때까지인 건가요? 그동안 무슨 일이 일어난다고……."

"그건 나도 모른다. 방금 저 태아와 관련된 이야기는 다 해주었다. 태아의 어빌리스가 어느 인간보다 특출하다는 것과 6년의 시간이 주어진 것. 선우필과 리브를 이용한 이유도 박사님만 아신다. 안타깝게도 나에게 정확한 이유를 설명해주지 않고 돌아가셨지. 아마도 6년이라는 시간이 우리의 어빌리스가 향상될 수 있는 시간일지도 몰라. 저 태아가 인류의 마지막 희망이고 너희가 그 마지막 희망을 여는 열쇠를 가진 아이들이니까. 그래서 강해져야 하는 것이지."

수많은 질문이 떠오르지만 민수는 어떤 질문을 해야 할지 난감하다.

"박사님이 그렇다면 그런 거야. 생각하지 마. 어차피 네가 원하는 답은 못 찾아."

해든이 난데없이 말한다. 원하는 대답이 아니지만, 자신의 머릿속을 해든이 한마디로 정리해준 듯한 느낌이다. 해든이 말한다.

"우리가 자라온 방식이 그래. 저 아기가 인류의 마지막 희망이 된다거나, 박사님이 리브가 관심도 두지 않은 남자애랑 엮어서 저 아기를 만든 이유에 대한 해답을 찾지 않아. 알고 싶지 않다는 거야. 박사님이 그렇다면 그런 거기 때문이지."

"어차피 시간이 지나면 이해하게 돼 있어."

오웬이 이어 말한다. 가만히 듣던 아라도 거든다.

"박사님이 우리와 지금 여기 함께 계셨더라도 묻지 않았을 거야."

"무슨 교주야?"

민수가 어이없다는 듯 말한다.

"박사님이 그 무엇보다 우리를 사랑하신다는 걸 알기 때문이야.

마찬가지로 인류를 위해, 이 세상을 위해 힘닿는 한 최선을 다하시는 것도 알고. 박사님은 우리에게 그런 존재야."

아라가 단호하게 말한다. 다른 아이들도 표정의 변화가 없다. 실로 최 박사를 완전히 믿는 모습이다. 서 집사도 별다른 반응이 없다. 민수는 왠지 외톨이가 된 기분이다.

"어떻게 그런 존재가 있어? 아무리 박사님이 훌륭하고 똑똑해도 이 모든 일을 아무 질문 없이 따른다고? 최 박사님이 신은 아니잖아! 사람은 누구나 실수를 해. 박사님이 돌아가신 거 보면 모르겠어?"

아이들은 민수의 외침에도 반응이 없다. 민수는 속이 터진다.

"박사님의 계획에는 박사님이 살아계셨던 거죠?"

서 집사에게 묻는다. 그가 골똘히 생각하다 입을 연다.

"살아 있다는 것은 여러 가지로 해석될 수 있다. 지금 이 아이들처럼 굳건한 믿음을 심어주고 정신적인 버팀목이 되셔서 살아 있는 것일 수도 있고 아니면……."

서 집사가 말을 멈춘다. 자신의 관점을 지금 말해봤자 혼란만 키울 뿐이다. 지금은 최 박사의 계획대로 아이들이 강하게 클 수 있도록 빨리 훈련해야 한다. 하지만 민수가 혼란스러워하는 상태에서 어빌리스 훈련은 무리다. 어떻게 해서든지 민수를 이해시키고 훈련해야 더 집중이 될 것이다. 합리적이어도 지금 상황에서 의심은 훈련에 방해만 될 뿐이다.

"박사님은 실수하지 않으셨어. 모든 것이 계획대로 된 거라고. 만약 계획이 잘못된 거라면 선우필 때문이야."

가만히 있던 니나가 한마디한다. 민수는 아무 말을 못 한다.

"자네 심정은 이해가 가네. 자네 말이 꼭 틀렸다는 게 아니야. 아이들의 행동이나 나의 행동도 이해되지 않겠지만 우리는 이것을 믿음이라고 생각한다네. 박사님에 대한 믿음은 자네가 우리와 살면서 배우게 될 점 중 하나일 거야. 계획이 틀어졌다고 해도 세상은 아직 끝나지 않았다네. 우리는 지금 할 수 있는 일을 하며 기다리는 거야. 그리고 정말 박사님의 계획이 망쳐졌다고 하면 그때 가서 다시 생각해보면 되는 일일세. 지금은 어빌리스가 강해져야만 한다는 생각만 하게나."

민수가 아이들을 보다 레나를 쳐다본다. 벙커에 들어올 때부터 신경 쓰인 것이 수두룩했는데 그중 레나의 표정도 있었다. 다른 아이들과 다르게 레나도 자신과 마찬가지로 이 상황이 헷갈리는 표정이다. 아무것도 모르면서 리브나 다른 여자아이들에게 매달리며 울기만 했다. 하지만 레나는 별다른 반응 없이 그저 묵묵히 서 집사나 아이들의 말을 듣기만 했다.

"레나야."

서 집사가 훌쩍이는 레나를 부른다.

"네?"

울었는지 콧물이 많이 나왔다. 옆에서 니나가 휴지를 건넨다. 레나가 있는 힘껏 휴지에다 코를 팽 푼다. 큰 눈망울에 눈물이 가득 고이더니 몇 번 더 코를 풀고 서 집사를 본다.

"상황이 이래서 지금까지는 견과류로 버텼지만, 우리가 훈련에 더 집중하려면 잘 먹는 것이 중요하단다. 잘 먹기 위해서는 좋은 요리가 필요한데 혹시 가능하겠니?"

레나는 훈련실 옆 한쪽 방을 가리킨다.

"저기가 음식재료 창고예요. 아까 대충 훑어보긴 했는데 제가 요리를 제대로 해본 적이 별로 없어서요……. 그때 언니가 할아버지하고 집사님하고 어디 갔을 때 오빠들하고 언니들에게 해준 게 다예요. 그런데 그때 해든 오빠하고 오웬이……."

말을 하다가 해든과 니나를 쳐다본다. 니나는 미소를 지어 보이고 해든은 입이 막힌 채 필사적으로 고개를 흔들며 무슨 말을 하려 하지만, 니나가 붙잡고 있어 불가능하다. 해든의 눈에서 눈물마저 고이기 시작한다. 오웬이 옆에서 뭐라 말하고 싶은 듯 입을 쭈뼛거리지만 니나의 눈치를 보면서 가만히 있는다. 그저 니나가 보지 못하게 레나를 쳐다보며 천천히 고개를 흔들 뿐이다. 레나가 그런 오웬을 살짝 째려보더니 활짝 웃는다.

"그때 언니들이 맛있다고 했어요! 리브 언니만큼은 아니겠지만 해볼게요! 이번엔 잘할 수 있어요!"

순수하고 맑은 목소리로 레나가 말한다. 민수는 왜 다른 아이들이 그렇게나 레나를 아끼고 사랑해주는지 알 듯하다. 저런 성격이라면 누구나 좋아할 것이다. 다른 여자아이들은 예쁘기도 하고 인기도 많지만, 막상 다가가기에는 큰 벽이 느껴진다. 하지만 레나는 조금 다른 분위기다. 아직 어려서 그런지는 몰라도 함께 있으면 기분이 좋아지고 사람을 편안하게 해준다.

*

리브는 방 침대 구석에 혼자 앉아 말한다.

"할아버지…… 도대체 무슨 생각을 한 거야? 이게 뭐냐고…….

나한테는 다 얘기해놓고선…… 왜 하필 그 멍청이하고야. 내가 분명히 말했잖아. 싫다고 나는 그 멍청이가. 너무 싫다고……."

리브는 책상에 놓인 책들을 보고 습관적으로 펜던트를 만지작거린다. 그리고 소리 나지 않게 흐느껴 울면서 말한다.

"다 사라졌어. 엄마 아빠도, 할아버지도, 내 꿈도 모두 하나씩 사라져버리고 있어."

혼자 침대 구석에서 다리를 구부리고 앉아 흐느끼는 리브의 모습이 더 작아 보인다. 얼굴을 무릎에 파묻고 가슴팍을 꽉 쥐자 옷이 구겨진다.

*

거실에서는 아이들이 레나가 요리한 음식 앞에 앉아 있다. 방금 한 음식인 듯 김이 피어오르지만 해든과 오웬의 표정은 어둡다. 그저 음식을 쳐다볼 뿐 먹을 생각을 하지 않는다. 하지만 레나는 해맑은 표정이다.

해든은 앞에 놓인 음식을 다시 떠서 입에 억지로 넣는다. 그리고 맛없이 먹기 시작한다. 민수는 그런 해든을 보며 인상을 찌푸린다.

"지난번하고 뭐가 달라……."

오웬이 구시렁대며 음식을 떠서 입에 넣고 억지로 먹는다. 민수는 그런 두 사람을 보고 니나와 아라를 쳐다본다. 두 여자아이는 레나가 만든 음식이 너무 맛있다며 즐겁게 만찬을 즐기는 표정이다.

12장 1절

과정

네 명의 아이들이 바닥에 앉아 양손을 무릎 위에 올려놓고 명상하고 있다. 눈을 감고 심호흡을 한다. 이전보다 반듯해진 모습이다.

"우리의 신체는 머리끝부터 발끝까지 모두 연결되어 있다. 이 중 하나라도 잘못되면 고통이 따르는 것이 그 증거이다. 그 신경을 하나하나 깨운 후 느끼고 감지할 줄 알아야 한다. 호흡의 흐름에 방해가 없어야 한다. 뇌 속에서는 뉴런을 따라 끊임없이 신호가 흐르고 있다. 그 뉴런을 느껴야 한다. 호흡과 하나가 되어 정신과 육체로 세포의 움직임을 감지해라. 그 소리를 들어라. 그리고 떠오르는 생각들을 조절해라. 정신적, 인지적, 신체적, 정서적 능력으로 너희의 재능을 극대화해 사용하는 것, 이 모든 것이 어빌리스의 원동력이다. 집중력을 발휘해서 내면 깊은 곳의 한 번도 경험해보지 못한 미지의 세계를 보고 느껴야 한다. 어느 한 곳을 응시하고 집중하고 묵상하게 되면 마음이 미지의 세계로 가득 차게 된다. 그 세계에 존재하는 모든 정보를 받아들이고 깨우치려 노력해라. 마음이 정화되는 느낌을 받아라. 깨끗한 마음이 세상 만물의 어빌리스를 더 쉽게 느끼게 해줄 것이다. 어빌리스는 우리의 잠재력이다. 깨어나기를 기다리고 있다. 어빌리스가 깨어나면 너희의 지적 능력과 상상력이 발휘될 것이고 향상된 체력과 함께 발전된 사람이 될 것이다. 생각하는 것, 즉 뇌를 사용하여 스스로 인식이 가능하게 해 온몸의 신경을 느끼면서 나오는 수많은 감정으로 에너지 자원을 창출해내는 것이다."

시간이 지날수록 아이들의 호흡법이 향상된다. 처음에는 어지러워하던 민수도 점점 평온한 표정으로 호흡을 하게 되고 멘사보드를 움직일 수 있게 된다.

"다섯 가지 감각을 깨워야 한다. 처음에는 눈을 제외한 귀, 입, 코를 막고 보이는 것에만 집중한다. 오직 눈으로만 판단하는 훈련이다. 눈으로의 판단이 어느 정도 가능할 때 듣는 훈련을 하고, 이런 식으로 입과 코, 그리고 피부로 느끼는 훈련을 차례대로 한다. 체력적으로는 스트레칭으로 시작해 신체의 균형을 잡고 내구력을 키우는 운동과 근육량을 늘리는 운동을 겸비한다."

유산소 운동을 비롯한 체력운동, 필라테스, 검술과 무술, 사격까지 훈련하는 아이들은 밥 먹고 잠자는 시간을 제외하고는 훈련실에서 지낸다. 시간이 지나면서 아이들의 어빌리스가 현격히 높아지고 서 집사는 더 강도 높은 훈련을 시킨다. 서 집사 역시 훈련을 게을리하지 않는다. 아이들의 어빌리스가 향상되는 속도에 전혀 뒤처지지 않고 있다.

처음에는 피곤해하던 아이들이 니나를 필두로 모두가 어빌리스를 감지하는 데 성공하고 총알만 한 돌멩이도 피할 수 있게 된다.

남자아이들의 어빌리스가 많이 높아졌지만, 특히 니나의 어빌리스는 초고속으로 높아지고 있다.

*

매일 스트레칭을 시작으로 모든 무술을 다 가르치고 격투 훈련, 멘사보드 훈련, 생각하는 법, 상상력을 높이는 훈련, 그리고 몇 시간을 전속력으로 달려도 지치지 않는 유산소 훈련과 근력 훈련을 한다.

아이들은 서 집사를 중심으로 둘러앉아 뉴컨밴드를 착용한 채 자신들 앞에 놓인 멘사보드를 생각으로 들어 올린다. 쉽게 멘사보드를 올리는 니나와 달리 아이들의 멘사보드는 둔하게 움직인다.

"비전 트레이닝의 최종 목적은 너희가 생각하는 대로 사물을 자유자재로 움직이는 것이다. 멘사보드는 지금 너희들이 착용한 뉴컨밴드와 한 쌍이 되어 움직인다. 더 많은 상상력을 머릿속 가득 채워라. 외부에서 들어오는 정보가 아닌 내면 깊은 곳에서 나오는 미지의 정보를 찾아라. 머릿속으로 멘사보드를 탄 너희가 자유자재로 움직이는 상상을 해라. 상상이 현실로 가능하게 하는 것이다. 멘사보드는 애초에 개인의 우주여행을 위해 제작된 무기다. 그러니 상상을 현실로 가능하게 해라!"

니나는 이미 멘사보드에 탑승하고 공중을 자유자재로 돈다. 남자아이들은 여전히 멘사보드를 공중에 띄우기만 할 뿐 탑승은 못하고 있다.

"형이 대단한 거였네."

오웬이 멘사보드를 공중에 띄우면서 해든에게 말한다. 우쭐해진 해든이 자신의 멘사보드를 더 높이 띄우려고 노력한다.

"나 그때 죽을 뻔한 거였더라고. 너도 형 따라 열심히 해서 저거 타고 우리 우주여행이나 해보자!"

"그것도 적들을 먼저 물리쳐야 가능한 거야!"

민수가 대신 대답한다. 해든은 온갖 힘을 짜내며 멘사보드를 더 높이 떠오르게 한다.

"저것만 내 마음대로 조종하면 적들을 못 물리치겠냐?"

그들의 영롱한 뉴컨밴드 불빛이 훈련실을 가득 메운다. 자유자재로 멘사보드를 타고 날아다니는 니나를 본 오웬이 박수를 친다.

"확실히 누나가 형하고는 비교가 안 될 정도로 강한 거구나."

오웬의 말에 해든의 뉴컨밴드 불빛이 꺼지고 멘사보드가 바닥에 떨어진다. 해든이 짜증을 내며 뉴컨밴드를 벗는다.

"너희가 게임할 때 니나는 비전 트레이닝을 하고 있었다. 곧 니나는 퀀텀 트레이닝을 할 것이야."

서 집사가 해든을 위로하며 말한다.

"쟤는 선천적으로 그냥 체력이 좋은 애인 거예요."

해든이 핑계를 대며 니나가 부러운 듯 보다가 드러눕는다.

"이 방은 어빌리스를 강화하기 위해 특수 제작된 곳이다. 바깥에 나가면 더 쉽게 어빌리스가 발휘될 것이다. 생각과 체력을 동시에 계속 통제한다는 것은 보통 때 같으면 불가능한 일이지. 전 세계 국방부에서 공식화시키지 않은 이유이다. 시간 대비 체력소모가 너무 큰 데다 인간들끼리 싸우는 데 어빌리스 능력은 너무 위험하다고 판단했지. 하지만 이제 우리는 인간을 상대로 전쟁을 하는 것이 아니다. 어빌리스가 절실히 필요한 때다. 너희도 비전 트레이닝이 끝나면 곧바로 퀀텀 트레이닝을 실시할 것이다. 그건 훨씬 많은 시간을 필요로 한다."

서 집사가 드러누운 해든을 짧은 작대기로 살짝 치며 일어나라고 한다. 해든이 일어나 뉴커밴드를 착용한다.

반복되는 훈련은 지루하고 고되다. 레나는 거실에서 조그마한 창문을 통해 그들의 훈련을 지켜본다.

아이들의 어빌리스가 늘어가는 시간 동안 움스크린의 태아도 자란다. 이제 제법 아기의 모습으로 변해 아이들은 신기해한다. 오가며 움스크린의 아기에게 말도 걸어보고 손짓도 해본다. 레나가 특히 더 자주 움스크린 곁에 있는다. 아기를 많이 예뻐하는 레나는 동화책도 읽어주고 말도 해주면서 반응하는 아기를 신기한 듯 바라본다. 리브는 가끔 지나가면서 움스크린의 아기를 힐끗 쳐다만 본다. 보통 때는 자기 방이나 베란다에서 혼자 책을 보고 커피를 마시며 시간을 보낸다. 그녀는 베란다 유리문을 통해 레나가 아기와 노는 걸 쳐다본다.

"우리 아기 잘도 크네. 빨리 나와라. 이모가 더 예뻐해줄게!"

즐거워하는 레나를 보며 생각이 많아진 리브가 다시 눈을 책으로 옮긴다. 얼굴에 표정이 없다.

훈련하는 아이들의 어빌리스는 처음과는 비교가 되지 못할 만큼 강해졌다. 멘사보드를 자유자재로 움직일 뿐만 아니라 날아오는 비비탄이나 실제 총알까지 가뿐히 피한다. 멘사보드를 타고 더 높이 날고 싶지만 막힌 벽 때문에 아쉬워한다.

베란다 바깥의 공원에서 해와 달이 번갈아 가며 뜬다. 거실에서 아라가 해와 달의 주기를 조절한다. 그리고 베란다에서 시간을 보내는 리브에게 물이나 차, 커피, 간식을 갖다주면서 이야기를 나눈다. 리브는 이전과 다르게 수척해졌고 잘 웃지도 않는다. 그런 리브가 안타까운지 아라는 계속 말을 건다. 밝은 빨간색이던 리브의 머리칼이 짙은 붉은빛으로 변해간다.

아이들은 서 집사에게서 이전의 최 박사와 선우민 그리고 매스클랜에 대한 이야기와 괴생물체를 홀랜프라고 부른 이유도 듣는다. 그렇게 함께 시간을 보내면서 어느덧 10개월이란 시간이 흐른다.

12장 2절

탄생

아라를 제외한 아이들이 뉴컨밴드를 착용한 채 거실에 모여 움스크린을 바라보고 있다.

"아기가 태어나는 데 이렇게 많은 어빌리스가 필요한 거구나."

민수가 속삭인다. 레나는 흰 가운을 입은 채 하이퍼 컴퓨터와 연결한 반지를 낀 아라의 손을 주시하며 버튼에 손을 댄다. 아라도 흰 가운을 입고 긴장된 표정으로 바쁘게 손가락을 움직인다. 하이퍼 컴퓨터의 스크린에서 글자들이 바쁘게 변형되며 움직인다. 이전에 선우필이 앉아서 생식세포가 채취된 리소토미 의자에서 개조된 의자에 여러 소형 모니터가 달려 있고 그 안의 글자들이 모두 아라의 손가락에 의해 움직이는 듯하다. 키보드도 꺼내 두드리던 아라가 조심스럽게 뉴컨밴드를 꺼내 자신의 머리에 착용한다. 그리고 레나를 쳐다보며 고개를 끄덕인다.

레나가 버튼을 누른다. 아라의 뉴컨밴드에서 빛이 나기 시작하고 뒤따라 다른 아이들의 뉴컨밴드에서도 빛이 나온다. 움스크린을 가득 채운 양수가 빠지면서 이제는 완전한 아기의 모양이 된 태아가 미끄러지듯이 양수와 함께 움스크린에서 퇴장한다. 마치 터널을 빠져나오듯 움스크린 안쪽 구석에 있는 구멍으로 들어간다.

하이퍼 컴퓨터에 연결된 모니터에서 알 수 없는 글자가 코드로 변하며 분주하게 움직이고 움스크린이 있는 벽 아래 부분에서 팔 하나 들어갈 만한 동그란 문이 열리며 탯줄에 매달린 아기가 나온다. 아라는 지쳤는지 숨을 가쁘게 내쉬고 이마에는 땀이 흐른다. 착용하고 있던 뉴컨밴드의 불빛이 꺼지자 아라가 밴드를 머리에서 빼낸다. 니나의 도움으로 호흡을 고른 후 자리에서 일어나 앞에 놓인 집게 기구를 들고는 아기가 나온 구멍으로 간다. 책을 읽으며 구멍에서 나온 아기를 받은 아라가 아기의 배꼽에 연결된 탯줄을 집게 기구를 이용해 자르고 아기를 들어 등을 몇 번 친다. 조금 있다가 아기가 우렁차게 울기 시작한다. 니나가 건네주는 보자기를 받은 아라가 조심히 아기를 감싸 안고는 뒤에서 지켜보던 리브에게 다가간다.

"안아봐. 아들이야."

아라가 건네는 아기를 보며 리브가 머뭇거린다. 아기는 우렁차게 울다가 리브를 보고는 조그마한 손을 뻗는다. 아이들은 아기의 행동이 신기한 듯 리브 주위를 둘러싸며 쳐다본다. 리브가 조심히 아기를 받으려는 순간 리브의 뉴컨밴드에서 강렬한 빛이 난다. 리브는 갑자기 머릿속에서 과거의 사건들이 떠오르기 시작한다. 거실에서 최 박사와 나눈 대화들, 아이들과 놀고 떠든 날들, 엘리베이터에서 아버지를 부르며 나가버린 선우필, 리브의 부모님, 선우필을 쫓아가려다 넘어져 발목을 삔 최 박사, 그리고 최 박사를 죽이려 다가오는 홀랜프.

순간 체력의 한계를 느낀 리브가 아라가 건네는 순간과 맞물려 아기를 떨어트린다. 니나가 재빨리 받아내 다행히 바닥에 떨어지지 않았지만, 아기는 놀랐는지 서럽게 운다. 리브가 당황한 듯 재빨리 뉴컨밴드를 바닥에 던지며 화를 낸다.

"나랑 상관없는 아기야!"

리브는 니나가 들고 있는 아기를 힐끗 보더니 방으로 들어가 버린다. 아이들은 아무 말도 못 한 채 니나의 품에서 울고 있는 아기를 쳐다본다. 뉴컨밴드를 벗고 니나 주위에 몰려든다. 그렇게 몇 시간이 흐른다.

남자아이들이 벙커에 있는 물품으로 아기 침대를 만들어 아라에게 보여준다. 아라의 손에는 육아 서적이 들려 있고 자신이 만든 기구들을 아기 침대에 부착한다. 니나는 담요를 가지고 와서 아기 침대에 깔고 아기를 들고 있던 레나는 조심히 침대 안에 아기를 넣는다. 그리고 한참 동안 아기 침대를 보더니 입을 삐쭉 내민다.

"너무 밋밋해."

레나가 벙커의 방들을 구석구석 뒤지더니 호리병과 양초를 가져온다. 그리고 어디서 금색의 작은 바구니를 찾고는 아기 침대 옆에 놓는다. 민수가 레나를 보며 묻는다.

"이런 건 어디서 찾은 거야?"

"저 음식 창고에 있던 거야. 안에 있는 재료를 다 써서 여기에 맞을 것 같은데 어때? 이쁘지? 이제야 좀 축복받는 아기 같지 않아?"

레나의 말에 민수가 고개를 끄덕인다. 레나는 싱긋 웃으면서 옆에 있는 니나를 쳐다보고 니나는 그런 레나의 머리를 쓰다듬는다.

다른 아이들도 흐뭇한 표정으로 아기를 본다. 아기의 울음소리가 끊이질 않는다.

"완전 신기해. 막 태어난 아기는 이렇게 생겼구나."

민수가 아기를 보며 말한다. 몸을 꼼지락거리며 찡찡대는 아기를 보며 해든이 말한다.

"아기가 우는 게 너무 신기해. 어떻게 저렇게 울지?"

아기의 손이 꼬물거린다. 오웬이 아기의 손을 만지면서 말한다.

"너무 쪼그마해. 내가 이제 이 아기의 삼촌이 되는 거잖아? 그것도 너무 신기해."

레나가 옆에서 조심히 아기의 볼을 만져본다.

"살 보드라운 것 좀 봐. 난 오늘부로 정식 이모인 셈이지. 히히. 우리 아기 이름을 뭘로 하지?"

니나가 아기를 보다 레나의 말에 웃으며 말한다.

"그건 엄마한테 물어봐야 하지 않을까?"

"나한테 아기에 대해서는 말도 꺼내지 마."

언제 나왔는지 리브가 옆에 서서 말한다. 레나가 밝게 웃으며 말한다.

"그럼 아기 이름은 내가 지어도 돼?"

리브가 아기를 보며 냉정한 표정을 보이다가 레나에게 미소 지으며 고개를 끄덕인다. 리브는 다시 아기를 보다가 부엌으로 가서 물을 따른다. 물을 마시면서도 리브의 눈은 계속 아기에게 향해 있다.

"희망이니까……."

레나는 곰곰이 생각해본다.

"이 아기가 인류의 마지막 희망이래. 그러니까 희망이……."

레나가 잠시 말을 멈추고 아이들의 표정을 살핀다. 그리고 자신 없다는 표정을 짓는다.

"성은 선우인 거잖아?"

민수가 말한다. 아이들이 일제히 민수를 보더니 다시 아기를 본다. 리브의 표정이 더 어두워진다.

"음…… 그럼 선우희? 희? 희 어때? 선우희."

레나의 말에 아이들은 곰곰이 생각하다 고개를 끄덕인다.

"부르기에는 좋은 것 같은데."

"그럼 선우희!"

레나가 결정했다는 듯 소리친다. 그러더니 리브를 쳐다본다.

"어때 언니 생각에는?"

잠시 딴생각을 하던 리브가 레나를 보며 웃는다.

"응. 귀엽다. 잘 지은 거 같아."

레나가 리브의 말에 좋아한다.

"선우희, 이름 괜찮은 것 같다."

서 집사가 훈련실에서 나오며 말한다. 리브는 아기를 다시 힐끗 본 후 책과 커피를 들고 베란다로 나간다. 리브의 머릿속이 아주 복잡한 듯하다. 민수는 그런 리브를 보다 아라를 쳐다본다. 아라와 니나가 서로 눈빛을 주고받는 듯하다. 이 아이들은 리브가 어떠한 행동을 하든 간에 별다른 말을 하지 않는다. 마치 최 박사를 믿는 것처럼 리브의 무언가를 믿는 듯하다. 민수는 다시 생각이 많아진다. 하지만 아기의 울음소리에 모든 생각이 사라진다.

리브를 제외한 아이들이 아기 주위에 모여서 행동 하나하나에 반응하며 즐거워한다.

“고놈 참 우렁차게 울어서 좋네!”

해든이 손으로 아기의 얼굴을 가렸다 말았다 하며 놀고, 옆에서 오웬이 해든을 따라 한다.

“그러게. 우리 선우희는 크게 될 거야. 그렇지?”

레나가 오웬의 말에 자랑스럽게 대답한다.

“당연하지! 누구 가족인데!”

레나는 아기가 너무 귀여운 듯 웃음이 얼굴에서 떠나질 않는다. 니나와 아라 역시 즐거운 표정이다. 하지만 민수는 레나를 제외한 다른 아이들의 밝은 표정 뒤에서 알 수 없는 두려움을 본다. 직감인지 모르겠지만 아이들이 다른 감정을 감추고 있다는 느낌이 더 강해진다.

12장 3절
교감

며칠이 지나고 해든, 오웬, 레나 그리고 민수는 식탁에 앉아 밥을 먹고 있다. 눈 밑에 다크서클이 내려앉은 채 지친 표정으로 음식을 입에 넣는다. 아기의 우렁찬 울음소리는 끊이지 않고 온 벙커에 울린다. 해든이 지친 표정으로 하이퍼 컴퓨터 앞에 앉아 있는 아라를 쳐다본다.

"아라."

아라는 멍하니 컴퓨터 스크린을 쳐다보고 있다. 태아가 있던 움스크린은 하이퍼 컴퓨터와 연결되어 두 번째 모니터 역할을 한다. 하이퍼 컴퓨터에서 제공되는 다양한 글자 코드의 모양이 계속 바뀌면서 움스크린을 가득 채우고 있다. 의자에 기댄 채 고개를 젖힌 상태에서 움스크린의 코드를 멍하니 보던 아라가 힘없이 키보드를 두드린다. 코드만 보이던 움스크린이 베란다 외부의 풍경으로 바뀐다. 아라가 힘든 듯 한숨을 푹 쉬고 의자에 기댄 채 고개를 다시 위로 젖히며 대답한다.

"왜."

해든이 기절할 듯한 표정으로 쳐다본다.

"아기는…… 언제까지 저렇게 우는 거야? 왜 시끄럽게 우는 거야? 왜 달래도 우는 거고, 밥을 줘도 우는 거고, 조용히 못 우는 거야? 며칠 동안 저렇게 울기만 하면 위험한 거 아니야? 이제 울음을 멈춰도 되는 거 아냐?"

아라가 대꾸 없이 빈 컵을 들고 일어나 부엌으로 간다. 커피포트를 집어서 커피를 따른다. 식탁과 컴퓨터 사이에 놓인 아기 침대에 누워 울고 있는 선우희의 모습을 한 번 보고는 컴퓨터 앞으로 가 의자에 털썩 앉는다. 아라의 얼굴에도 다크서클이 많이 내려와 있다.

"나 며칠 동안 한숨도 못 잤으니까 말 걸지 마. 묻지도 말고. 아무것도 모르겠으니까."

아라는 키보드를 힘없이 두드린다. 해든이 이해한다는 듯 고개를 푹 숙인다. 오웬은 해든을 쳐다본다.

"어떻게 맨날 저렇게 울 수 있는 거지?"

밥을 한입 떠서 먹는 오웬이 또 인상을 찌푸린다.

"재 어빌리스는 태어나기 전부터 우리하고 차원이 달랐잖아. 지금 아기가 저 정도면 성인이 될 때는 홀랜프 정도는 다 쳐부수겠어. 이런 게 박사님의 계획이신 건가?"

민수 역시 밥을 억지로 먹으며 잔뜩 인상을 찌푸린다. 레나가 자신이 한 음식을 먹으며 인상을 쓰는 남자아이들에게 들고 있던 수건을 던진다.

"씨, 또 인상 찌푸리고 먹지? 가서 선우희 좀 어떻게 해봐. 나 혼자서 너무 힘들어."

레나는 옆에 있는 젖병을 흔들면서 선우희에게 먹이려고 해보지만 아기는 고개를 돌리며 젖병 물기를 거부하고 계속 울기만 한다. 리브가 거실과 방을 왔다 갔다 하며 무심하게 우는 아기를 바라볼 뿐 아무 행동도 하지 않는다. 특이한 점이 있다면 리브가 다른 아이들과는 다르게 잠을 많이 잔 부스스한 모습으로 나온다는 것이다. 가끔 레나가 힘들어 하는 모습을 보고는 머뭇거리지만 이내 무시하고는 자기 방으로 들어간다.

"희한해. 언니는 평상시와 다르게 잠을 엄청 푹 자더라고. 이렇게 시끄러운데 얼마나 잘 자는지 모르겠어. 언니는 원래 잠도 잘 없었잖아."

레나가 리브가 들어간 방을 보며 말한다. 아라와 니나가 그런 레나의 말을 듣고는 서로를 쳐다본 후 리브가 들어간 방을 본다. 민수 역시 방으로 들어간 리브를 쳐다보며 어떤 생각이 떠오른 듯하다.

"혹시……."

민수는 울고 있는 선우희와 리브가 들어간 방문을 쳐다보더니 해든을 쳐다본다. 그때 니나가 땀을 닦으며 훈련실에서 나온다. 과격한 운동을 한 듯 온몸이 흠뻑 젖었고 브라톱을 입은 가슴이 평소보다 많이 나와 있다. 민수는 선우희를 보다가 니나가 나오는 시점에 아기의 울음소리가 조금 줄어든 걸 알게 된다.

"역시……."

"왜? 뭐?"

자꾸만 말을 하다 마는 민수가 짜증 난 듯 해든이 묻는다.

"내가 예전에 책에서 본 건데 저렇게 우는 아기는 반드시 모유 수유를 해주라고 하더라고. 우는 이유가 다 원하는 게 있어서라고.”

“그런 게 어디 나와 있어?”

민수의 말에 레나가 묻는다. 니나는 인상을 찌푸리며 미심쩍은 표정으로 민수를 보고 수건으로 얼굴과 몸의 땀을 닦는다. 그러다 자신의 파인 가슴골을 보더니 수건으로 가린다. 해든이 잠시 생각에 잠기다가 민수를 쳐다본다. 민수는 농담이라는 표정을 지으며 사과하려는데 해든이 맞장구를 친다.

“맞아! 아 이 새끼, 오랜만에 제대로 된 얘기를 하네.”

“그렇지? 너도 봤지?”

“그럼!”

맞장구를 치는 해든과 민수를 보는 오웬이 이상하다는 표정이다. 그러다 이내 뭔가가 떠올랐다는 듯 골똘히 생각에 잠긴다.

해든과 민수는 니나, 레나, 아라를 음흉하게 번갈아 가며 본다. 순간 날아오는 니나의 발차기에 해든은 식탁에서 그대로 넘어지며 기절한다. 민수는 모른 척 밥을 먹는다. 해든이 어지러운 듯 눈을 몇 번 깜빡이며 다시 일어나 맞은 곳을 어루만지며 억울하다는 듯 니나에게 말한다.

“그럼 다른 방도가 있어? 저렇게 계속 울기만 하면 선우희한테 위험하다니까 그러지. 저러다 못 크고 죽으면 어떻게? 인류가 위험하다고!”

지금 아이들은 멀쩡히 생각할 수 있는 상태가 아니다. 혼미해진 정신으로 확신하는 민수의 말에 모두가 동요한다. 니나가 아라를 쳐다본다. 지쳐 있는 아라와 눈빛을 교환하더니 우는 아기를 달래고 있는 레나를 본다. 레나는 아기를 달래며 자신을 쳐다보는 아라와 니나를 보더니 고개를 젓는다.

"내가?"

*

거실에서 선우희에게 모유 수유를 시도하려는 레나가 심호흡을 천천히 하며 선우희를 쳐다본다. 민수, 해든, 오웬이 거실에서 그런 레나를 보려 남았다가 니나에게 끌려가 방에 감금된다. 하지만 세 남자아이는 방문에 달린 조그만 창을 통해 거실을 보며 모유 수유를 시도하는 레나를 엿본다.

"형…… 정말이야? 모유 수유가 그런 거야? 우리는 아기 때 모유 수유 안 했다고 들었는데."

오웬이 갑자기 생각난 듯 말한다. 해든이 오웬을 쳐다본다.

"조용히 그냥 지켜보자."

해든의 얼굴이 약간 불그스름하다. 흡사 이전에 야한 동영상을 봤을 때의 표정과 비슷하다.

"이상한데……?"

거실에서 레나는 눈을 감고 자신의 옷 한쪽을 내린다. 그리고 튀어나오는 젖가슴을 꺼내 잡는다. 레나는 다시 심호흡하더니 천천히 젖가슴을 선우희에게 물려주려 갖다 댄다. 아기는 울음을 멈추고 레나의 젖가슴을 문다.

"아, 간지러워."

레나가 조용히 말하지만 이내 모성이 드러나는 표정이 보인다. 방에서 엿보던 민수와 해든이 놀란다.

"저것 봐……. 우리가 맞았네."

민수가 놀란다. 해든 역시 우연히 찍은 답이 정답인 것처럼 놀란다. 두 사람은 왠지 신나 보인다. 오웬은 여전히 이상하다는 표정으로 두 사람을 쳐다본다.

"희한하네."

레나의 젖가슴을 물고 빨던 선우희가 이내 거부하며 다시 운다. 레나는 다시 젖을 물리려 하지만 아기는 거부하며 울기만 한다. 방에 있던 민수와 해든이 거실로 나온다. 오웬이 머리를 긁적이며 뒤따라 나온다.

"뭐야!"

갑자기 나온 남자아이들을 보며 레나가 가슴을 가린다. 민수가 어색한 표정으로 말한다.

"잘 안 되는 거야? 혹시 아기가 가슴 큰 여자를 좋아해서 그러는 게 아닐까?"

레나가 화를 내며 정색한다.

"뭐? 내 가슴이 어때서? 나 이래 봬도 꽤 큰 편인데!"

해든과 오웬이 민수를 쳐다본다. 그리고 일제히 니나의 가슴을 쳐다본다. 니나는 자기 방문 앞에서 책을 읽고 있다. 훈련용인 몸에 붙는 브라톱 때문에 그녀의 가슴이 두드러지게 커 보인다. 레나 역시 남자아이들의 시선을 따라 니나의 가슴을 쳐다본다.

"니나 언니보다야 당연히……."

속상한 듯 레나가 짜증을 내며 윗옷을 입고 단추를 잠근다.

"어휴 저 변태들!"

니나가 책을 읽다 주먹을 사뿐히 쥔다.

"죽을래?"

남자아이들은 니나의 눈을 피해 다른 곳을 보다가 다시 슬그머니 니나를 쳐다본다.

*

몇 분이 지나고 남자아이들은 다시 방에 갇힌 채 방문의 창을 통해 거실을 본다. 얼굴에는 다들 멍 자국이 있다. 거실에서 니나가 한숨을 크게 쉬더니 뒤돌아본다. 남자아이들은 재빨리 몸을 숙인다. 니나는 몸을 완전히 돌린다. 그러고 한쪽 어깨의 옷을 풀어헤친다. 커다란 젖가슴이 튀어나온다. 니나는 젖가슴을 잡고 숨을 다시 들이마시고 내뱉으며 선우희의 입에 대본다. 연한 분홍색의 유두가 선우희의 입술에 닿자 울음을 그치고 물더니 빨기 시작한다. 니나는 간지러운 듯 인상을 찌푸리다가 자신의 젖을 빨고 있는 선우희를 보며 이내 미소 짓는다. 아기는 한참이나 니나의 젖을 물고 빤다. 방에 있던 남자아이들은 서로를 쳐다보며 고개를 끄덕인다.

"역시."

"남자아이니까."

아기는 꽤 긴 시간 니나의 젖을 빨더니 입을 뗀다. 니나의 출렁거리는 가슴에 선우희의 침이 잔뜩 묻어 있다. 분홍색 유두를 뒤로하고 선우희가 다시 우렁차게 운다. 니나는 아쉽다는 표정을 짓는다. 그리고 아라를 쳐다본다. 아라가 당황한 듯 고개를 절레절레 흔들다가 한숨을 쉰다.

*

이번에는 아라가 시도한다. 자신의 흰 가운을 한쪽으로 벗어 가슴을 드러낸다. 아라 앞에는 육아 백과사전이 펼쳐져 있고 아기에게 젖을 물리는 장면이 보인다. 팔에 수건을 두른 아라가 아기의 머리를 팔로 받치더니 젖꼭지를 입에 댄다. 선우희는 반사적으로 입을 벌린다. 그리고 아라의 젖꼭지를 빨기 시작한다. 아라는 옆에서 도와주는 니나와 레나를 쳐다본다. 그러고는 방에서 쳐다보는 남자아이들을 본다. 특히 민수를 쳐다본다. 방에서 지켜보던 남자아이들은 놀라 다시 숨는다.

"재네 다 쫓아낼까?"

니나가 짜증 난다는 듯 남자아이들의 방으로 가려고 하지만 선우희가 다시 우는 바람에 아라 옆으로 온다. 아라는 잠시 생각에 잠긴 듯하다 다시 젖가슴을 잡고 선우희의 코에 대다가 유두를 입에 갖다 댄다. 선우희의 혀가 유륜을 감싸는 걸 느낀 아라는 유두를 밀어 넣는다. 선우희의 코가 아라의 가슴에 살짝 닿는다. 아라는 생전 처음 느껴보는 감정에 니나와 레나를 쳐다본다.

"기분 이상하지 않아?"

레나가 신기한 표정으로 아라를 쳐다본다. 니나는 고개를 끄덕이고 아라 역시 그렇다는 표정과 함께 긴장했는지 침을 삼킨다. 선우희는 입에 들어온 아라의 젖을 빨기 시작한다. 하지만 이내 입을 떼고는 울기 시작한다. 아쉬운 표정을 짓는 아라가 실망한 듯 다시 젖을 물리려고 하지만 선우희는 거부한다.

"형들?"

오웬이 시뻘게진 얼굴로 창문을 통해 거실을 엿보는 해든과 민수를 불러본다. 창문이 조그마해서 두 사람이 겨우 동시에 볼 수 있다. 오웬은 바닥에 앉아 곰곰이 생각하는 표정이다.

"왜?"

귀찮다는 듯 해든과 민수가 동시에 대답한다.

"원래 모유 수유라는 게 임신해서 아기를 낳은 여자만 가능한 거 아니야?"

오웬의 말에 해든과 민수가 서로 보더니 오웬의 입을 막는다. 그리고 조용히 하라는 듯 손가락 하나를 입술에 대며 해든이 말한다.

"지금 다들 패닉 상태인데 쟤네가 그런 생각을 하겠냐?"

민수 역시 진지한 표정으로 오웬을 쳐다보며 말한다.

"우리가 그런 것도 모를 줄 알았냐?"

오웬은 어이없다는 표정으로 해든과 민수를 쳐다본다.

"와…… 대박 변태들이네. 그럼 일부러 가슴 보려고 그런 거야? 나이 들면 형들처럼 그렇게 되는 거야? 가슴 봐서 뭐 하려고?"

해든과 민수는 당황한 표정이지만 진지하게 보이려고 애쓰며 말한다.

"우린 선우희를 위해 순수한 마음으로 말한 거야!"

"쟤네도 여자야. 저렇게 아기한테 젖을 물려봐야 모성애도 생기고 그러는 거라고. 꼭 모유가 나와야 하는 게 아니야. 저렇게 젖을 물리는 행동은 정신건강에도 좋다고. 선우희한테도 여자애들에게도 좋은 일거양득이야."

말을 할수록 흥분한 듯 급하게 말하는 해든과 민수를 보며 오웬이 고개를 절레절레 흔든다.

"레나 말대로 정말 변태들이네."

오웬의 말에 해든과 민수는 더 다급해 보인다.

"아니라니까. 형들을 믿어."

민수가 말해도 오웬은 의심의 눈초리로 볼 뿐 아무 말도 안 한다.

"참나……."

오웬이 침대로 가면서 어이없어 한다. 민수는 방문에 걸터앉는다.

"여기서 자다가 거실에 애들 없을 때 네 방으로 가."

해든이 민수에게 말한다. 그러고는 자신의 이불을 바닥에 던져 준다. 민수는 바닥으로 가서 이불을 덮고 눕는다.

"그래야겠다. 살아 있길 잘했네. 저 유명한 여자애들의 가슴도 다 보고."

해든과 민수는 재밌다는 듯 웃는다. 오웬은 어이없다는 듯 두 사람을 쳐다보다가 묻는다.

"정말 가슴 보려고 그런 말을 한 거야?"

오웬의 질문에 민수가 곰곰이 생각한다.

"뭐, 그런 것도 없지 않아 있었는데 문득 선우희에게는 좋고 깨끗한 사람의 냄새를 맡게 해줘야겠다는 생각이 들었지. 모유라는 게 인간의 몸에서 나오는 것 중 유일하게 깨끗하고 건강하잖아. 솔직히 나도 별생각 없이 말하고는 나중에 깨달았지. 벙커의 여자아이들 그 누구도 모유 수유할 수 없다는 걸 말이야. 근데 이미 니나에게 얻어맞기도 했고, 뭐 굳이 말했으니 그냥 재네 가슴이나 볼 생각으로 가만히 있었지."

민수가 팔을 머리에 두르며 천장을 쳐다본다. 해든과 오웬이 불안한 표정으로 서로를 본다. 민수는 그런 두 사람의 표정을 눈치채며 말한다.

"왜? 또 꿈에서 내가 이런 소리를 지껄이더냐?"

민수의 말에 해든이 숨을 크게 내쉬며 고개를 돌린다.

"그냥 자자."

해든의 말에 민수도 잠을 청하려고 눈을 감는다.

*

"펙투스 피드Pectus Feed."

최 박사가 매스클랜에게 말했다. 인간이 태어나 유대관계를 맺는 첫 행동이 모유 수유라고. 이기심으로 똘똘 뭉친 아기가 태어나 엄마와의 모유 수유를 통해 유대를 맺고 다른 사람들과의 인간관계를 잘 형성할 수 있는 것이다. 엄마가 젖을 물리는 행동과 아기가 젖을 무는 행동에는 알맞은 박자와 호흡이 필요하다.

젖을 무는 아기의 뇌는 훨씬 더 발달할 수밖에 없다. 태어난 아기가 유두를 빠는 힘이 바로 어빌리스를 끌어내는 원동력이기 때문이다. 비록 움스크린에 있을 때부터 이미 어빌리스가 형성되어 있던 선우희이지만 그 어빌리스를 유지하려면 계속 훈련해야 한다.

"내가 생각하는 그 아기는 말이야……."

최 박사가 코를 한 번 만지고 귀 뒤쪽을 만지고는 목을 쓰다듬는다. 뭔가 오랫동안 간직해온 생각을 입 밖에 꺼낼 때 하는 행동이다.

"이 망가지고 있는 세상의 마지막 희망 같은 아기야. 그 아기가 커서 세상과 인간들을 구원하는 것이지."

최 박사의 말에 웃는 매스들이 있다.

"메시아인가요?"

한 매스가 우스갯소리로 말한다.

"그럴 수도 있지. 다만 그 메시아를 우리의 과학적 능력으로 만들어보는 거야."

웃는 소리가 더 많아진다.

"종교와 과학의 통합을 원하시는군요?"

다들 웃는다. 최 박사도 미소 지으며 고개를 끄덕인다.

"글쎄. 난 그저 신이 인간을 만들고 메시아를 보내줬다는 그 가정을 실현해보면 좋겠다는 것이지. 가능하다면 말이야."

선우민이 뒤에서 아무 말 없이 눈을 감고 생각에 잠겨 있다. 최 박사는 선우민 부부의 아들인 선우필의 생식세포를 연구해보고 싶다고 말했다. 선우민의 아내는 최 박사를 잘 따랐고 최 박사의 며느리와도 가장 친한 친구였기에 최 박사의 제안을 거절할 이유가 없었다.

"모유 수유를 할 때만 느낄 수 있는 오묘한 감정이 있어요."

최 박사의 며느리가 물었을 때 선우민의 아내가 한 말이다. 그 당시 매스클랜 내부에서는 모유 수유와 관련된 연구가 한창이었다.

"뭐랄까, 박사님 말씀처럼 아기와의 유대관계가 형성되는 느낌인데 다양한 생각이 떠올랐어요. 아기를 위험에서 보호해주겠다는 생각, 남편과의 사랑과는 다른 아가페적인 사랑이 이런 건가 싶기도 하고, 물론 아기를 함께 만든 남편과도 더 끈끈해진 느낌이고, 다른 엄마들도 아기에 대해 이런 생각이겠구나 하는 것도 있고…… 또……."

선우민의 아내는 당시를 회상하는 듯 입술을 오므리며 생각을 떠올리고 있었다.

"아기가 지금 믿는 것이 오로지 나라는 생각?"

선우민의 아내는 정말 천사같이 착한 사람이었다. 까칠한 최 박사의 며느리와는 다르게 모두에게 상냥했다. 아무리 힘든 일이 있어도 늘 웃으며 사람들을 대해주어서 최 박사의 며느리는 자신의 딸 중 한 명이라도 선우민의 아내처럼 되면 소원이 없겠다고 말할 정도였다.

서 집사는 최 박사가 건네준 움스크린 자료를 읽으며 저들이 시도한 모유 수유에 대해 찾아보고 있다. 어째서 민수가 그런 이야기를 꺼냈는지 궁금하다. 선우필이 있었다면 그가 그 말을 꺼냈을까?

여자아이들은 바보가 아니다. 특히 니나와 아라는 더욱 그렇다. 아무리 피곤하다 해도 민수의 말에 모유 수유를 시도하지는 않는다. 그런데 너무나 순순히 민수의 말을 따라주었다. 벙커에 들어오고 몇 달이 지나고는 민수와 레나를 제외한 아이들에게서 처음과 완전히 다른 어빌리스가 감지되었다. 이것은 훈련을 통해 나타나는 결과가 아니다. 뭔가 새로운 세상을 보고 온 아이들 같다. 더 이상한 점은 아기를 좋아하는 리브가 자기 아이인데도 아기의 울음을 무시한 채 평상시보다 잠을 많이 잔다는 것이다. 그리고 저렇게나 싫어하는 이유가 정말 선우필이 싫어서인지 아니면 다른 이유인지 궁금하다.

12장 4절
아이들의 꿈

밤이 되자 다들 각자의 방 침대에 누워 잠을 청해보지만 마음대로 되지 않는다. 계속되는 선우희의 울음소리에 레나는 베개로 귀를 틀어막으며 괴로워한다. 다들 울음소리를 듣지 않으려고 나름의 방법으로 여러 시도를 해본다. 정신집중을 하거나 청각을 무디게 하고 다른 감각에 집중하지만 아무 효과가 없다. 선우희의 울음소리는 점점 더 크게 들리고 아이들의 표정은 점점 더 괴로워진다. 리브는 깊은 잠을 오랫동안 잤는지 눈을 힘겹게 뜨고는 무표정하게 천장을 보며 누워 있다가 천천히 일어나 거실로 향한다.

헝클어진 머리를 한 리브가 거실에서 아기를 보며 천천히 컵에 물을 따르고 마신다. 선우희가 리브를 향해 울면서 안아달라는 몸짓을 한다. 리브는 무심히 쳐다만 볼 뿐이다. 리브의 무반응에 선우희는 더 크게 울기 시작한다. 하지만 리브는 물을 다 마실 동안 무표정하게 쳐다만 볼 뿐 아무 행동도 하지 않는다. 리브를 향해 계속 손을 뻗으며 우는 선우희를 보던 리브는 주위를 둘러보다가 중얼거린다.

"네가 도대체 뭔데?"

벙커 거실에 인공 달의 달빛이 비치고 있지만 모두가 잠을 못 이뤄 괴로워한다. 리브가 다시 아기에게 고개를 돌리고 입술을 쭈뼛 내민다. 컵을 식탁에 내려놓고는 선우희를 아기 침대에서 천천히 들어서 안아본다. 선우희의 울음소리가 점점 조용해지고 손이 리브의 가슴을 만지작거린다. 무표정하던 리브가 당황하더니 황급히 선우희를 내려놓는다. 아기 침대에 다시 누운 선우희가 리브를 쳐다보며 혼자 손을 빨면서 찡찡대더니 이내 옹알거린다. 잠시 선우희를 쳐다보던 리브는 음식 재료 창고로 가서 분유 재료를 가지고 온다. 아기는 거짓말처럼 울음을 멈추고 리브를 보며 계속 옹알이를 한다. 어이없다는 표정으로 쳐다보던 리브가 살짝 미소를 보인다. 리브는 분유를 만들기 시작한다. 그런 리브의 얼굴에 점점 미소가 번진다.

다 만든 분유를 입에 넣어보려 하지만 선우희는 거부하고 자꾸만 리브의 가슴을 만지작거린다. 리브는 잠시 선우희를 쳐다보며 생각에 잠긴다. 그러다 다시 거실을 둘러본다. 아무도 없다. 베란다에서 들어오는 인공 달빛이 더 밝아지더니 거실이 조금 밝아진다. 거실에는 둘 말고는 아무 생명체도 존재하지 않아 고요하다. 리브가 한쪽 어깨의 옷을 천천히 아래로 내리고 가려졌던 속옷이 나온다. 속옷을 풀자 리브의 가슴이 툭 튀어나온다. 리브는 한쪽 가슴을 잡고 아기의 입에 갖다 댄다. 유두가 입으로 향하자 선우희는 기다렸다는 듯 리브의 젖을 빤다. 온 세상이 고요한 가운데 낮은 전자기기 소리와 젖을 빨고 있는 소리만 공간을 가득 메운다.

처음에는 어색해하던 리브가 간지러운 듯 그리고 불편한 듯한 표정이다가 점점 아까 보았던 아라와 니나의 표정으로 변해간다. 아기를 쓰다듬기 시작하고 자신에게만 의지한 채 젖을 빠는 모습을 보며 리브가 흥얼거린다. 아기는 젖을 빨면서 손은 리브의 가슴에 대고 리브를 응시한다. 순간 얼었던 마음이 녹은 듯 리브의 눈에서 눈물이 나온다. 선우희를 천천히 쓰다듬으며 자신의 몸을 요람처럼 흔들어준다.

아이들 모두가 자기 방에서 그 모습을 보고 있다. 민수는 해든과 오웬의 방에서 나가지 못한 채 리브가 젖을 주는 모습을 함께 보고 있다. 그때 니나가 갑자기 나타나 방문에 난 창을 가려버린다. 남자아이들은 깊은 탄식을 내뱉는다.

니나는 살짝 열린 방문 사이로 고개만 빼꼼 내민 아라를 보며 허탈한 미소를 짓는다. 아라도 비슷한 미소를 지으며 젖을 주는 리브를 본다. 니나는 리브가 눈치채지 못하게 조용히 아라가 있는 방으로 들어가 문을 닫는다. 그리고 방문 창으로 리브를 보다가 아라에게 묻는다.

"우리도 그렇지만 리브 역시 실제로 임신한 게 아니어서 모유 수유가 가능한 건 아니잖아? 어떻게 젖이 나오는 거지?"

아라가 자신의 가슴을 살짝 만져본다. 그리고 니나의 가슴을 만져본다.

"벙커에 들어오고 나서 알게 된 건데…… 리브와 선우희의 신체 리듬이 보통 사람하고 달라. 사람 신체에는 보통 일정한 흐름이 존재하는데 리브하고 선우희는 불규칙적이야. 그 리듬이 선우희에 의해 달라지는 것 같아."

아라와 니나는 침대에서 완전히 뻗은 상태로 잠에 빠진 레나를 쳐다본다. 레나는 코까지 골면서 오랜만에 깊은 숙면에 든 듯하다.

"그럼 그 친구가 살아 있는 거야? 리브가 젖을 주는 거라면……."

니나가 다시 아라에게 묻는다.

"그렇겠지?"

아라의 말에 니나는 창문 밖의 리브를 주시한다. 이제 리브는 다른 젖가슴을 내밀고 선우희에게 먹여주고 있다.

13장 1절
성장

처음으로 성공한 모유 수유 후 리브는 아이들을 위해 요리를 시작한다. 그리고 이전에 최 박사와 함께 살던 날처럼 활기찬 분위기가 벙커에 맴돈다. 리브는 레나가 정리해놓은 노트를 보며 요리를 연구한다. 지금껏 레나가 한 요리에 어떤 재료가 덜 들어갔는지부터 시작해 간을 맞추는 법과 불을 조절하는 방법을 가르쳐준다. 옆에서 지켜보던 민수가 해든에게 말한다.

"맛이 이상한 이유가 있었잖아……. 왜 레나한테 아무도 안 가르쳐준 거야?"

레나가 만든 음식 맛이 떠오르는지 얼굴을 찌푸리며 묻는 민수에게 해든이 조용히 말한다.

"레나는 한 번 뭐에 꽂히면 우리 말은 안 들어……."

그러고는 살짝 아라와 니나가 있는 방향을 보고는 다시 민수 귀에 속삭인다.

"쟤네 보고 요리하라 그래도 맛이 비슷해. 네가 요리할 거 아니면 그냥 가만히 있어야 해."

"내가 해도 더 잘하는데 지금 못하는 상황이잖아."

"그렇지. 그러니까 그냥 먹어야지. 요리사가 해주는 대로. 맛이 있든 없든 간에."

민수는 아라와 니나를 쳐다본다.

"근데 쟤네는 맛있게 먹던데?"

해든이 바로 대답한다.

"맛있게 먹어준 거지. 레나가 해준 거니까."

민수가 이해 못 한다는 듯 고개를 흔든다.

"거참. 레나가 무슨 애물단지야?"

"뭐…… 그런 셈이지."

해든이 어깨를 한 번 들썩이며 대답한다. 두 사람은 훈련실로 들어간다. 리브와 레나는 팬트리에 들어가 함께 재료를 살펴보며 식단을 짠다.

리브는 레나에게 요리를 가르치면서 동시에 선우희도 돌보고 있다. 레나는 달라진 리브의 모습에 즐거워하며 옆에서 보조를 잘 맞춰준다. 그리고 배운 요리를 완성해 아이들에게 차려준다. 민수는 레나가 만든 음식을 먹고 놀란다.

"뭐야…… 이거?"

다시 한번 음식을 먹어본 민수가 믿기지 않는다는 표정으로 레나를 쳐다본다.

"엄청 맛있네!"

레나는 아무 말 없이 민수의 어깨를 한 대 탁 친다. 민수가 그런 레나를 보고 리브를 본다. 그리고 다시 음식을 허겁지겁 먹는다. 그리고 다시 리브를 쳐다본다. 이전에 서 집사가 멘사보드를 현란하게 탔을 때 보였던 눈빛이다. 리브는 부담스러운지 다른 곳을 본다.

"너 또 오버하면서 '사부님으로 모시겠습니다' 이딴 말 하려고 하지?"

해든이 옆에서 음식을 덜어주며 말한다. 민수는 해든을 한 번 보고는 다시 음식을 허겁지겁 먹는다.

"선우필이 전에 리브가 해준 음식이 천국의 음식이라고 했는데 정말이네. 난 그때 걔가 그냥 사랑에 눈이 멀어서 그렇게 말했구나 라고만 생각했는데……."

민수는 음식이 너무 맛있는 듯 접시에 코를 박은 채 계속 입에 넣는다. 아이들은 민수를 보고는 리브를 쳐다본다. 리브는 아무 반응 없이 민수가 먹는 모습을 보다 옆에서 아기 침대에 누워 자고 있는 선우희를 본다.

*

리브에 의해 벙커는 활력을 얻는다. 아이들의 생활에 균형이 잡힌다. 리브는 아이들과 선우희를 위한 식단관리, 건강관리를 체크하며 인체에 필요한 영양소가 골고루 든 음식을 만든다. 의대를 준비하며 틈틈이 적어둔 노트가 하이퍼 컴퓨터에 저장되어 있다는 걸 안 리브는 아라에게서 노트를 포함해 의학과 영양 관련 책들을 건네받는다. 아라가 말한다.

"그러게 진작에 내 말대로 할 것이지."

리브는 멋쩍게 웃으며 말한다.

"사람이 이러면서 배우는 거 아니겠어? 호호호."

익살스러운 웃음에 아라는 코웃음을 치며 하이퍼 컴퓨터의 기능을 설명해준다. 레나 역시 리브 옆에서 귀를 쫑긋 세우고 설명을 듣다가 입을 삐쭉 내밀며 고개를 좌우로 흔든다.

"너무 어려워……."

아라는 레나에게 다시 설명해주며 말한다.

"계속 작업을 하다 보면 레나도 금방 알게 될 거야. 앞으로는 언니가 하는 연구에 동참하도록 해."

레나는 좋은지 웃으며 다시 모니터를 쳐다본다. 시간이 흐르면서 리브와 레나는 아라의 연구를 돕는다. 더구나 레나는 리브를 따라다니며 아기 보는 일이나 요리 일도 돕는다. 그래서 제일 바쁜 사람은 레나이다. 그녀의 음식이 날이 갈수록 더 맛있어진다. 이제는 리브의 요리 실력을 많이 따라잡았다. 아라와 리브의 일을 번갈아 돕다 보니 여러 가지 지식과 일을 배우게 된다. 리브를 중심으로 아이들도 선우희를 돌보는 데 능숙해진다.

리브가 그동안 혼자 읽던 책은 아기나 육아에 관련된 책들이었다. 그 외에 의학에 관련된 책, 건강관리, 요리책까지 최 박사가 남겨놓은 수많은 책을 읽으며 리브는 지식을 더해갔다.

선우희는 점점 자라고 훈련을 하는 아이들의 실력도 향상되었다. 레나, 리브, 아라는 서툴지만 열심히 멘사보드 타는 법을 연습한다. 뉴컨밴드의 불빛은 잘 들어오는 아라와 리브지만 체력은 남자아이들이나 니나보다 약해서 멘사보드를 타는 데 더 많은 시간이 걸린다. 그래도 이내 천천히 타는 정도가 된다. 레나의 실력이 가장 더디게 늘지만 모두가 모여 레나를 집중적으로 가르치자 제법 멘사보드를 탈 만한 실력이 된다. 시간이 더 흐르고 매년 선우희의 생일잔치를 여는 아이들은 베란다에서 소풍을 즐기며 마치 바깥세상의 일을 잊은 듯 즐겁게 지낸다.

이제 세 살이 된 선우희가 어른이 봐도 어려운 책들을 습득해나간다. 거실 한가운데 앉아서 책을 읽는 꼬마 선우희의 모습이 웃긴 듯 해든, 오웬, 민수가 그 옆으로 간다. 해든이 조그마한 손으로 책을 넘기는 선우희를 보며 장난스레 묻는다.

"우리 선우희는 뭐 읽고 있었나?"

민수도 옆에 앉아 책의 표지를 보며 확인한다.

"너는 이 책이 뭔지는 알고 읽는 거야?"

민수가 계속해서 묻는다.

"뭘 읽는 건데?"

"몰라? 이건 무슨 책이야?"

세 남자아이가 책에 가득 쓰인 글씨를 읽어본다. 선우희가 읽던 부분을 손으로 가리키며 묻는다.

"삼촌들은 이거 어쩌께 푸는지 알아?"

선우희가 더듬거리며 해든에게 묻는다.

"응?"

해든은 당황한 듯 자세히 들여다본다.

"수학책인데?"

민수가 조용히 말한다. 해든이 책을 들어 표지를 본다. 영문으로 'Calculus II Integral Calculus'라는 글자가 적혀 있다.

"미적분인가……?"

해든이 혼자 심각하게 말하며 민수와 오웬을 본다. 이런 일이 전에도 있었다는 듯 민수와 오웬은 멀찌감치 떨어져 있다. 해든이 그런 두 사람을 원망스러운 듯 쳐다본다. 선우희는 해든을 재촉하고 해든은 선우희를 보며 멋쩍게 웃는다.

"음…… 이건 말이야. 삼촌이 알긴 아는데 아무래도 아라 이모한테 묻는 게 나을 거야. 삼촌보다는 이모가 더 설명을 잘해주니까."

해든이 컴퓨터 앞에 앉아 뭔가를 열심히 보는 아라를 부른다. 아라는 정신없이 키보드를 두드리느라 듣지 못한다. 해든이 다급한 듯 선우희가 눈치채지 못하게 아라를 계속 부른다. 선우희는 해든의 행동이 신경 쓰이지 않는 듯 다시 책을 들여다본다.

"아…… 알게따."

선우희가 해든을 붙잡고 말한다.

"삼촌…… 이것 봐. 이러면 풀려. 맞찌?"

해든이 당황한다.

"어? 아? 맞아……. 아 맞았네……. 하하하, 삼촌도 답은 아는데 설명을 못 해서. 이모나 네 엄마한테 물어보면 설명을 잘해줄 거야. 아주 잘 맞추었어……. 내 조카. 하 하 하."

해든이 어색하게 선우희의 머리를 쓰다듬는다.

"수학 문제 푸는 거야? 삼촌이 잘 안 가르쳐줘?"

설거지를 마무리하고 과일을 깎던 리브가 다 깎은 과일을 접시에 담고는 미소 지으며 다가온다. 선우희는 리브에게 자신의 책을 보여준다.

"삼촌들은 잘 몰라. 그냥 내가 풀어쪄."

선우희는 다른 문제를 풀기 시작한다. 해든은 식은땀을 흘린다.

"아니야, 무슨 말이야. 삼촌은 안다니까. 설명을 이모나 엄마만큼 못 한다는 거지…….”

선우희는 대꾸를 하지 않는다. 그러고는 리브에게 다른 문제를 손가락으로 가리킨다.

“엄마. 이건?”

조그마한 손가락으로 책에 있는 문제를 가리키는 선우희를 보며 리브는 귀엽다는 듯 볼에 뽀뽀를 해준다. 해든이 그 모습을 보며 어색하게 말한다.

“하하……. 그래…… 엄마한테 물어봐야지. 엄마가 잘 가르쳐주지……. 하하하.”

리브는 선우희 옆에 앉아 책을 들여다보고 해든도 끼고 싶은 듯 살짝 무릎을 구부리며 들여다본다. 그가 계속 쭈뼛거리며 알짱거리자 리브는 과일 몇 조각을 집는다. 한 조각은 선우희의 입에 넣어주고 다른 조각은 손에 든다. 그리고 과일 접시를 해든에게 건넨다.

“가서 이거 먹고 있어.”

리브가 다시 선우희와 책을 들여다보며 같이 문제를 푼다. 해든은 멋쩍게 웃으며 접시를 받고는 재빨리 민수와 오웬이 있는 곳으로 간다. 그리고 과일을 한 조각 입에 넣고 접시를 오웬에게 건네며 리브와 선우희를 멀찍이서 지켜본다.

“저게 대학 수학과에서 배우는 과목 아냐? 미적분 중에서도 난이도가 높은 거 같은데. 우리가 모르는 게 당연하지.”

접시에서 과일 한 조각을 집으며 민수가 한마디한다.

“당연히 모르지. 어떻게 알아? 학교에 안 갔는데?”

해든이 고개를 끄덕이면서 말한다.

"너무 모른다는 거지."

어느새 나온 니나가 과일을 집어 먹으며 말한다.

"그럼 넌 저 미적분 수학 알아? 너도 모를 거 아냐? 우리처럼 중졸이니까. 캬캬캬."

해든이 니나를 놀리며 웃는다. 니나는 선우희를 보면서 과일 몇 조각을 더 먹더니 코웃음을 치며 다시 훈련실로 들어간다. 민수가 니나가 들어간 훈련실을 보며 말한다.

"니나는 어때? 감각이 뛰어나니까 공부도 잘하지 않았어? 머리가 아주 좋을 것 같은데?"

"우리도 머리는 좋아!"

민수의 말에 해든이 과일을 우악스럽게 먹으며 말한다. 그리고 선우희를 쳐다본다.

"솔직히 세 살이 볼 책은 아니지. 얘는 자기 나이에 맞는 책이 있어. 동화책이나 그림 잔뜩 들어간 책. 그런데 희는 그림책이 아닌 도형이나 그래프, 숫자 공식이 잔뜩 들어간 책만 보잖아."

"게다가 저런 수학을 머리로만 풀고 있어."

오웬도 과일을 씹으며 말한다.

"뭐?"

민수가 선우희와 리브를 쳐다본다. 분명 저 책은 미적분에 관련된 책이다. 그걸 머리로 푼다는 건 불가능하다. 적어도 지금까지는 그렇게 생각해왔다.

"아라도 그렇지만 리브나 선우희도 체력을 키우면 어빌리스가 급격히 높아질 거야."

해든이 말한다.

"선우희가 우리 나이쯤 되면 체력적으로 더 우세해지니까 훨씬 높은 어빌리스를 가질 거야."

민수가 덧붙인다.

"조만간 체력훈련을 시켜야겠어."

해든이 결심한 듯 말한다.

"리브 누나가 허락할지는 모르지만…… 비전 트레이닝부터 퀀텀까지 다 시키면 니나 누나보다 강해질 거야. 잠재력이 어마어마한 거 아냐, 우리 선우희?"

오웬의 말에 민수가 밝은 표정으로 손바닥을 치며 대답한다.

"그거야! 선우희가 완전히 강해져서 저 괴생물체들을 다 없애버리고 인류를 구원하는 거지! 그게 박사님의 계획이었던 거야!"

민수가 해답을 찾은 듯 말하지만, 해든과 오웬은 확실치 않은 듯한 표정이다.

"그렇게 되는 건가……?"

오웬이 선우희를 보며 자신 없는 목소리로 말한다.

민수의 강한 믿음이 점점 더 굳으면서 시간이 흐른다. 해든은 리브 몰래 선우희에게 멘사보드를 태워준다. 무서워하며 혼자 처음 타본 선우희가 이내 멘사보드를 띄운다. 빠른 발전이다. 하지만 결국 넘어진다. 리브와 니나에게 들켜 혼나지만 이후로도 줄곧 시간 날 때마다 멘사보드 연습을 시킨다.

리브는 시간표를 잘 짜서 규칙적인 생활을 시킨다. 그 생활 속에서 선우희는 자란다.

13장 2절

가족 구성원

모두가 거실에 모여 밥을 먹고 있다. 다섯 살이 된 선우희는 여전히 책을 손에서 놓지 않고 있다.

"엄마?"

선우희가 책에서 눈을 떼지 않은 채 리브를 부르자 리브는 숟가락에 음식을 담아 선우희의 입에 넣어주며 대답한다.

"응?"

음식을 받아먹고 오물거리며 책을 보던 선우희가 입 안의 음식 때문에 말을 못 하자 급한 듯 빠르게 오물거린다.

"천천히 다 먹은 다음에 물어봐도 돼."

리브는 귀여운 듯 미소 지으며 입 주변을 닦아준다. 옆에서 레나도 밥을 먹으며 장난스레 말을 건다.

"그래. 넌 아기인데 너무 급해. 천천히 좀 해라. 요즘에는 책 보느라 이모하고 자주 안 놀아주고."

레나의 말에 선우희는 입을 오물거리며 대답한다.

"응. 빨리 배우고 싶어쩌 그래. 이모가 이해해."

선우희의 말에 레나는 당황한 듯 웃는다.

"또 어른아기 짓한다."

레나는 빤히 쳐다보며 다음 얘기를 기다리지만 선우희는 말없이 빠르게 오물거리다 다시 책을 본다. 레나는 그런 선우희의 머리를 쓰다듬으며 허탈감에 피식 웃는다.

"그래, 우리 귀염둥이 씨. 이번에는 뭐가 궁금하지?"

리브가 선우희의 입을 닦아주며 묻는다. 선우희는 음식을 거의 다 넘기며 말한다.

"아빠는 어디써?"

그러고는 음식을 마저 삼킨다. 그리고 새끼 새처럼 리브를 쳐다보며 밥을 달라는 시늉으로 입을 벌린다. 리브가 음식을 집어 들다 멈칫한다. 다른 아이들도 당황한 듯 서로 눈치를 보고는 일제히 리브를 쳐다본다. 서 집사가 숟가락을 놓더니 생각에 잠긴 듯 앉아 있다가 자리를 뜬다.

리브는 다시 음식을 숟가락에 담아 입에 넣어주며 말한다.

"우리 선우희는 그게 지금 왜 궁금하지?"

선우희는 읽던 책을 보여주며 음식을 받아먹는다.

"여기 나와 이쩌서. 가족이라는 구성원 중에 아버지나 아빠라는 구성원이 있대. 나도 아빠가 있을 거 아냐?"

아이들은 당황한다. 리브 역시 당황한 기색이지만 이내 미소를 지어 보이며 대답한다.

"그래. 맞아. 가족이라는 구성원 중에 아빠라는 존재가 있어. 그래서 선우희가 이 세상에 태어날 수 있었던 거야. 지금은 아빠가 어디 있는지 잘 모르지만 어딘가에서 우리 선우희를 꼭 기다리고 계실 거야. 그러니까 나중에 엄마하고 함께 찾아보자. 알았지?"

선우희는 알았다는 듯 고개를 끄덕이더니 대답한다.

"응. 나중에 엄마하고 찾으면 돼. 기다리고 있는지는 모르게쩌. 근데 아빠를 본 적이 있어. 저번에 나와서 쳐다봤어. 안아달라고 했는데 안아주지 않고 그냥 쳐다만 봐쩌. 그래서 나중에 만나면 안아달라고 할 거야."

리브가 놀란 듯 묻는다.

"아빠를 봤다고?"

선우희는 우물거리던 음식을 꿀꺽 소리 내 삼키며 리브를 쳐다본다.

"응. 아빠 봐쩌. 어떨 때는 삼촌들, 이모들하고도 같이 있었고. 어떨 때는 다 같이 소풍도 갔어쪄."

두 팔을 높이 들며 소풍에서 있었던 일을 표현하는 동작을 하는 선우희를 보며 리브는 말없이 음식을 입에 넣어준다. 레나는 옆에서 신기해하며 묻는다.

"와! 너 그럼 꿈에서 아빠하고 우리랑 다 같이 소풍 간 걸 본 거네?"

"아니. 소풍은 엄마하고 아빠하고 선우희만."

"삼촌들하고 이모들도 봤다면서?"

"소풍은 엄마하고 아빠하고 선우희만."

"뭐야 그게."

레나는 삐친 듯 입술을 삐쭉 내밀더니 말한다.

"얘는 너무 제 생각만 해."

그러고는 선우희의 겨드랑이를 간지럽히며 장난친다.

"나도 같이 좀 끼워주지. 으이구."

선우희는 좋다고 꺄르르 웃는다.

"미안해 이모. 근데 어쩔 쭈 없잖아."

레나는 무슨 말인지 모르겠다는 표정으로 쳐다본다. 그리고 리브를 본다. 리브는 생각에 잠긴 듯하다. 레나는 다시 선우희를 보며 말한다.

"농담이야 농담. 너 애가 왜 이리 진지하고 인색한지 모르겠어. 넌 아기야 아기. 명심해라 좀."

선우희는 헤헤거리며 다시 책을 들여다본다. 다른 아이들의 표정이 레나가 원하는 유머러스한 분위기에 맞지 않는다. 민수가 아이들의 표정을 살피며 선우희에게 묻는다.

"네 아빠가 어떻게 생겼는데?"

선우희는 민수의 말에 잠시 생각하다 입을 연다.

"머리가 엄마처럼 빨개쪄."

그러고는 책을 보며 음식을 오물거린다. 민수가 리브의 붉은 머리카락을 쳐다본다. 그러고는 다른 아이들을 보며 말한다.

"리브를 엄마 겸 아빠로 생각했나 보네. 빨간 머리가 강렬하긴 하지. 리브 머리카락이 전보다 더 빨개지긴 했으니까 더 눈에 띄었겠지."

민수의 말에 레나는 웃지만 다른 아이들은 아무 반응 없이 선우희를 쳐다본다. 그런 아이들이 수상하다는 듯 민수가 해든에게 묻는다.

"왜 그래?"

해든은 아무 일 아니라는 듯 고개를 절레절레 흔들며 음식을 먹는다.

"또 왜 그러냐 너네는?"

이런 일이 종종 있어서 민수는 대수롭지 않게 여기고 다시 밥을 먹는다. 선우희는 그런 민수를 쳐다보다 어깨를 살짝 두드린다. 민수는 선우희에게 입 안에 있는 음식을 보여준다. 선우희는 재밌다고 웃더니 리브에게 민수처럼 입을 벌려 보인다. 리브는 밥을 입에 넣어준다.

"아빠 찾아서 엄마한테 선물로 줄 거니까 너무 걱정하지 마."

선우희는 대수롭지 않게 말하고는 다시 책을 읽는다. 리브는 선웃음을 지으며 음식을 다시 숟가락에 푼다.

니나와 아라는 리브를 보다가 말없이 서로를 쳐다본다. 해든과 오웬 역시 리브를 쳐다보다 다시 밥을 먹는다. 민수와 레나를 제외하고 식탁의 모두가 굳은 표정으로 밥을 먹고 있다. 민수는 자기들끼리 쳐다보며 무언의 말을 하는 듯한 해든, 오웬, 리브, 아라, 니나를 보면서 표현하기 힘든 께름칙함을 느낀다.

13장 3절
존재 여부

식사 시간이 끝나고 설거지를 하는 아라와 니나는 둘이서 조용히 속닥거린다. 민수는 머리가 복잡한 표정으로 그런 두 사람을 쳐다본다. 그러다 옆에서 레나의 무릎을 베고 잠들어 있는 선우희를 쳐다본다. 다른 아이들도 거실 바닥에 앉아 선우희를 보고 있다. 리브가 간식을 만들어 갖고 온다. 아이들은 간식을 먹으면서 잡담을 한다.

해가 떠 있던 정원은 해든이 시계를 맞추면서 저녁으로 변한다. 태양이 석양으로 변하고 노을이 지면서 커다란 달이 뜨기 시작한다. 초승달을 시작으로 그믐달로 변한 후 보름달이 되면서 달의 모양이 찬찬히 바뀐다. 해든이 전등 스위치를 켜자 거실에는 강한 보름달의 빛과 맞물리며 전기 불빛이 들어온다. 해든은 거실 바닥에 앉아 선우희가 깨지 않게 조용히 말한다.

"이제 시간이 얼마 안 남았어. 언제부터인지 인간의 어빌리스도 감지되기 시작했고……."

해든의 말에 아이들은 간식을 먹으며 고개를 끄덕인다.

"그런데…… 선우필 형은 살아 있는 걸까? 그 전에 어빌리스가 어땠는지 몰라서 찾기가 어렵네……."

오웬의 말에 민수는 확신에 찬 표정으로 말한다.

"선우필은 선우민 사부님의 아들이다. 강한 아이지. 분명 살아 있을 것이다."

민수를 보며 해든이 혀를 찬다.

"또 시작이다. 저 중2병 말투."

레나는 또 티격태격하려는 민수와 해든을 보고 그들 뒤로 찬란히 내리는 달빛을 본다. 그리고 평화로이 자신의 허벅지를 베개 삼아 자고 있는 선우희의 머리를 손으로 빗어주면서 씁쓸한 표정을 짓는다.

"바깥세상에 핵폭탄이 터졌다면 사람들이 다 죽지 않았을까?"

"인류가 멸망한 건 아니야."

설거지를 마친 아라가 식탁을 닦으며 레나에게 싱긋 웃으며 대답한다. 레나는 안심이 된다는 표정을 지으며 웃음으로 답한다.

"그리고 위성이 잡히기 시작했어. 너희가 인간의 어빌리스가 느껴진다고 한 시점인 거 같아. 박사님의 위성이 다시 나타난 거야. 분명 사람들이 무언가를 하는 게 분명해."

아라가 다시 확신하듯 말한다. 레나는 기대에 찬 얼굴로 묻는다.

"그럼 할아버지가 살아 계실 수도 있는 건가?"

아라는 씁쓸한 미소를 짓는다.

"그건 모르겠지만…… 박사님이 살아 계셔서 위성이 다시 작동하는 것 같지는 않아."

"박사님의 어빌리스가 사라졌다잖아……."

해든이 힘없이 말한다. 레나는 슬픈 표정으로 움스크린을 본다. 그리고 아라에게 묻는다.

"그럼 지금 바깥세상이 그때 그 괴물들로 가득 차 있을 수도 있는 거잖아?"

"괴생물체들의 어빌리스는 확실히 느껴져. 인간의 어빌리스와는 확연히 달라."

니나도 부엌을 정리하며 말한다. 레나는 다시 희망에 찬 얼굴로 물어본다.

"그럼 사람들이 확실히 살아 있다는 거네? 할아버지 계획대로 무언가를 하고 있을 수도 있겠네?"

니나는 미소만 지을 뿐 대답이 없다. 물을 따라 마시며 레나에게도 마시겠냐고 물을 뿐이다. 레나는 고개를 흔들며 시무룩한 표정으로 말한다.

"조만간 우리 선우희 생일이잖아. 이제 곧 나가야 하는 거잖아……."

레나는 선우희의 머리칼을 한 번 더 쓸어본다. 오웬이 그런 레나를 보며 말한다.

"지금 바깥에서는 무슨 일이 벌어지고 있는 걸까? 박사님도 안 계시고 선우필 형도 없는 이 시점에 박사님의 계획이라는 것은 어떻게 되는 걸까?"

"박사님은 모르지만, 선우필은 살아 있다."

민수가 자신감에 가득 찬 얼굴로 대답한다. 리브를 제외한 아이들 모두 민수를 쳐다본다. 민수는 그런 아이들을 도리어 관찰하듯 뚫어지게 본다. 리브는 안 듣는 척하지만 민수의 말에 귀를 기울이는 듯하다. 갑자기 선우희의 몸이 꿈틀거린다. 꿈에서 무슨 일이 일어난 듯하다. 그 모습이 귀여운지 레나가 웃는다. 하지만 평상시와 다르게 리브의 표정이 심각하다.

"언니 왜 그래?"

레나의 질문에 잠시 어디 갔다 온 사람처럼 리브가 쳐다본다. 그리고 다시 잠자는 선우희를 보더니 고개를 절레절레 흔든다.

"아니, 그냥. 무슨 꿈을 꾸는가 싶어서."

레나는 선우희의 머리를 부드럽게 쓰다듬는다.

"재밌는 꿈을 꾸고 있는 것 같아."

리브는 다시 생각에 잠긴 듯 눈은 선우희를 향한 채 숨을 옅게 내쉰다.

"넌 그걸 어떻게 확신해? 난 선우필의 어빌리스를 못 느끼는데."

니나가 부엌에 걸터앉아 물을 마시다가 민수에게 묻는다.

"저거 또 중2병 도진 거 아냐? 야, 니나가 감지 못하는 걸 네가 감지한다는 게 말이 되냐?"

해든이 비꼬듯 말한다. 하지만 민수는 이전과 다르게 확신에 차 있다.

"나는 감지 못한다. 니나가 우리 중 어빌리스를 가장 잘 감지하겠지만 그래도 저 바깥세상의 사람들을 다 감지하지는 못한다. 그러니 나로서는 더 감지하기가 어렵겠지."

해든은 민수의 당당함에 당황한다.

"그런데 뭘 그렇게 확신에 차서 말하는 거냐?"

민수가 심호흡하더니 해든을 진지하게 쳐다본다. 벙커에 들어와

서 한 번도 보지 못한 민수의 표정에 흠칫한다. 민수는 다른 아이들도 쳐다본다.

"선우필은 살아 있다. 반드시 살아 있어. 나는 그냥 느낌으로 알지만 너희는 선우필의 존재 여부에 대해 더 잘 알 거라고 생각하는데. 지금 나는 어빌리스를 감지한다고 말하는 게 아니야."

민수의 말에 순간 거실이 조용해진다. 민수는 마치 오늘은 반드시 원하는 답을 받아내겠다는 표정이다. 결심을 한 듯 니나, 아라, 해든, 오웬을 차례대로 본다. 해든이 모르는 척 묻는다.

"무슨 말을 하고 싶은 거야?"

민수가 해든의 질문에 추궁하듯 묻는다.

"너희는 분명히 내가 모르는 뭔가를 알고 있어. 서 사부님조차 모르는 것을. 그렇지?"

레나가 다른 아이들을 보더니 민수에게 묻는다.

"응? 뭘? 뭘 더 알고 있다는 거야?"

해든은 뭔가 켕기지만 숨기려는 듯 레나를 쳐다보며 민수에게 말한다.

"그래, 우리가 뭘 더 알고 있다는 거야?"

"그건 나도 모르지. 너희가 뭔가를 알고 있는데 나한테는 말하지 않고 있다는 걸 느꼈다는 거야. 선우희가 아까 얘기한 아빠의 모습은 꿈에서 나온 걸 거야. 단순하게 생각했었는데 너희는 그 말을 단순하게만 생각하지 않았어. 분명 선우희가 그냥 단순히 아빠를 보고 싶어서 그런 말을 한 게 아니었어. 안 그래?"

민수가 니나와 아라를 보며 말을 이어간다.

"그래서 너희 둘도 아까 선우희의 꿈에 대해 이야기를 나눈 거 아니야?"

니나는 아무 대꾸 없이 다른 곳을 쳐다본다. 민수는 아라도 뚫어지게 쳐다본다. 하지만 아라는 다른 생각에 잠긴 듯하다. 민수는 답답한 듯 "에잇!" 하며 마룻바닥을 친다.

"맨날 나한테만 얘기 안 해주고……."

해든이 삐친 듯 돌아서는 민수를 본다.

"선우필 형은 어떤 사람이었어?"

오웬이 화젯거리를 돌리려는 듯 민수에게 질문한다. 그때 선우희를 보며 안 듣는 척하던 리브가 민수를 향한다. 민수는 오웬의 질문에 자기도 말해주지 말까 하다 너무 유치한 것 같다는 생각에 피식 웃는다. 민수가 쓸데없이 비장한 표정을 지으며 말한다.

"선우필은 선우민 사부님의 아들이다."

해든이 짜증난다는 듯 탄식을 내뱉는다.

"아이씨! 그건 우리도 알아! 그런 거 말고……. 진짜 쓸데없이 비장한 척 좀 하지 마, 인마."

해든의 말에 민수는 비장한 표정을 풀며 말한다.

"보통 선우민 사부님의 아들이다 하면 선우필이 어떤지 그림이 그려지지 않나?"

"무슨 그림? 아빠 잘 만난 아들, 그런 그림?"

해든의 말에 민수는 잠시 생각해본다.

"선우필은……."

민수가 말을 이어가자 리브는 레나 옆으로 와서 앉으며 괜스레 선우희의 머리칼을 한 번 만져준다.

"무릎 안 아파? 언니가 바꿔줄까?"

리브가 레나에게 묻자 레나는 미소 지으며 고개를 절레절레 흔든다.

"응. 괜찮아. 얘 좀 봐. 너무 귀엽지 않아? 자는 모습이?"

선우희는 아까와 달리 새근거리며 자고 있다. 마치 강아지가 옆으로 누워 자듯, 두 손을 모아 입 앞으로 가져와 꿈틀거린다. 깊은 잠이 들어 꿈에 깊이 들어간 듯 눈꺼풀이 빠르게 움직인다. 리브는 선우희를 보다 이번에는 레나의 머리칼을 한 번 쓰다듬고는 짧게 한마디한다.

"착해."

레나는 그런 리브의 손길이 좋은 듯 환하게 웃는다. 니나가 부엌에서 리브를 본다. 민수 역시 리브를 본다.

"선우필은 조용한 겁쟁이인데 쓸데없는 오기가 센 편이고……."

해든이 민수의 말에 바로 되묻는다.

"오기가 있다면 안 지려고 전투 능력도 향상하려고 노력하고 그러는 거지?"

"아니. 싸움은 진짜 못하는 거 같아. 힘도 그다지 세지 않고."

해든이 민수의 말에 무릎을 탁 친다.

"젠장, 그런 놈이 무슨 인류를 구한다는 거야!"

오웬이 고개를 끄덕인다.

"선우희는 지금 너무 어려서 이대로 모두 나가서 싸운다면 다 개죽음당할 텐데……."

리브가 오웬의 말에 발끈한다.

"선우희가 저런 괴물들하고 어떻게 싸워!"

오웬이 리브를 쳐다보며 손을 휘젓는다.

"아니야 누나……. 그런 뜻이 아니라 난 그냥…… 선우희가 인류의 마지막 희망이니까……."

그때 훈련실에서 땀에 잔뜩 절은 서 집사가 나온다. 해든이 서 집사를 보며 묻는다.

"집사님. 도대체 박사님은 왜 선우필을 선택한 거예요? 그놈이 뭘 어떻게 할 수 있다는 건가요?"

땀을 닦던 서 집사는 무슨 말인지 싶어 민수를 쳐다본다.

"그렇지만 선우필은 알 수 없는 잠재력을 가진 친구다."

니나는 민수의 '잠재력'이라는 말에 흠칫 놀란다. 민수는 사뭇 진지한 표정으로 말을 이어간다.

"예전에 내가 양아치를 상대로 1 대 100으로 싸운 적이 있다."

니나는 한숨을 쉬며 고개를 절레절레 흔든다.

"지랄하고 자빠졌네! 저 새끼는 잘나가다 왜 저래 진짜……."

해든이 소리를 지르자 민수는 재빠르게 말을 바꾼다.

"아, 1 대 10이었다. 아무튼 난 혼자였고 꽤 많은 무리가 나에게 덤볐다. 나는 오늘 여기서 죽겠구나 싶은 마음으로 전투에 임하려는데 선우필이 나타나서……."

민수의 말에 오웬이 흥분하며 끼어든다.

"같이 싸운 거야?"

거실에 긴장감이 흐른다. 민수의 표정은 그날을 상기하듯 비장한 표정이다.

"도리어 그들에게 엄청나게 얻어맞았지. 몇 대 맞고 끝날 일이었는데 걔 때문에 왕창 깨졌다."

"뭐야 이 새끼…… 진짜 빡치게 만드네."

해든이 맥이 빠진 듯 인상을 찌푸린다. 하지만 오웬은 잠시 생각한다.

"선우필 형이 살아 있다 해도 인류가 망할 거라는 이야기를 지금 돌려 말하는 거야?"

민수가 오웬을 비장한 표정으로 쳐다본다.

"내 말의 포인트는…… 선우필은 그만큼 의리가 있고 무엇보다 오기가 강한 친구라는 거다. 겁이 많은 놈이 그 많던 무리와 싸우던 나를 도와준다고 나선 거잖아. 게다가 그때는 선우필이 날 좋아하지도 않았어. 싫어했다고 말하는 게 더 맞을지도 모르지. 그때 내가 학급회장에 뽑혔을 때……."

"학급회장이었다고 네가?"

해든이 놀라 소리친다. 다른 아이들 역시 놀라는 눈치다.

"몰랐냐? 나 계속 반장도 하고……."

"뻥이지? 형이 공부를 잘했다고? 이런 거는 뻥치면 안 돼."

오웬의 말에 민수가 발끈한다.

"이걸 왜 뻥치냐! 찾아보면 다 나오는데! 공부도 잘했고 인기도 엄청 많았다고! 너넨 왜 내가 친구들을 위해 그렇게 나선다고 생각해?"

"그거야 네가 그냥 나대는 애니까……."

"뭐야!"

민수와 해든이 다시 다투려는 듯 서로를 쳐다보지만 민수가 호흡을 하며 먼저 흥분을 가라앉힌다.

"어쨌든 결과적으로 우리 둘 다 뒈지게 맞았지만, 그 후로 내가 선우민 사부님의 제자로 들어가면서 우리는 친해졌지. 선우필을 괴롭히려는 내 친구들로부터 늘 선우필을 지켜주려고 했지만, 내가 안 볼 때만 얻어맞아서 제대로 도와주지는 못했지."

민수가 중얼거리며 자신의 종아리를 주무른다. 해든은 오웬과 니나를 쳐다본다.

"혹시 네가 다니는 학교 애들이 선우필의 편지와 도시락도 망쳐 놓고 그랬냐?"

민수가 놀란다.

"네가 그걸 어떻게 알아? 선우필이 말했냐?"

민수의 말에 해든이 오웬을 쳐다본다. 오웬은 니나와 아라를 쳐다보며 외친다.

"그것 봐! 선우필 형이 맞다니까."

"귀신을 봤나……?"

해든이 혼자 곰곰이 생각하며 중얼거린다. 민수는 그런 해든을 쳐다본다.

"정말이야? 그럼 선우필을 꿈에서 본 거야?"

"몰라. 헷갈리네, 더."

민수가 집요하게 묻지만, 해든은 머리가 복잡한 듯 고개를 들고 한숨을 내쉰다.

"이제 곧 선우희가 다섯 살이 될 텐데, 우리가 바깥세상으로 나간다면 저 괴물들을 상대해야 하는 거잖아. 그런데 선우필이 살아 있는 게 아니라면, 설령 살아 있더라도 허약하기 짝이 없다면 우리가 무슨 수로 저들을 상대할 수 있냔 말이야. 열쇠는 우리만 쥐고 있는 게 아니라 선우필도 쥐고 있어. 아니, 선우필이 가장 중요한 열쇠를 쥐고 있는 거야. 의리로 해결할 수 있는 그런 세상이 아닐

거란 말이야. 싸움도 못 하는데 겁까지 많고, 그나마 의리가 있다면 이미 개죽음을 당했을지 몰라. 오기와 의리만 가지고는 이길 수 있는 전투가 아닐 거야."

오웬이 고개를 끄덕이며 말을 보탠다.

"무엇보다 살아 있는지도 모르잖아. 죽었을 확률이 더 높다고 봐야겠지……."

가만히 듣던 서 집사가 민수에게 묻는다.

"민수, 네 말은 만일 선우필이 살아만 있다면 우리 모두가 선우필을 지켜줘야 한다는 것이냐?"

서 집사의 질문에 모두가 민수를 본다.

"선우희를 지켜주는 거라면 몰라도 다 큰 놈을 왜 지켜줘야 하나요?"

해든이 고개를 절레절레 흔들며 말한다. 민수가 갸우뚱하며 말한다.

"제가 그런 뜻으로 말한 건가요? 글쎄요. 잘 모르겠어요. 지금 선우필이 어떻게 변해 있을지 모르니까요. 제 생각에 우리 모두가 최 박사님의 계획을 다른 관점으로도 보면 좋겠다는 거예요. 인류를 구원하는 길이 반드시 강한 사람들에 의해 가능한 건 아니니까요."

서 집사가 고개를 끄덕인다.

"그래. 꼭 강한 사람들만 있어야 하는 건 아니지."

해든이 묻는다.

"원래 계획은 집사님이 선우필을 훈련시켜 잠재된 어빌리스를 깨우는 거였죠?"

"그래. 박사님의 죽음은 너희뿐만 아니라 나에게도 많은 혼돈을

주었다. 그렇지만 우리는 박사님의 계획보다 훨씬 더 강해졌지. 이제 바깥에서 우리를 기다리는 다른 시간을 맞이할 때다. 나가면 어떠한 해답이라도 나올 것이다."

서 집사가 대답한다.

"그건 우리가 나갔을 때 정말 선우필이 살아 있을 때 나오는 해답이 아닐까요? 만약 선우필이 죽어 존재하지 않는다면 그건 해답이 아니라 멸망 아닌가요?"

"안 죽었다니까!"

해든과 서 집사의 대화에 민수가 발끈하며 끼어든다.

"아이씨 깜짝이야! 너도 확실하지 않잖아! 우리도 확실하지 않아! 그래서 만약이라고 했잖아!"

해든과 민수가 다시 티격태격 다투지만 아무도 말리지 않는다. 그저 걱정스러운 표정이다. 니나가 자신의 시야를 가리며 다투는 해든과 민수를 지나쳐 서 집사를 보며 말한다.

"혹시 선우필이 전투적인 힘이 아닌 다른 것으로도 사용될 수 있는 무언가가 박사님의 계획에 들어 있나요?"

민수가 니나의 말에 묻는다.

"무슨 말이야?"

그때 민수를 밀치고 해든이 나서서 말한다.

"인류를 구하는 능력은 우리처럼 어빌리스가 높아 전투력이 강하거나 두뇌가 좋아 전력을 잘 짠다거나 하는 것만으로는 볼 수 없다는 거지. 예를 들어 선우필이 왕멍청이에다 겁나 허약한 놈인데 엄청 지혜롭다거나 덕이 높다거나 그럴 수도 있잖아? 그래서 사람들을 올바르게 진두지휘하는 그런 사람이 되었거나 그럴 수도 있지. 싸움은 못 하는데 덕이 많아서 인류의 지도자가 되는 거지."

해든이 말하고는 턱을 만지작거린다. 니나가 갸우뚱한다.

"지혜롭고 덕이 많다고? 잠재력이 많다는 건 알겠는데……."

니나의 말에 모두가 공감하듯 고개를 끄덕인다. 오웬이 흥분하며 해든에게 말한다.

"뭐 어때? 난 지금 너무 궁금해 미치겠어. 지금 바깥세상이 어떻게 변했을지……. 어차피 우리도 엄청나게 강해졌으니까 그딴 괴생물체들 우리가 다 해치우면 되잖아! 니나 누나 혼자서도 몇 백 마리는 해치울 텐데. 우리가 함께하면 다 쓸어버리지 않겠어?"

"그래! 맞아! 괴생물체들의 어빌리스를 감지해보니까 별거 아니던데? 까짓것 우리가 다 해치워버리면 되는 거지! 그게 인류 구원 아니겠어?"

해든과 오웬이 서로 쳐다보며 크게 웃는다. 다른 아이들도 피식거리며 웃는다. 서 집사만 어두운 표정이다.

"글쎄다……."

해든이 손가락으로 브이를 만들며 자신 있게 말한다.

"집사님도 이제 인정해주세요. 저희가 아주 강해졌다는 걸!"

서 집사가 미소 지으며 대답한다.

"그래. 너희의 어빌리스는 상상도 못 할 정도로 강해졌지. 그건 인정하마. 박사님 계획의 시작은 너희였으니까! 계획보다 훨씬 강해졌으니 아마 계획의 결말은 같을 거다!"

그 말에 민수가 말한다.

"그렇죠! 선우필의 부재가 문제라면 저희가 해결하면 되죠! 선우필의 존재는 그저 박사님의 계획을 조금 더 수월하게 하는 게 아니겠어요? 그리고 선우희……."

"아. 그렇지. 선우희가 세상에 나왔으니 아마 선우필의 역할은 다했는지도 몰라! 하하하!"

약간 과하게 웃는 해든에게 민수가 인상을 찌푸린다. 그리고 리브를 본다.

"선우희에게는 뭐라고 말해야 하나?"

"무슨 말을 해? 방금 말했잖아! 선우필의 역할은 선우희까지야. 이제는 살아 있든 말든 아무 소용 없는 애라고. 나는 우리 희가 어떻게 될까 봐 걱정일 뿐이야. 무슨 일이 있어도 희는 지켜야 해! 그게 나의 최종 목적이야."

시큰둥하게 말한 리브가 선우희의 머리칼을 쓸어 넘긴다. 마치 생각은 다른 데 가 있는 사람이 반복적인 행동을 하는 것 같다.

"언니, 얘 머리카락 다 엉클어지는데?"

레나가 걱정스럽게 말한다. 리브는 하던 행동을 멈춘다. 엉클어진 머리를 잠시 보더니 다시 머리칼을 펴준다. 선우희는 아무것도 모른 채 깊이 잠들어 있다.

민수가 리브와 다른 아이들의 표정을 주시한다. 그들은 표정으로 서로 소통하는 듯하다. 민수로서는 도저히 알아낼 방법이 없다.

"선우희가 인류에게 어떤 식으로 희망이 되는지…… 선우필이 알았어야 하는 건가?"

민수가 떠보듯 리브에게 묻는다.

"그걸 내가 어떻게 알아!"

리브가 새침하고 퉁명스럽게 대답한다.

14장 1절
밖으로

선우희의 다섯 번째 생일을 준비하는 아이들의 표정이 많이 긴장되어 있다. 선우희 앞에는 여러 음식과 케이크가 놓여 있고 케이크 위에는 불붙은 초 다섯 개가 타오른다. 선우희가 먼저 촛불을 불고 꺼질 듯 안 꺼질 듯 움직이던 촛불은 다른 아이들이 함께 불어주어 완전히 꺼진다. 레나가 선우희에게 묻는다.

"무슨 소원 빌었어?"

선우희는 꺼진 촛불을 보며 씁쓸하게 대답한다.

"엄마, 아빠, 삼촌, 이모들과 함께 살게 해달라고."

아이답지 않은 미소를 짓는 선우희를 보며 레나는 말한다.

"그래, 우리 선우희 소원이니까 모두 함께 행복하게 잘 살 거야."

선우희는 무표정하게 대답한다.

"어차피 소원일 뿐이야, 이모."

레나가 케이크를 잘라 나눠주다가 선우희의 말에 멈춘다.

"응? 우리 선우희 뭐라고 그랬어?"

선우희는 표정 없이 레나를 보며 말한다.

"소원을 비는 건 우리가 어쩌질 못하니까 마음 편해지려고 하는 거야. 반드시 이뤄지는 것도 아니야. 이뤄지면 그 순간만 고마운 마음으로 살다가 곧 까먹어. 그런데 이루어지지 않으면 실망하며 남 탓을 해."

선우희는 꺼진 촛불을 쳐다본다. 하얀 연기가 아지랑이처럼 솟아오르고 엄숙해진다. 다른 아이들은 선우희의 말에 놀란 듯 쳐다보고 리브는 지금 상황을 견디지 못하는 듯 일어나 팬트리로 들어간다. 레나가 당황하며 말한다.

"넌 아이야. 이제 겨우 다섯 살 된 애가 너무 어른같이 굴려고 해. 좀 아이다워져라. 이건 이뤄질 수 있는 이모의 소원이다."

선우희는 레나가 장난스레 하는 말에 대꾸 없이 연기만 뚫어지게 본다. 그런 선우희가 낯설게 느껴진 레나가 입을 삐쭉 내민다.

"이모 말 무시하는 거야?"

선우희가 고개를 돌려 레나를 꼭 안아준다. 레나는 갑작스러운 선우희의 행동에 놀라면서도 안아준다.

"그래. 앞으로도 이모하고 매일 놀아줘야 해. 혼자 너무 어른이 되지 말고 이모하고 엄마하고 다 같이 행복하게 잘 살자."

하지만 선우희는 별다른 반응을 보이지 않는다. 선우희의 분위기가 지금까지와는 확연히 다르다. 아까부터 걱정스러운 표정으로 선우희를 보던 니나가 아라를 쳐다본다. 아라 역시 니나와 비슷한 표정이다. 해든과 오웬 역시 이전과는 전혀 다른 진지한 표정으로 선우희를 보고 있다. 아이들 한 사람 한 사람을 의심스러운 눈초리로 자세히 관찰하던 민수는 서 집사를 쳐다본다. 서 집사는 민수를 보며 씁쓸히 웃어주고는 훈련실로 들어간다.

그때 팬트리에서 리브가 나온다.

"음식은 오늘 이게 마지막이라고 보면 돼. 이제 모든 재료가 동났어."

남은 음식 재료를 보여주는 리브를 보며 아라 역시 하이퍼 컴퓨터의 키보드를 두드린다.

"이 컴퓨터의 배터리 수명이 다 된 것 같아. 재충전하지 않거나 전기를 어디서 더 끌어오지 않으면 오늘내일 중으로 다 꺼질 거야. 그러면 여기 벙커에 있는 전기도 모두 나갈 거야."

"뉴컨밴드로 대처 못 하나?"

민수의 질문에 아라가 자신의 뉴컨밴드를 보며 말한다.

"이 컴퓨터는 이전 모델이어서 박사님이 충전해놓으신 전력으로만 가능해. 설령 어떻게 개조해서 우리 모두의 어빌리스를 합쳐 전기를 끌어내 쓰더라도 음식 섭취도 못 하게 되는 우리로서는 얼마 못 버틸 거고. 어차피 곧 문이 열릴 거야."

아라는 굳게 닫힌 엘리베이터 문을 가리킨다.

"저 문이 정말 열린다는 거지? 그러면 정말 박사님의 계획이라는 것이 또 맞을 수도 있다는 거잖아? 오늘로서 선우희가 다섯 살이 되었으니까."

민수는 조용히 말한다.

"잠시 틀어진 것일 수는 있겠지만, 박사님의 계획이 틀린 건 아니야. 계획을 예언하듯이 말씀하셔서 오해가 있을 수는 있지만 난 박사님의 뜻을 잘 따르기만 한다면 우리 모두 무사할 수 있다고 생각해."

해든이 민수에게 말한다. 민수는 그런 해든을 쳐다본다. 벙커의 불빛이 하나둘 천천히 꺼지기 시작한다.

"어?"

민수가 꺼진 전등을 본다. 아이들 역시 천장을 보다가 엘리베이터 문을 쳐다본다.

엘리베이터 문이 열리려는 듯한 소리가 들린다. 굳게 닫혀 영원히 열리지 않을 줄 알았던 문이 천천히 열리기 시작한다. 민수가 화들짝 놀라며 신기한 듯 쳐다본다.

"어? 진짜 열렸네."

그때 훈련실에서 전투복을 입고 나온 서 집사가 허리춤에 벨트를 마저 매며 아이들을 향해 말한다.

"준비하자."

*

서 집사는 해든, 오웬, 니나, 민수에게 검은색의 전투복을 건네주고 나무로 된 멘사보드와 그에 붙어 있는 뉴컨밴드 그리고 권총을 한 자루씩 건넨다. 검은 전투복으로 갈아입은 네 아이는 권총을 허리에 차고 뉴컨밴드를 머리에 장착한 후 멘사보드를 뒤로 둘러멘다. 서 집사는 리브와 레나 그리고 아라에게 말한다.

"우선 우리가 바깥세상으로 나가 주위를 살펴보마. 만약 우리에게 무슨 일이 생긴다면 즉시 저 문을 닫아라."

뉴컨밴드를 착용한 아라가 고개를 끄덕이며 말한다.

"위험이 생겨서 문을 닫는다고 해도 저희만으로는 이제 이곳에서 살 수 없어요."

아라의 말에 서 집사가 고개를 끄덕인다.

"저기에 너희의 멘사보드도 마련해놨으니 일이 잘못됐다고 판단되면 밖으로 즉시 도망치거라."

아라가 고개를 끄덕이며 하이퍼 컴퓨터 앞에 놓인 키보드를 쳐본다. 컴퓨터가 작동을 멈추며 모든 스크린이 꺼진다. 그나마 빛을 내주던 움스크린도 꺼져버린다. 서 집사는 꺼진 움스크린을 쳐다보며 아라에게 말한다.

"너무 걱정하지 마라. 난 이제부터 박사님의 계획이 예정대로 진행되리라 믿는다."

아라가 씁쓸한 미소로 답한다. 서 집사는 아라의 걱정스러운 표정을 보며 뉴컨밴드를 착용한다. 그리고 멘사보드를 등에다 멘 후 해든, 오웬, 니나, 민수를 데리고 엘리베이터 안으로 들어간다. 마치 이전 일이 상기되듯 서 집사가 천천히 엘리베이터 버튼들을 쓰다듬어본다.

"이제부터 긴장을 늦추지 말자. 무슨 일이 생기면 우선은 피하자. 저들의 어빌리스가 우리보다 낮게 느껴져도 아는 게 없으니 함부로 전투를 벌이면 안 된다. 이제는 훈련이 아닌 실전이니까 장난도 치지 말고."

서 집사가 힘차게 엘리베이터 버튼을 누른다. 문이 닫히고 서 집사를 포함해 해든, 오웬, 니나, 민수를 태운 엘리베이터가 상승한다.

*

개와 늑대의 시간인 이른 저녁이다. 밤인지 낮인지 모를 정도로 온 세상이 불그스름하게 변해 있다. 흡사 피에 물든 듯한 세상은 황폐하고 도로가 모두 파괴되어 바퀴가 지나가기 힘들 정도로 움푹 파여 있다. 바깥세상은 건물들의 잔해만 남아 마치 넓은 광야를 보는 듯한 모습이다. 도시를 이루던 도로, 가로수, 건물은 쓰러져 있거나 황폐해져 형태만 겨우 보인다. 사람도 없고 동물도 없고 식물도 사라졌다. 마른 사막에 흙먼지를 뿌리며 바람이 불고 있고 온통 뿌연 상태다.

서 집사가 굳은 표정으로 권총을 내민 채 걸어가고 민수를 필두로 해든, 오웬, 니나가 긴장된 표정으로 뒤를 좇아간다. 다섯 사람은 사방을 둘러보며 어빌리스를 느껴본다. 그때 서 집사의 뉴컨밴드에서 빛이 난다. 자신의 뉴컨밴드 빛을 줄이고 방아쇠를 당길 준비를 하며 재빨리 뒤에 있는 아이들에게 속삭인다.

"몸을 숨겨라!"

네 명의 아이가 착용한 뉴컨밴드에서도 빛이 살짝 난다. 뒤늦게 누가 접근하고 있다는 것을 감지한 아이들은 근처 건물 잔해에 몸을 숨긴다. 급한 발걸음 소리가 들리고 총을 겨누고 있는 형상의 그림자가 떼지어 보인다.

"사령관님, 여기서 어빌리스를 느꼈습니다."

말소리가 들리자 아이들은 재빨리 뉴컨밴드의 불빛을 끈다. 서 집사가 긴장한 채 다가오는 무리의 그림자에 총을 겨눈 상태에서 몸을 건물 외벽에 기댄다. 여차하면 쏠 생각으로 권총을 장전한다. 그때 불빛이 들어온 뉴컨밴드를 착용한 박 여단장이 보이고 그 뒤로 그림자 무리가 보인다. 그들의 뉴컨밴드 역시 불빛을 내고 있다. 그들이 소총과 손전등을 겨누며 다가온다.

"지시가 있을 때까지 사격하지 마라."

박 여단장이 말한다. 그때 서 집사가 박 여단장 앞으로 천천히 나온다. 그리고 박 여단장과 병사들을 마주한다. 서 집사가 한 손은 손바닥이 보이게 하고 다른 손으로는 조심히 권총을 내려놓는다. 박 여단장이 서 집사를 보고 손전등을 비춘다.

"자네는……."

박 여단장이 서 집사를 보고 놀란다.

"모두 멈춰. 사격 중지!"

박 여단장이 병사들에게 말한다. 병사들은 어두운색의 전투복을 입고 있다. 그가 총을 집어넣으며 반가운 듯 다가간다.

"역시 살아 있었구먼!"

서 집사를 부둥켜안는 박 여단장이 뒤에 있는 아이들을 본다.

"역시 자네 어빌리스였군! 아주 강해졌어!"

서 집사 역시 박 여단장을 부둥켜안으며 아이들에게 나오라고 한다. 아이들은 조심스레 나온다.

"사령관님, 이들은 페카터모리가 아닙니까? 인간이기에는 어빌리스가 상당히 높습니다."

박 여단장이 외친다.

"이자들이다!"

여전히 긴장된 표정으로 아이들을 쳐다보는 병사들이 총을 천천히 거둔다.

"드디어 찾았다! 이제 때가 온 것이다! 예언이 현실로 이뤄지는 시작이 바로 오늘이구나! 하하하!"

호탕하게 웃는 박 여단장과는 다르게 병사들은 여전히 의심스러운 눈초리로 아이들과 서 집사를 쳐다본다. 아이들 역시 헷갈리는 표정으로 박 여단장을 쳐다본다. 한참 웃던 박 여단장이 서 집사를 쳐다본다.

"아! 나 진급했어! 하하하! 이제는 여단장이 아니라 사령관이야. 82 아믹달라Amygdala 총본부 사령관."

서 집사는 박 사령관을 보며 미소로 답한다.

"축하하네. 사령관이라…… 그럼 자네가 본부에서 제일 높은 직위인가? 이렇게 만난 것도 기분 좋은데 진급도 하다니."

"이런 난잡한 세상에 축하는 무슨……. 하도 긴장한 것 같아서 해본 말이야. 지금 같은 세상에서 계급 따위는 소용없어. 군대의 개념도 사라진 지 오래야. 우리 같은 사람들…… 이전에 군인이던 우리는 이제 마일스Miles 전사라고 불린다네. 모든 것이 변해버렸어. 지금처럼 살아남아야만 하는 세상에서 이렇게 오랫동안 믿었던 예언이 현실로 되어가는 게 고마울 따름이야. 해줄 말이 많다네. 가면서 더 얘기해주겠네."

박 사령관은 멋쩍게 말하며 아이들을 다시 쳐다본다.

"이 친구들이군."

아이들을 보며 박 사령관이 말을 이어간다.

"벙커의 아이들."

박 사령관의 말에 마일스 전사들이 웅성대기 시작한다. 해든, 오웬, 니나, 민수는 아리송한 표정이다. 박 사령관은 다른 아이들이 더 있는지 주위를 둘러보며 말한다.

"네 명밖에 없는 건가? 내가 알던 숫자하고는 다른데?"

"지금은 네 명이고, 나머지는 아직 벙커에 있다네."

서 집사가 말한다. 박 사령관은 땅에 있는 서 집사의 권총을 집어 건네주며 말한다.

"그래. 아주 잘했네. 먼저 정찰해보는 자세. 아주 좋아. 어서 모두를 데리고 우리 본부로 가도록 하지. 가서 김 중령…… 아, 예전에는 그 친구가 부사관이었지. 하하하. 이제는 82본부의 대대장이라네. 다들 오랫동안 기다리고 있었다네."

"82본부? 아믹달라 총본부라고 아까도……."

서 집사의 질문에 박 사령관이 돌아서려다 말고 대답한다.

"그래. 모든 게 바뀐 건 사실이지만 자네와 나에게는 아주 익숙한 말들이지. 가면서 찬찬히 설명해주겠네. 나머지 아이들도 데리고 와주게나. 우리 부대 차로 이동할 테니."

아이들은 여전히 아리송한 표정과 긴장된 표정이 섞인 얼굴로 박 사령관을 쳐다본다. 니나는 특히나 더 의심하는 눈초리로 주위를 살핀다.

14장 2절

편도체

82 아믹달라Amygdala, 짧게 82본부라고 불리는 총본부는 아이들의 벙커에서 그리 멀지 않은 곳에 있었다. 군용차로 개조한 차로 82본부로 가는 동안 서 집사는 차창 밖을 본다. 세상은 폐허가 되어 있다. 남은 군인들은 이제 마일스 전사라고 불린다고 한다. 모든 것이 최 박사의 계획대로 진행된 건가 싶기도 하다. 이전에 매스클랜이 모여서 했던 보드게임에 썼던 용어들이기 때문이다. 게다가 인간의 본부를 아믹달라라고 부르는 것도 그렇다. 그 보드게임에는 편도체, 해마, 전두엽, 대뇌, 소뇌 등 뇌 부위 용어가 사용되었다. 지구를 두 개의 뇌를 합쳐놓은 것 같다고 말한 최 박사였다. 서 집사의 머릿속이 복잡해지고 있다.

"이렇게 가까운 거리에 있었는데 몰랐다니……."

박 사령관이 차 안에서 서 집사에게 말한다. 운전석과 조수석 외에는 군용차와 비슷하게 여러 명이 옆으로 나란히 앉을 수 있게 개조되어 있다. 가운데는 뚜껑으로 덮인 구멍 세 개가 있을 뿐 다른 특징은 찾을 수 없다. 합류한 리브와 레나는 선우희를 꼭 안은 채 아라와 함께 앉아서 박 사령관의 얘기를 듣고 있다.

"82 아믹달라 본부라고?"

서 집사의 말에 박 사령관이 미소 짓는다.

"변해버린 세상이지만 자네나 저 아이들에게는 적응이 수월할지도 몰라. 최 박사님을 잘 아는 사람들에 의해 돌아가고 있으니까."

서 집사는 무슨 의미인지 눈치챘다. 과연 최 박사의 계획이 실제로 어느 정도 진행되었는지 궁금해진다.

"이제 인류는 홀랜프 1차 대전 전에 쓰던 각 국가의 이름 대신 번호와 새로운 명칭으로 부른다네. 홀랜프에 의해 나라라는 것이 모두 사라졌기 때문이지. 우리 인간은 한때 홀랜프 생물체의 눈을 피해 세상의 각 지역에 우리 인간 본부를 세웠다네. 이제는 인류가 많이 남지 않아서 뭐 큰 의미가 있다고는 생각하지 않지만. 보다시피 모든 게 다 파괴되었으니까……."

차에 덮인 천을 살짝 들어주는 박 사령관이 바깥을 가리키며 말한다. 아까 봤던 것과 다르지 않다. 마치 사막 같은 황폐한 세상에는 무너진 건물과 망가진 도로만 보일 뿐이다.

"차가 많이 흔들려도 조금 참게. 이 정도면 꽤 나은 편이니까."

레나가 멀미가 나는 듯 입을 틀어막고 있다. 그런 레나의 다른 손을 니나가 지압해준다. 레나와 니나를 보며 박 사령관이 미소 짓는다. 서 집사는 밖을 보다 박 사령관에게 말한다.

"혹시 이 모든 용어가……."

박 사령관이 더 활짝 웃는다.

"그래. 다 최 박사님하고 연관 있지."

아이들이 모두 박 사령관을 쳐다본다. 그가 말을 이어간다.

"너희 박사님이 예전에 우리를 위해 게임을 만들어주셨지. 그 게임은 세상을 인간의 신체 구조처럼 나누었지. 특히 뇌 부위가 사람의 성향을 가리킨다고 가정하고 말이야. 뇌의 모든 부위마다 각기 역할이 있는 것처럼 우리 인간 개개인도 각자의 역할이 있다고 하면서 게임을 했지. 그때는 재미로 했던 게임인데 지금 인류는 그 게임에 기반해 이룩되었다네."

"그럼 박사님의 계획이라는 것이 결국?"

서 집사가 해답을 찾았다는 듯 묻는다. 아이들이 그리고 특히 민수가 궁금한 듯 몸을 앞으로 내민다.

"아, 최 박사님의 계획? 음…… 그게 박사님의 계획이라고 할 수도 있긴 한데, 아마도 자네가 생각하는 것 이상일 거야. 최 박사님의 계획을 문서화했거든. 그리고 그 계획서를 이제는 예언서라고 부르지. 그것이 지금 우리 인류에게는 가장 중요한 문서가 되었고. 우리는 예언서를 토대로 홀랜프에 대항하고 마지막 전쟁을 치르려고 준비하고 있다네."

"뭐?"

민수가 자기도 모르게 소리 낸다. 모두가 민수를 쳐다본다. 박 사령관도 그런 민수를 보며 이내 살짝 미소를 띤다. 그리고 리브에게 꼭 안겨 있는 선우희를 쳐다본다.

"귀엽게 생겼구나. 이제 다 도착했다."

박 사령관이 막대사탕 하나를 꺼내 선우희에게 건넨다. 선우희가 머뭇거리다 리브를 쳐다본다. 리브가 살짝 고개를 끄덕이자 선우희가 막대사탕을 받는다. 민수는 차량에 덮인 천을 살짝 들어 밖을 본다. 대형 돔 형태의 본부가 보인다. 해든과 오웬 역시 민수를 따라 고개를 살짝 내밀고 본다. 박 사령관이 그들을 보며 말한다.

"82 아믹달라 본부에 온 것을 환영하네."

"왜 아믹달라죠?"

민수가 묻는다.

"박사님은 이전에 이 나라 사람들을 인체로 따지면 마치 편도체와 같은 역할을 한다고 종종 말씀하셨지. 대륙과 발전된 나라 사이에 껴 있는 아몬드 같다고 하시면서……."

"본부가 생각보다 크네요? 안 들키나요?"

민수의 질문에 서 집사가 옛 생각에서 돌아온다. 그가 밖을 내다본다. 흡사 비행기 격납고를 개조해서 사용하는 듯한 본부의 모양은 괴생물체들에게 쉽게 발각되기 쉬운 크기이다. 박 사령관이 민수의 질문에 대답 없이 웃는다. 차가 멈춘다.

"자, 내리자. 들어가서 다 설명해주마."

박 사령관은 내리자는 말로 답을 대신하며 내리고 아이들도 서 집사와 함께 내린다. 82총본부 실내로 들어오자 아이들은 본부에 사는 사람들의 시선을 느끼며 어색해한다.

김 중령이 다가오더니 서로 잘 아는 듯 서 집사와 포옹하며 반가워한다. 호리호리한 몸에 표정이 딱딱하고 냉정한 기운이 가득하지만 서 집사를 보면서 무척이나 반갑게 인사한다.

"아직 살아 있다니 칭찬받을 만하군."

"하하하. 자네가 대대장이라니……. 세상이 변하긴 변했나 보군."

낯선 서 집사의 모습에 민수는 얼떨떨하다. 김 중령 옆에는 다른 마일스 전사들이 서 있다. 모두가 어두운색의 낡은 군복을 입고 있다. 그들이 서 집사와 아이들을 보고 있다. 김 중령이 옆에서 함께 웃는 박 사령관을 가리킨다.

"이 친구가 사령관이 된 건 안 이상한가?"

서 집사가 그런 김 중령과 박 사령관을 보다 주위의 마일스 전사들을 쳐다본다. 그리고 김 중령에게 말한다.

"계급과 직위가 바뀌어도 자네가 아래 계급인 건 여전한 건가?"

농담 섞인 어조로 말하는 서 집사에게 박 사령관이 고개를 흔든다. 그러고는 엄지손가락으로 김 중령을 가리키며 말한다.

"이 친구 성격 알지 않나? 말만 내 아래지 완전히 자기 멋대로야. 예전의 군대가 아니어서 더 제멋대로야. 예전이었다면 바로 징계감인데 말이야."

"자네가 잘만 하면 내가 말을 잘 듣지. 일을 그런 식으로 처리하는데 내가 가만히 있을 수 있나?"

박 사령관이 웃으며 서 집사에게 말한다.

"내가 이 친구보다 계급이 높은 건 맞지만 여기 본부 내에서는 김 중령의 말이 우선이야. 김 중령은 내부 상황이나 수비대를 맡고 나는 외부 상황과 공격대를 책임진다네."

"자네가 제대로 안 해서 우리가 아직 이렇게 홀랜프를 못 처부수고 있는 거 아니야!"

"거참 상관에게 말하는 태도가! 봤지? 내가 뭘 그렇게 못했다고 그러나? 우리가 여기 이렇게 한자리에 모인 것도 다 내 덕분 아니겠어? 하하하!"

티격태격하는 둘을 보며 서 집사가 피식 웃는다.

"자네들은 여전하구먼."

박 사령관이 씁쓸히 대답한다.

"이렇게라도 웃을 일이 있어야지. 이런 시국에 계급이고 뭐고 다 소용없다네. 모든 게 바뀌었어. 우리 인류가 예전대로 살 수만 있다면 내가 이 친구보다 아래가 되든 졸병이 되든 난 아무 상관 없다네."

서 집사는 괜히 미안한 표정이 되어 박 사령관을 쳐다본다. 잠시 후 서 집사, 박 사령관, 김 중령이 지나간 이야기를 하며 걷는다. 아이들도 따라가면서 처음 보는 서 집사의 모습에 신기해한다. 오래된 친구를 만나 약간 흥분한 상태로 즐거워하는 그의 모습은 벙커에서 보아왔던 냉정하고 강인한 모습과는 달랐다. 지금은 마치 어린아이가 친구들을 만나 즐겁게 수다를 떠는 모습이다.

선우희와 함께 걷던 리브는 틈틈이 본부를 훑어본다. 사람들의 얼굴에 생기가 없다. 마치 죽지 못해 살아가는 듯하다. 리브는 사람들을 보며 계속 누구를 찾는 듯 두리번거린다. 니니가 묻는다.

"안 보이지?"

리브는 흠칫 놀라며 반사적으로 선우희의 손을 꼭 잡는다.

"뭐가?"

니나는 대답 없이 리브를 쳐다본다. 리브는 괜히 선우희에게 말한다.

"엄마한테 꼭 붙어 있어야 해."

선우희가 리브에게 말한다.

"이보다 어떻게 더 꼭 붙어 있어? 이렇게?"

그러고는 리브를 힘껏 껴안는다. 리브도 선우희를 꼭 안아주고 니나를 쳐다본다. 옆에서 아라도 리브를 본다. 아라와 니나를 쳐다보며 리브는 계속 걷기 시작한다.

"마음대로 생각하지 마."

리브가 쑥스러운 듯 선우희의 손을 다시 꼭 잡는다. 선우희는 손이 아픈 듯 놓으려고 하고 니나와 아라는 그런 리브를 보다 눈빛을 주고받으며 소리 나지 않게 웃는다. 레나는 주위 사람들의 시선이 두려운 듯 아라의 팔을 꼭 붙들고 걷고 있다. 아라가 그런 레나를 안아주며 괜찮다고 한다. 리브는 걱정스러운 듯 레나에게 묻는다.

"괜찮아?"

레나는 두려운 표정으로 고개만 끄덕인다. 그러고는 아라한테 더 꼭 안긴다. 니나는 다른 전사들이 리브와 선우희에게 시선을 둔 채 수군거리는 것을 본다. 그리고 주위 사람들도 수군대는 걸 알게 된다. 박 사령관이 아이들에게 조용히 속삭인다.

"아무와도 시선을 마주치지 말고 나만 따라오게나."

박 사령관이 위층에 있는 작은 방으로 아이들을 데리고 간다. 박 사령관과 김 중령이 먼저 올라가고 서 집사가 그 뒤를 따른다. 다음으로 선우희와 리브가 따라가고 해든, 오웬, 민수, 니나가 올라가고 레나와 손을 꼭 잡은 아라가 마지막으로 들어간다.

그들이 들어간 방은 작은 사령탑이다. 사령탑 내부는 아이들이 지냈던 벙커의 거실과 비슷한 구조로 되어 있다. 성인 15명 정도가 들어가면 꽉 찰 정도의 크기이고, 대형 스크린이 벽에 걸려 있다. 그 스크린과 하이퍼 컴퓨터가 연결되어 있고 마우스와 키보드가 책상 위에 놓여 있다. 대형 스크린 뒤로 통유리로 된 창이 있어 본부 전체를 볼 수 있다. 아라는 하이퍼 컴퓨터 옆 벽에 걸려 있는 빨간 전화기를 본다. 온통 하얗거나 어두운색인 이 방에 저 빨간 전화기는 이상하리만큼 눈에 띈다.

박 사령관이 창으로 가서 커튼을 친다. 그러자 사령탑의 전등이 켜진다. 김 중령이 출입문을 닫으면서 아래층에서 기다리고 있는 마일스 전사들에게 조용히 명령을 내린다.

"대기하고 있어라. 경계를 풀지 말고 지시가 내려지기까지 바깥 상황을 모니터링한다. 조금이라도 일이 생기면 즉각 알리도록."

전사들이 조용히 "네" 하고 대기 자세를 취한다.

14장 3절

근황

문을 완전히 닫은 김 중령이 아까와 다른 냉정한 표정으로 문을 막아선다. 박 사령관이 하이퍼 컴퓨터 부팅을 시작하며 키보드의 버튼을 쉴 새 없이 두드린다.

이내 대형 스크린에서 벙커에서 보았던 알 수 없는 코드가 나타난다. 민수가 해든에게 묻는다.

"저 코드는 아라나 박사님만 알아보는 거라며?"

"몰라…… 나도……."

해든 역시 박 사령관을 쳐다보며 이 모든 것을 이해하려는 눈치다. 민수가 아라를 쳐다보지만, 아라 역시 박 사령관을 쳐다보며 대형 스크린의 코드를 읽을 뿐 별다른 반응이 없다. 김 중령이 뒤에서 차가운 눈빛으로 아이들을 관찰하더니 서 집사에게 묻는다.

"이 아이들이야? 최 박사가 그렇게 떠들어대던?"

"그렇다네."

서 집사와 김 중령은 본래의 냉정한 분위기로 돌아와 있다. 서 집사가 살짝 냉소적인 미소를 지으며 대답한다. 김 중령이 다시 아이들을 훑어본다.

"너무 허약한 것 같은데? 제대로 훈련한 것 맞나?"

"최선을 다했다네."

아이들은 김 중령의 도발적인 질문에 움찔하지만 서 집사는 예상했다는 듯 감정 없이 대답한다. 그러자 김 중령이 받아친다.

"지금 감지되는 아이들의 어빌리스는 형편없이 약해. 자네가 훈련시켰다니까 지금보다 조금 더 강할 수는 있겠지만 이런 어빌리스로는 전투에 나가면 바로 개죽음이야. 아니면 이 녀석들이 어빌리스를 숨기고 있는 건가?"

서 집사가 김 중령을 쳐다본다. 잠시 후 놀랍다는 표정을 지은 박 사령관이 키보드를 두드리며 김 중령을 가리킨다.

"저 친구 짧은 시간 동안 정말 혹독하게 훈련했어. 감지해봤겠지만 아직 잠재력이 더 남아 있다네. 아마 현재 생존한 인간 중 가장 높은 어빌리스를 가지고 있을걸. 자네 생각에는 안 그런가? 그리고 저 친구도 꽤 높구먼."

박 사령관이 니나를 가리킨다. 서 집사가 고개를 끄덕인다. 그리고 김 중령을 쳐다보며 말한다.

"자네 어빌리스가 이렇게 높아지도록 훈련했다는 게 놀랍군. 난 자네가 선우민 사범과는 다른 방향으로 무술을 익힐 거라 생각했는데."

김 중령이 별 반응 없이 고개를 돌리며 중얼거리듯 말한다.

"상황이 이렇게 된 만큼 적응해서 살아야지 뭐."

서 집사가 아이들을 가리킨다.

"이 아이들에게 아직 전투 경험이 없어서 그렇지 실제로 전투에 들어간다면 자네가 지금 감지한 것 이상으로 어빌리스가 높아질 걸세. 이 아이들이 지금 힘을 합쳐 자네를 공격한다면 자네는 고전할걸?"

김 중령이 아이들을 한번 쳐다보다 여전히 만족스럽지 못한 표정을 짓는다. 서 집사가 이어서 말한다.

"적어도 밖에서 대기하고 있는 자네 전사들보다는 훨씬 강할 걸세."

"당연히 더 강해야지. 저들은 어빌리스를 깨우친 지 얼마 되지도 않은 신출들이야. 그러니 비교하면 안 되지. 나하고 함께 훈련한 특수부대원들이 있다네. 나중에 그들이 훈련을 마치고 나오면 비교해보게. 그런데 아이들이 인류 구원의 열쇠를 갖고 있다는데 나보다 약해서야 되겠어?"

"강하다고 인류가 구원되는 건 아니지 않겠나?"

경쟁하듯 말하는 서 집사와 김 중령을 보며 아이들은 더 긴장한다. 김 중령은 그런 아이들을 보며 서 집사에게 말한다.

"앞으로 자네가 저 밖에 있는 우리 전사들도 훈련시켜야 할 거야. 저들의 어빌리스는 이전보다 높아졌지만 거기서 멈췄어. 더 깊은 내면의 어빌리스를 못 찾고 있단 말이야. 홀랜프 2차 공격 후 매일 비전 트레이닝을 한다고 하지만 어빌리스가 높아지지 않더라고. 내가 아무리 설명해줘도 나처럼 되지 않는단 말이야. 게다가 시간도 너무 부족해. 선우민 사범이 제대로 가르쳐주고 갔어야지 젠장……."

김 중령이 옆에 있는 책상을 발로 한 번 찬다.

"박 사령관이나 내가 아무리 강해졌어도 남을 훈련시킨다는 게 쉽지 않아. 가르치는 건 자네나 선우민 사범이 할 일이었지. 그게 최 박사의 계획이었다고."

"내가 듣기로 다른 지역 본부에서는 선우민 사범만큼 강한 전사들이 있다고 들었어. 그들이 와서 도와준다면 좋겠는데 말이야. 그런데 우리 지역까지 온다는 게 보통 일이 아니니까."

박 사령관이 키보드를 두드리며 말한다. 서 집사가 박 사령관을 쳐다본다.

"다른 지역이라면 이전의 다른 국가를 말하는 건가? 다른 지역의 상황도 알 수 있는가?"

"계속 교신하기는 하지만 서로 대면하기는 어려운 세상이야. 게다가 어느 지역이든 간에 홀랜프가 자신들의 기지를 계속 세우며 감시할지도 모르니……."

"아직 멀었어?"

김 중령이 박 사령관의 말을 끊고는 짜증 내듯 묻는다. 박 사령관은 계속 키보드를 두드리고 있고 대형 스크린에서는 코드가 쉴 새 없이 보이며 움직인다.

"조금만 기다려. 얘기 좀 더 나누면 되잖아. 재밌는데 왜 그래? 오랜만에 자네들 티격태격하는 것도 보고 말이야. 옛 생각 나지 않아?"

서 집사가 살짝 미소 짓는다.

"이 친구하고 티격태격 안 한 사람이 누군가? 선우민 사범 말고."

서 집사의 말에 김 중령의 표정이 굳는다.

"지금 옛 생각이나 할 때가 아니란 말이야."

김 중령의 말에 박 사령관이 아이들에게 웃으며 말한다.

"저 친구들 젊었을 때는 만날 저런 식으로 싸웠어. 하하하."

아이들이 멋쩍게 서로를 쳐다보며 선웃음을 짓는다. 서 집사가 묻는다.

"어빌리스를 어떻게 배웠나? 선우민 사범의 책은 기본적인 것만 알려줬을 텐데……."

박 사령관이 잠시 하던 일을 멈추고 대답한다.

"선우민 사범의 책은 다 분실된 것 같네. 애초에 잘 팔리지도 않아서 많이 없는 걸로 알고 있어. 자네도 없을 테고 말이야. 다행히 최 박사님이 만들어놓으신 책이 있었다네."

서 집사가 더 물어보려 하지만 박 사령관이 급히 말을 돌린다.

"얼마 전에 일이 생겨서 이 컴퓨터가 고장 났었다네. 겨우 고쳐놨는데 다시 연결하는 데 시간이 꽤 오래 걸리네. 조금만 기다려보게."

아이들이 아라를 쳐다본다. 서 집사도 아라를 보고는 박 사령관에게 말한다.

"우리 아이가 고칠 수 있을 텐데."

아라를 가리키는 서 집사를 보고 박 사령관이 아라를 쳐다본다.

"아! 저 친구야? 최 박사님의 분신이라고 불리는 그 천재 아이? 왜 진작 말하지 않았나? 잠시 이리 와서 나 좀 도와주겠나?"

아라가 서 집사를 보자 서 집사는 괜찮다는 신호로 고개를 끄덕인다. 아라는 수줍게 천천히 박 사령관이 있는 컴퓨터로 가서 확인한다.

"그럼 누가 선우민 사범의 아들인가?"

순간 정적이 흐른다. 아이들은 서로를 쳐다보고 리브는 선우희가 어디 가지 못하게 자신에게 끌어온다. 박 사령관이 아라가 컴퓨터를 다루는 것을 지켜보다 뒤돌아 묻는다.

"그래 맞아. 선우필이라고 했던가? 누구지? 난 못 알아보겠는데."

"못 찾았는가?"

서 집사가 박 사령관에게 묻는다. 박 사령관과 김 중령은 서로를 쳐다보며 난감한 표정을 짓는다. 김 중령이 말한다.

"최 박사와 벙커로 함께 들어갈 계획이었잖아?"

"그게…… 같이 벙커에 들어왔다가 아버지를 찾는다고 나가는 바람에……."

김 중령이 말을 가로챈다.

"그럼 최 박사가 죽은 걸 눈으로 직접 목격했나?"

"그건 아니지만…… 박사님의 어빌리스가 감지되지 않아."

김 중령이 박 사령관에게 따지듯 묻는다.

"자네는 그날 선우민 사범한테 다른 얘기 들은 거 없어?"

박 사령관이 고개를 젓는다.

"젠장! 그때 내가 어떻게 해서든 선우민 사범을 데리고 왔어야 했는데. 무슨 최 박사의 예언이야 예언은. 말도 안 되는 소리를 믿으라고 하냐고! 최 박사의 계획은 다 허구일 뿐이야! 죄다 뻥튀기인 말을 이렇게까지 믿다니. 그렇게 모두가 죽어버릴 거였으면 뭐하러 쓸데없이 노트에다 잔뜩 써놓고 가서 헷갈리게 하냔 말이야!"

"저기……."

레나가 눈치를 보며 김 중령의 말을 끊는다. 방 안의 사람들이 모두 레나를 쳐다본다. 자신에게 집중하는 눈빛이 부끄러운지 레나가 수줍게 말한다.

"저희가 벙커로 들어간 후 지금까지 세상에서 무슨 일이 일어났는지 알 수 있을까요?"

레나가 니나 뒤로 수줍게 숨는다. 아라는 컴퓨터 작업이 다 끝났는지 가만히 대형 스크린을 보다 레나를 쳐다본다. 김 중령이 박 사령관에게 말하라는 제스처를 한다. 박 사령관은 아라가 모든 작업을 마친 것을 본다.

"벌써 끝냈나? 대단하군. 내가 몇 시간 동안 할 일을 이렇게 빨리 해내다니……."

그러고 박 사령관이 키보드의 버튼을 누르려다 멈칫한다. 아라는 자리에서 일어나 리브 옆으로 간다. 박 사령관은 대형 스크린을 쳐다보다 뒤돌아 아이들을 본다. 그 옆에 서 있는 서 집사를 보던 박 사령관이 잠시 생각하더니 입을 연다.

"그래. 하늘의 도시 사령관님들을 마주하기 전에 내가 간단히 설명해보지. 자네들이 있는 이곳이 82 아믹달라 본부일세. 6년 전부터 시작된 홀랜프의 공격은 1차 대전을 시작으로 2차 대전까지 일어났지. 크고 작은 전쟁이 그 사이에 많이 일어났지만 우리는 크게 두 번의 전쟁으로 나눈다네. 물론 2차 대전은 엄밀히 말해 우리가 진행한 공격이 실패로 돌아간 전쟁이지. 수많은 인류가 소멸한 가장 큰 전쟁이었으니까. 모든 전력이 다 끊기는 바람에 조사가 불가능했고 소통 방법마저 모두 사라졌지. 모스부호Morse Code로 겨우 버텼지만, 그마저도 결국 차질이 생겼다네. 어빌리스를 사용할 수 있는 사람도 그다지 많지 않았고 결국 인간들이 뿔뿔이 흩어졌어.

소통 가능한 몇 안 되는 사람들이 모여 고유번호와 단어를 사용해 비밀리에 이런 본부를 세웠지."

"그럼 지금은 역시나?"

서 집사의 말에 박 사령관이 턱에 힘을 주며 대답한다.

"전력이 없는 세상에서 인류는 어떻게 해서든지 서로에게 정보를 전달해야 했어. 그래서 살아남은 모든 과학자가 그 방법을 찾기에 급급했지만 결국 방법은 하나밖에 없었다네. 바로 최 박사님이 남겨놓은 노트들, 즉 그분의 계획서였지."

"원래 머릿속에만 간직한 계획을 벙커에서 문서화할 예정이셨는데."

서 집사의 말에 박 사령관이 고개를 끄덕인다.

"자네 말이 맞네. 우린 최 박사님의 노트를 여러 권 발견했어."

서 집사가 놀란 듯하다. 박 사령관은 무시하고 말을 이어간다.

"최 박사님이 남긴 노트들에는 지금 같은 세상에 필요한 모든 방법이 담겨 있다네. 물론 저 홀랜프에 대한 내용도 있어. 노트들을 보관하기 쉽게 한 권으로 편집했고 그 책을 계획서로 사용했다네. 시간이 흘러 계획서가 사람들에 의해 예언서로 불리면서 우리는 결국 인간이 살아 있는 한 사용 가능한 신체를 이용한 어빌리스를 여러 방면으로 이용하기 시작했지."

"어빌리스로 들키지 않고 교신을 한 건가?"

박 사령관이 니나를 가리킨다.

"저 친구나 우리처럼 어빌리스를 숨길 수 있다면 가능하지만 그런 능력을 발휘할 수 있는 사람은 지금도 몇 안 된다네. 그래서 어빌리스를 함부로 사용할 수도 없는 노릇이지. 정말 특별한 상황이 아니고서야."

박 사령관이 키보드의 버튼을 누를 듯 말 듯하며 말을 이어간다.

"박사님의 계획서가 예언서로 불리게 되면서 사람들에게 믿음을 준 게 그맘때였네. 우리가 어빌리스를 터득하고 어느 정도의 능력치가 올라갔을 즈음에 사라졌던 박사님의 인공위성들이 나타났어. 알다시피 모든 인공위성이 다 사라졌었는데 신기할 정도로 때맞춰 신호가 잡힌 거야. 그리고 그 시점에 꽤 많은 사람이 어빌리스를 쓸 수 있게 되기도 했고. 모두가 힘을 합쳐 어빌리스를 축적해 전류를 쓸 수 있게 된 것이지."

"홀랜프 2차 대전만 아니었어도 지금보다 나은 환경이었을 거야."

김 중령이 아쉽다는 듯 덧붙인다.

"저들과 전쟁을 제대로 치러본 건가?"

서 집사가 묻는다.

"크게 두 번 치러봤다고 할 수 있지. 한 번은 자네들이 벙커로 들어갔던 그 시점이고 다른 한 번은 하늘의 도시에서 제어하여 온 세상이 힘을 합쳐 전쟁을 치렀다네. 물론 또 방심했지. 어빌리스는 누구나 가지고 있지만 그 능력을 제대로 깨우기란 여간 어려운 게 아니지. 환경도 최악이었고. 잃어버린 인간의 존엄성을 찾자는 명분 아래 최 박사의 계획서에 있던 뉴컨밴드를 이용한 무기들을 주무기로 사용했어. 그리고 홀랜프와 전면전을 치렀다네. 아주 교만한 생각이었지. 우리의 어빌리스는 그 당시 홀랜프에 한참 못 미칠뿐더러 페카터모리Pecatermori가 되어버린 인간들에게도 상대가 못 되는 수준이었으니까."

"페카터모리?"

민수가 묻자 서 집사가 어이없다는 듯 살짝 웃는다.

"페카터모리라고?"

서 집사의 반문에 박 사령관이 고개를 끄덕인다.

"우리를 침략한 괴생물체들을 홀랜프HOLLANP 라고 부르는 건 알지?"

"그럼요!"

해든이 장난스럽게 웃으며 아는 척하려 하자 니나가 눈치를 준다. 해든은 다시 조용히 서 있는다. 김 중령이 아이들을 보며 코를 찡긋거린다.

"이게 다 최 박사가 만든 이름들이야. 이 세상은 진심으로 최 박사의 계획대로 흘러가는 것 같다니까. 자신이 죽은 것 말고는……."

니나는 아까 사람들의 표정에 생기가 없는 이유를 알 것 같다. 희망이 없어 보이는 이 세상에서 어빌리스 훈련을 받았음이 틀림없다. 어빌리스를 잘 사용하면 다행이지만 그 능력을 억지로 잘못 끌어 쓰면 의지력을 잃게 된다. 박 사령관이 씁쓸한 미소를 띠며 말한다.

"우리가 어빌리스에 대해 자세히 몰랐던 거지. 모두의 의지력만 손실되게 하였으니까. 게다가 시간도 없었고 공들여 세워놓은 본부들이 홀랜프에 의해 많이 파괴되었지. 인비저블 실드Invisible Shield를 개발하는 단계에 이르렀지만 그들의 공격을 막기에는 한계가 있었어. 제대로 작동도 되지 않아서 그들이 쏘는 빛에 속수무책으로 당했지. 우리에게 시간이 없는 이유가 여기 있다네. 얼마

전부터 다른 지역과의 연결이 하나둘 끊기기 시작했어. 어빌리스도 감지되지 않고. 이대로라면 인류 종말이 코앞에 온 거나 마찬가지라네."

"인비저블 실드라는 것은 일종의 방어막을 말씀하시는 건가요?"

아라가 묻는다.

"그래. 우리 본부 전체를 방어해주는 막이지. 박사님의 노트에 있는 걸 그대로 따라 하니까 어느 정도는 만들 수 있었지만 위력이 별로였어."

리브와 아라가 서로를 쳐다본다.

"그럼 페카터모리라는 건 뭐죠?"

민수가 묻는다. 김 중령이 깊은 한숨을 내쉬고 박 사령관은 걱정스러운 표정으로 대답한다.

"우리가 상대해본 홀랜프 생물체들에게 여왕이 있을 거라 예상하고 있다네. 그 여왕을 중심으로 그들은 지구의 자원을 모두 흡수할 목적으로 쳐들어왔어. 그 목적이 달성되면 여기를 떠날 것이라는 분석이지. 아마도 오래전부터 여러 행성을 돌면서 자원을 빼앗고 행성에서 발견된 생물체들을 자신들의 무리로 만드는 일을 해온 것 같아. 즉 우주의 모든 생명체를 모조리 홀랜프화하려는 목적인 것이지. 자네들도 금방 알 거야. 이 지구에 살던 식물이나 곤충, 동물까지 생명체들이 많이 사라진 것을. 홀랜프에게 갈취당한 모든 자연이 결국 우리 인간의 생활까지 영향을 미쳐 우리를 멸종으로 몰고 가는 것이지. 자원이 없어지면 우리 인간도 비정상적인 삶을 살 것이고 결국 어빌리스를 활용할 수도 없으니 그냥 홀랜프에 흡수되려는 사람들도 많이 생겼지. 그들을 우리는 페카터모리라고 불러."

"그럼 인류를 배신하고 홀랜프에 붙어사는 사람들을 일컫는 말이네요?"

민수가 약간 화난 감정으로 묻는다. 박 사령관은 씁쓸한 웃음을 보일 뿐 대답이 없다. 잠시 정적이 흐르더니 김 중령이 짜증을 내며 옆에 있는 책상을 또 툭툭 친다.

"그들은 기회를 잡았다고 생각하겠지."

김 중령이 짜증 섞인 목소리로 말한다. 박 사령관이 천천히 고개를 끄덕이며 이어 말한다.

"페카터모리가 된 인간들은 홀랜프의 도움으로 잠재력이 빨리 깨어나고 어빌리스 능력치가 월등히 높아져. 지금 세상은 어빌리스를 활용하지 못하면 살 수 없는 세상이니 쉬운 방법에 매료된 인간들이 홀랜프에 붙는 거지. 인간의 본성인 게으름이 나타나는 거야. 훈련으로 어렵게 강해지려 하기보다 쉽고 간단하게 강해지려는 거니까. 페카터모리가 되어 홀랜프를 무찌르겠다는 인간들도 있었지만, 그들 역시 어느새 홀랜프의 하수인이 되었지."

서 집사가 생각에 잠긴 듯 바닥을 내려다보다 묻는다.

"그럼 현재 일이 어떻게 진행되고 있는가?"

"간단해. 우리는 그 홀랜프 여왕을 찾아 죽일 거야. 박 사령관이 매일 나가서 직접 가까운 지역의 본부 사령관들과 교신하며 계획을 짜보지만……."

김 중령이 대신 대답하고 박 사령관이 마무리한다.

"지금까지 찾아낸 사실로 볼 때 여러 홀랜프 본부 중 여왕이 있을 만한 곳이 우리 지역에서 가깝다고 가정하고 있다네."

"가정이라고?"

서 집사는 의아한 표정으로 말한다. 듣고 있던 민수가 묻는다.

"왜 하필 이곳이죠? 왜 이 근처에 홀랜프의 여왕이 있을 것 같은가요?"

김 중령이 대답한다.

"이 지역의 면적이 작아서 아무도 이곳을 시작으로 그들이 지경을 넓혀갈 줄 몰랐던 거지. 1차 전쟁 후 홀랜프는 자신들의 지경을 계속 넓혀갔고 하늘의 도시에서는 가장 중요한 홀랜프의 핵심지를 찾아 공격한다고 했었지만 모두 실패로 돌아갔지. 홀랜프가 처음부터 이런 조그만 지역을 잡은 이유가 그거였을 거야. 인류가 가진 방자함과 방심을 이용한 거지. 홀랜프 1차 대전 후 몇 년 동안은 저들의 여왕이 존재한다는 것도 몰랐고, 핵심이 누구인지도 모른 채 그저 저들의 약점이나 습성만 알아내려고 했지. 홀랜프는 번식력도 빨라서 지금도 계속 번식하고 있을 거야. 목이나 자른다고 없앨 수 있는 수준이 아니라는 거지."

"그럼 최 박사님의 예언서에는 앞으로 어떻게 하라고 되어 있나요?"

민수가 질문한 그때 컴퓨터에서 짧은 신호음이 들린다. 박 사령관이 그 소리를 듣고 마침내 키보드의 버튼을 누른다. 그리고 아이들과 민수를 쳐다본다.

"그것도 곧 알려주겠네. 내가 이 말을 빠트렸군……."

박 사령관은 대형 스크린을 잠시 쳐다보고 다시 아이들을 보며 말을 이어간다. 대형 스크린에서 무언가 천천히 나타난다.

"쓸데없는 글도 있었지만, 신기하리만큼 최 박사님이 노트에 적어놓은 내용이 지금까지 다 맞아떨어졌다는 거야. 오늘 자네들을 이렇게 만날 것이라는 글도 있었고, 페카터모리에 관한 것도 있었고……."

해든, 오웬, 리브, 아라, 니나가 움찔한다. 민수는 그 순간을 놓치지 않고 아이들의 표정을 살핀다. 박 사령관은 모른 척 말을 이어간다. 대형 스크린에 나타난 것이 점점 선명해진다.

"하늘의 도시에서는 보통의 사람들이 읽기 쉽게 한 권의 책으로 만들어 배포하였고 사람들은 그 책을 예언서라고 부르기 시작했어. 우리는 인류의 계획을 설명한 계획서로 생각했지만 예상과 다르게 흘러갔지. 어쩔 수 없이 우리도 예언서라고 부르고 우리 나름대로 해석하기 시작했어. 박사님은 모호한 말을 자주 하셨기에 내용이 애매한 부분이 많아. 우리가 알아서 해석해야 했지. 하지만 모두가 공통으로 믿고 해석한 것이 있어. 바로 자네들과 관련된 부분이야."

아이들의 표정이 슬퍼 보인다. 박 사령관은 잠시 말을 멈추고 김 중령은 리브의 표정을 살피며 박 사령관에게 말한다.

"최 박사 얘기를 계속하니까 아이들이 너무 슬퍼하잖아. 그만하면 대충 필요한 말은 한 거 같으니 우선 저쪽이나 연결해줘. 나중에 궁금하면 물어보라 그러고."

"그러지."

김 중령의 말에 박 사령관이 키보드 버튼을 여러 번 누른다. 대형 스크린이 화상 통화 상태로 바뀐다.

14장 4절
하늘의 도시

대형 스크린에 방이 하나 보인다. 그리고 쭉 둘러앉은 사람들의 형상이 나온다. 그들은 모두 다채로운 색의 픽셀pixel로 되어 있고 조명이 비치고 있다. 그 형상으로는 누군지 식별이 어렵다. 회의를 하고 있었는지 분주함이 느껴진다. 박 사령관이 뒤편에 서 있는 아이들을 보며 대형 스크린 속 사람 형체들을 가리킨다.

"저분들이 하늘의 도시에 있는 전 세계 총본부 사령관님들일세."

대형 스크린을 보는 아이들이 어색하게 인사한다. 박 사령관이 대형 스크린으로 몸을 돌려 말한다.

"벙커의 아이들입니다. 현재 상황을 간단히 설명해주었습니다."

대형 스크린에서 붉은 픽셀 형상의 사령관이 앞으로 나온다.

"수고했네."

그가 아이들을 향해 몸을 돌리자 카메라가 클로즈업한다.

"반갑네. 지금 우리를 소개하는 것보다 더 시급한 문제가 있으니 바로 묻겠네. 선우민 사범의 아들과 최 박사의 손녀 사이에서 태어난 아이가 저 아이인가?"

붉은 픽셀의 사령관이 선우희를 가리킨다. 모든 시선이 선우희에게 가자 부끄러운 듯 리브의 다리 뒤로 숨는다. 리브가 자신의 몸을 이용해 가려주며 붉은 픽셀의 사령관에게 말한다.

"무엇 때문에 그러시죠?"

붉은 픽셀의 사령관은 대답 대신 할 말만 한다.

"자네가 그 아이의 어머니인가 보군. 최 박사의 첫째 손녀."

리브도 대답하지 않는다. 약간의 정적이 흐른다. 리브는 긴장된 얼굴로 선우희를 팔로 가린 채 대형 스크린을 쳐다본다. 니나 역시 옆에서 리브와 붉은 픽셀의 사령관을 긴장된 표정으로 번갈아 쳐다본다. 대형 스크린 속 다른 픽셀 사령관들이 속닥거린다. 니나를 비롯한 아이들이 둘러싸며 마치 보호해주려는 듯 리브를 그들 뒤로 숨긴다. 김 중령이 가소롭다는 듯 코웃음 친다.

"잠깐 앞으로 나와 주게. 하고 싶은 말이 있다네."

붉은 픽셀의 사령관이 리브를 가리킨다. 리브가 의심스러운 눈초리로 쳐다보다 앞으로 나온다. 붉은 픽셀의 사령관은 벽에 걸린 빨간 전화기를 들으라고 한다. 리브가 전화기를 들자 대형 스크린은 무음이 되어 아무 소리가 들리지 않는다. 붉은 픽셀의 사령관이 리브가 들고 있는 빨간 전화기로 무슨 얘기를 해준다.

"이봐."

서 집사가 조용히 박 사령관을 부른다. 박 사령관은 자리에서 일어나 다가간다. 그리고 조용히 속삭인다.

"걱정하지 말게나. 저분들은 인류를 위해 밤낮으로 연구하시는 분들일세. 전 세계의 모든 본부를 지휘하고 계시지. 그나마 남아 있는 우리 같은 본부도 저분들의 지휘를 따라서 살아남았다네."

"왜 저렇게 보이는 건가?"

서 집사가 묻는다.

"전력을 아껴야 해서 낮은 화질을 사용한다네. 보안을 위해서도 그렇고. 저분들이 최 박사님의 노트와 문서들을 찾아 연구해서 예언서로 완성시켰다네. 예언서에 관한 연구로 매일 저렇게 모여서 회의하는 것이고."

서 집사가 고개를 갸우뚱한다.

"예언서를 완성시켰다고?"

박 사령관이 고개를 끄덕인다.

"박사님은 자신의 노트에 알 수 없는 예언적인 말을 많이 썼잖아. 우리한테도 가끔 예언하듯 말한 거 기억나지? 당시만 해도 그냥 횡설수설하시는구나라고 생각했는데 그게 아니라는 거야. 어떻게 해석하느냐에 따라 미래를 볼 수 있고 그에 따른 행동을 우리가 하면 된다는 거야."

서 집사는 이전에 최 박사의 방에서 본 노트와 문서들이 기억난다. 박 사령관이 계속 말한다.

"그 문서의 내용을 최 박사와 대화를 했다는 저분들이 유추해본 결과 우리 미래에 관련된 일이었던 거지. 어쨌든 그 예언서에 적힌 내용이 지금까지 놀라울 정도로 적중했으니까. 예언서는 지금 전 세계 사람들이 믿는 성서가 돼버렸어."

붉은 픽셀의 사령관 입이 계속 움직이고 빨간 전화기를 들고 듣던 리브는 반응 없이 가끔 고개를 끄덕일 뿐이다. 박 사령관이 붉은 픽셀 사령관의 눈을 가리킨다.

"자네는 저분들을 봤을 수도 있는데 저렇게 픽셀로 보이니 모르겠나?"

"누군데?"

서 집사가 기억을 되살리려는 듯 눈썹을 찌푸린다.

"박사님의 프로젝트를 뒤에서 물심양면으로 도왔던 패트론Patron, 그러니까 후원자라는데? 자네라면 알 수도 있을 거야. 박사님이 생전에 저분들과 많은 대화를 나누고 교류했다는데?"

서 집사가 말없이 생각에 잠겼다가 질문한다.

"저분들이 계신 곳이 어딘데?"

"하늘의 도시라고 불리는 곳이네. 정확한 장소는 기밀이지. 하지만 우리에게 필요한 자원이 저곳에서 오기도 한다네. 다양한 정보와 함께 말이지. 저쪽에서 먼저 연락하지 않는 한 까다로운 코딩을 해서 연락해야 해. 그래도 지금까지 홀랜프의 망에 안 걸린 이유는 저분들과 매일 새로운 코드를 사용해 연락하기 때문이라네."

"만약 이곳이 잘못될 시에 저분들이 도움을 줄 건가?"

"글쎄. 미리 홀랜프가 공격하는 걸 알지 않는 이상 그건 무리지 않을까? 저분들은 우리 본부뿐 아니라 다른 본부와도 연락을 계속하고 있으니까……."

서 집사는 대형 스크린을 쳐다본다. 붉은 픽셀의 사령관은 리브와 이야기하는 동시에 뒤에서 지켜보는 다른 색 픽셀의 사령관들과도 대화하는 듯 계속 움직인다. 저화질인 데다 다양한 색의 픽셀로 되어 있어 얼굴 분석이 힘들다. 어빌리스조차 느껴지지 않는 것으로 보아 가까이에 있지 않은 듯하다. 빨간 전화기를 든 리브는 아무 표정 없이 얘기만 듣고 있다. 마치 영혼이 빠져나간 표정이다. 끝난 듯 리브가 전화기를 벽에다 걸고 자리로 돌아온다. 그 표정에서 생각을 읽을 수 없다.

대형 스크린에서 소리가 다시 들린다. 사령관들은 한참 속닥거리더니 이내 멈춘다. 리브와 전화로 대화를 나눈 붉은 픽셀의 사령관이 화면 앞으로 나오며 입을 연다.

"단도직입적으로 말하겠네. 이전에 알렸던 것보다 현재의 인류 상황은 더욱 심각해졌네. 어찌 된 일인지 모르지만 홀랜프가 최근 들어 급격히 자원을 빨아들이고 있다는 분석이 나왔네. 이 상태로 가면 인류는 곧 멸망할 수 있네. 게다가 페카터모리로 변환되는 수가 기하급수적으로 늘고 있네. 이대로 가면 우리가 어떠한 선택을 하든 홀랜프에 대응할 병력이 없어지니 종말은 시간문제가 되겠지. 최 박사의 예언서로 우리가 오늘날까지 버텨왔지만, 이제 그 효력도 떨어지고 있네. 예언이 현실로 이루어져야 사람들이 믿지 않겠나? 우리가 승리하여 다시 인간의 존엄성을 세울 수 있다는 희망을 어느 정도 보여줘야 해. 지금까지 우리를 위해 희생한 모든 사람을 위해서라도 그리고 남은 사람들을 위해서라도 우리는 사람들을 한데 모아야 하네. 그 역할을 자네들이 해야겠네. 그리고……."

붉은 픽셀의 사령관이 리브와 선우희를 가리킨다.

"자네 아이들이 필요하네. 예언서대로라면 저 아이들이 가장 중심적인 역할을 할 거야. 우리가 연구하여 더 많은 내용을 알아야 하겠지만 지금은 예언서 내용이 차례대로 실행되고 있다는 걸 모든 사람에게 알려줘야 해. 자네 아이들과 가족들이 나타나 세상을 구원할 것이라는 대목을 사람들에게 알려줘야 한다는 말일세. 너무나 많은 사람이 자네들을 기다리며 희생되었어."

"이 아이들은 한동안 이 세상에 존재하지 않았습니다. 사람들에게 이 아이들이 예언서에 나온 그 아이들이라는 것을 어떻게 증명한단 말입니까?"

서 집사의 말에 붉은 픽셀의 사령관이 자세히 보더니 기억난다는 듯 말한다.

"자네였군. 늘 최 박사와 동행한 수행비서. 나는 자네를 본 적이 있네만 자네는 나를 잘 모르는 모양이군. 하긴 최 박사가 누굴 만나는지 자네는 통 몰랐을 테니까. 아마도 최 박사가 말해주는 것 외에는 크게 신경 쓰지 않았을 테지. 최 박사는 구체적이지 않은 포괄적인 말만 하고는 죽어버렸으니까 궁금한 것이 많을 테지. 하지만 우리는 자네보다 훨씬 더 최 박사를 잘 알고 지내온 사람들이라네. 최 박사와 어린 시절부터 함께해온 사람들이지. 그래서 자네가 최 박사를 전적으로 믿고 의지했던 것처럼 우리를 믿고 의지하길 바라네."

서 집사는 말문이 막힌다. 이제껏 최 박사와 함께했지만, 최 박사가 누구를 만나는지는 따로 궁금해한 적이 없다.

"아이들을 훈련하고 키우느라 고생이 많았네. 이제는 어떻게 해야 할지 궁금하지 않은가?"

서 집사는 표현하기 힘든 감정이 솟구쳐 올라오는 것을 느낀다. 저 붉은 픽셀의 사령관이 자신의 마음을 정확히 읽고 상담해주는 심리상담사처럼 목소리와 톤에서 알 수 없는 편안함이 느껴진다. 하지만 붉은 픽셀의 모양이 자꾸만 그 편안함을 방해한다.

"그래. 최 박사는 그런 사람이지. 최 박사에 대한 신뢰 때문에 함께하는 사람들은 최 박사의 목적에 절대 반대하지 않지. 그래서 궁금해하지도 않고. 저기 아이들도 마찬가지겠지? 속으로는 궁금한 것이 태산인데 입 밖으로 꺼내 묻지는 않겠지. 최 박사는 사람을 잘 조종하는 특별한 능력이 있어."

민수는 궁금증이 풀린 듯한 표정이다. 그리고 아이들을 쳐다본다. 그들은 긴장한 표정으로 붉은 픽셀의 사령관을 보고 있다.

"예언서에 따르면 저 아이의 부친도 함께 있어야 하지만 지금은 없으니 우리가 예언서의 내용을 다시 짚어봐야 한다네. 예언서가 어느 부분은 맞고 어느 부분은 틀릴 수 있으니 조금 더 깊이 파고들 필요가 있다는 결론을 내렸네. 하지만 지금 이 시점에서 중요한 건 바로 저 아이의 존재야. 최 박사가 허무맹랑한 소리를 지껄였다고 생각했지만 내 눈앞에 보이는 저 아이의 존재로 다시 최 박사에 대한 믿음이 생기고 있다네."

붉은 픽셀의 사령관은 잠시 말을 멈추고 리브를 쳐다본다. 리브는 마치 교장 선생님의 훈화를 듣는 듯한 표정으로 붉은 픽셀의 사령관을 보고 있다. 아무 반응이 없다.

"최근에 얻은 홀랜프에 대한 정보를 공유하겠네. 자네들도 알고 있는 모든 정보를 공유해주게."

아이들의 표정에는 다시 긴장감이 가득해진다. 서 집사는 무슨 정보를 공유해달라는 것인지 이해를 못 한다. 방금 막 벙커에서 나온 아이들이 무엇을 알겠는가 싶지만 아이들의 표정은 그렇지 않았다. 뭔가 해야 할 얘기를 하지 않으려는 듯한 표정이다. 민수가 벙커에서 답답해하던 이유다. 지금 붉은 픽셀의 사령관은 어떤 이야기를 하려고 이렇게 뜸을 들이는지, 서 집사는 계속 생각하며 대형 스크린을 쳐다본다.

"어쨌든 지금 우리 모두의 목적은 하루속히 홀랜프를 말살하고 인류의 존속을 이어가는 것 아니겠나? 최 박사가 원한 것도 그것일 테고. 홀랜프에 항복하려는 인간들의 마음을 다시 돌려 함께 투쟁해야 하는 것 아니겠나? 그러기 위해서 자네들, 특히 저 모친과 아이가 인류의 희망을 주는 존재라고 우리는 공표할 걸세."

리브는 무슨 말인지 어리둥절한 표정이다. 다른 아이들도 같은 표정으로 여전히 대형 스크린에 시선을 두고 있다. 민수는 이전부터 얘기해오던 인류 구원에 대한 구체적인 답이 이제야 나오겠다는 생각에 흥분된 표정이다. 하지만 아라는 무슨 말인지 이해하는 눈치다. 인상을 찌푸리며 붉은 픽셀의 사령관을 쳐다본다. 붉은 픽셀의 사령관이 말한다.

"사람들에게 가장 필요한, 지금 가장 원하는…… 바로 자네들을 인류의 새로운 신으로 만드는 것이지."

아라는 올 것이 왔다는 표정으로 한숨을 내쉰다.

"응? 인류의 새로운 신?"

민수는 잘못 들은 듯 되묻는다. 아이들도 무슨 일인가 싶은 표정으로 서로를 쳐다본다.

"박 사령관. 우리가 회의에서 낸 최종결론은 여기까지라네. 지금 즉시 어머니와 아이를 자네 본부 사람들에게 소개해주게. 촬영해서 우리에게 송출해주는 것도 잊지 말고. 내가 곧 송출 코드를 보내겠네. 전 세계 본부 사령관들에게도 이 사실을 알릴 것이니 속히 진행해주게."

붉은 픽셀의 사령관 말에 박 사령관은 포기한 듯 대형 스크린에서 눈을 떼고 바닥만 내려다본다. 그의 표정도 그다지 밝지 않지만 내색하지 않으려 한다.

"네, 알겠습니다."

붉은 픽셀의 사령관이 자신을 뚫어지게 보는 아라를 유심히 보더니 다시 박 사령관에게 말한다.

"그럼 자네만 믿네. 다시 회의를 거쳐 앞으로의 계획을 전달하겠네. 이상."

서 집사는 믿기지 않는다는 표정으로 박 사령관에게 말한다.

"이봐……. 이게 도대체 무슨 말인가?"

에필로그
……신은 자기 뜻대로 실행한다

“얍삽하게 뒤에서 조종하는 놈들. 얌체같이 말로만 떠들고 선동하는 놈들. 강한 놈에 붙어서 설쳐대는 놈들. 내가 다 죽여버릴 거다.”

후드가 달린 어두운색 로브를 입은 사내가 증오로 불타오르는 표정으로 중얼거린다. 그의 증오처럼 머리색도 빨갛다. 주먹을 꽉 쥐며 뉴컨밴드를 머리에 착용하고 특이한 모양의 장갑인 글로버스Globus를 착용한다. 알 수 없는 힘에 휩싸인 듯 그의 눈에 분노와 광기가 가득하더니 뉴컨밴드에서 강렬한 빛이 나오다 이내 터져버린다. 그가 망가진 뉴컨밴드를 벗어 본다. 이내 사내는 고요해진다.

“언젠간 상상도 할 수 없을 만큼 강해질 거야. 그러니 계속 훈련하고 자신의 어빌리스를 더 깨워보게. 자네는 가장 강한 생물체가 될 수 있을 거야. 인간이라는 종은 믿을 게 못 되지만 우리는 서로 믿을 수 있는 ‘능력’을 갖고 있지. 그러니 자네가 세상에서 가장 강한 생물체가 되었을 때 우리 인간들이 서로를 믿을 수 있게 잠재된 믿음을 깨워주게."

예전에 들은 이야기를 떠올리던 사내는 자신과 비슷한 전투복을 입은 매스클랜들이 영혼의 형상으로 눈앞에 서 있는 모습을 본다. 이내 그들이 시야에서 모두 사라진다. 사내는 조용히 흐느낀다.

사내는 가방을 열어 최 박사의 문서들을 꺼내 차근차근 읽어본다. 그리고 카디건에서 그간의 꿈을 적어놓은 일기장을 꺼내 본다.

"나조차 사람을 못 믿는데 어떻게 다른 사람들에게 믿으라고 하겠습니까?"

혼잣말한 사내는 로브에 달린 후드를 쓰고 어딘가로 향한다. 그곳에 파놓은 굴에 최 박사의 문서들과 자신의 꿈 일기장을 숨긴다. 굴 안에는 손잡이와 양 날개만 있는 검인 글래디우스 그립Gladius Grip도 있다. 선우필은 그것을 꺼내 자신의 허리춤에 걸친다.

며칠 동안 증오심에 불타던 사내는 페카터모리 부대와 마주한다. 서로가 잘 아는 듯하다. 페카터모리 부대장이 사내에게 타이르듯 말한다.

"자네의 매스클랜은 사라졌다. 이제 자네만 남은 꼴이다. 그리고 나 페카터모리 알파와 나의 부대는 이전보다 강해졌다. 왜 그런 줄 아나? 마지막 관문을 통과했기 때문이다."

"마지막 관문?"

사내는 페카터모리 알파의 말이 무슨 뜻인지 모르겠다는 표정이다. 그저 그의 얼굴에 붙은 커다란 점이 거슬린다.

"이전 것을 버리고 새롭게 태어났다. 난 나를 속박하던 모든 것에서 이제 자유로워졌다."

페카터모리 알파가 사람의 머리를 던진다. 죽은 사람의 머리가 사내 앞으로 굴러온다. 입을 벌린 그 표정이 슬퍼 보인다. 울었는지 하얗게 뜬 눈 밑에 눈물이 말라 있다. 하고 싶은 말을 못 하고 죽은 표정이다. 사내가 페카터모리 알파를 바라본다.

"인간이었을 때 나의 아버지다."

페카터모리 알파의 말에 놀란 사내가 다시 머리를 본다.

"자네와 나는 닮은 점이 많다. 그중에서도 우리 둘 다 아버지의 그늘에서 평생 살아야 할 운명이었다는 거지. 그자는 하늘의 도시 사령관 중 한 명이었다. 즉, 최 박사의 후원자 중 한 사람이었다는 거지. 이제 나는 페카터모리 중 가장 강한 존재다. 내 운명을 내가 바꾸었다. 홀랜프의 축복이 있어 가능했고, 언젠간 홀랜프와 동등해질 것이다. 그러니까 신이 될 거라는 말이다. 인간들이 만들려던 너희 같은 가짜 신이 아닌 진짜 신. 이제 그 어느 인간도 나에게 상대가 안 된다. 아무리 강한 매스클랜도 나에게는 안 된다. 인간이 훈련으로 강해져 다른 페카터모리를 해치울 수는 있겠지만 나에게는 안 된다. 홀랜프는 나에게 페카터모리 전체를 지휘할 총괄권까지 내줬다. 상류층 중에서도 최고가 나라는 말이다. 그러니 자네는 나를 이길 수 없다."

사내는 말없이 고개를 숙인다. 페카터모리 알파가 계속 말한다.

"자네도 경험해봤듯이 인간이 만든 사회는 실패야. 올바르지 않았다고. 인간이 인간을 지배한다는 것이 말이 된다고 생각하나? 인간에게 권력을, 돈을, 그리고 결정권을 쥐어주는 것이 옳다고 생각하는가? 인간은 균이기 때문에 다른 것들을 지배하면 안 돼. 주위를 둘러보라고. 이렇게 좋은 날씨와 환경은 우리 같은 생물들에게 어울리지? 왕따도 존재하지 않고 시기, 질투도 없어. 홀랜프의 정책이 옳은 거라고. 우리 모두가 홀랜프를 중심으로 진정한 평화와 평등의 세상을 만들 수 있다는 말이다. 페카터모리가 되면 인간을 배신했다 할지 모르지만 그건 관점의 문제야. 아무도 페카터모리가 된 자네를 욕하지 못해. 그런 인간은 하나도 남김없이 없어질 테니까. 벙커의 아이들이라 할지라도."

사내의 어빌리스가 높아진다. 페카터모리 알파가 콧바람을 낸다.

"확실히 전보다 어빌리스가 높아졌군. 자네 정도면 바로 내 밑으로 들어올 수 있겠어. 내가 홀랜프의 축복으로 자네를 상류층으로 승격시켜줄 수 있다는 말일세."

사내는 여전히 대답이 없다. 페카터모리 알파는 이해한다는 표정으로 고개를 끄덕인다.

"그래. 자네 관점에서 지금 상황을 보면 화가 나겠지. 하지만 관점을 달리해 생각해보게. 강해져야 우리를 상대할 수 있지 않겠나? 그건 생물체가 가진 불변의 법칙이야. 강한 생물이 지배하는 것이 우주의 이치라고. 게다가 우리처럼 올바른 정신을 가진 생물체가 더 나은 세상으로 모두를 이끌어 나갈 테고. 인간은 굳이 홀랜프가 아니어도 망했을 종이야. 다행히 홀랜프의 축복이 내려 우리를 이렇게 새로운 진화체로 만들어준 게 아니겠나?"

페카터모리 알파가 계속 오르는 사내의 어빌리스를 감지하고 고개를 끄덕인다.

"확실히 강해졌군. 하지만 그 정도 어빌리스로는 우리 부대를 당할 수 없어. 그리고 저기를 좀 보게."

그가 가리키는 곳을 사내가 돌아본다. 어느새 중형과 소형의 홀랜프 부대가 뒤에 서 있다.

"홀랜프는 우리를 발전시키기 위해 온 거야. 때가 되면 그들은 떠날 것이다. 우리가 세상을 제대로 지배할 수 있도록 잠시 와준 것뿐이야. 과정이 어떻든 결과는 같아. 페카터모리가 세상을 지배한다."

분노에 찬 사내가 글래디우스 그립을 빼낸다. 그 순간 날카로운 칼날이 튀어나온다. 사내가 뒤로 돌더니 자신을 포위한 홀랜프 부대에게 자로 잰 듯 빠르게 휘두른다. 검날이 지나가자 그들의 아담스 애플이 순식간에 떨어진다. 포위하던 홀랜프 부대가 아지랑이 연기가 되어 사라진다. 사내의 어빌리스가 갑자기 치솟는다. 페카터모리 알파가 놀라 선우필을 바라본다.

"아니, 그 정도 어빌리스는…… 어떻게?"

사내가 말한다.

"너는 말이 너무 많아."

"뭐?"

"말만 많고 행동은 없네. 위선이나 떨면서 선동이나 하는 네가 뭘 안다고 내 관점을 들먹여?"

페카터모리 알파는 연기가 피어오르는 사내 주위를 보며 당황한다. 사내는 무아지경에 빠진 듯한 표정이다. 그의 몸에서도 연기가 피어오른다.

"나에게 말해줬어. 인간은 기억하는 존재라고……."

페카터모리 알파는 사내가 하는 말을 모르는 표정이다.

"뭐?"

"또 나에게 말해줬어. 인간은 상상력으로 이야기하는 존재라고……."

페카터모리 알파는 여전히 이해 못 하는 눈치다. 사내의 몸에서 아지랑이 연기가 피어오른다. 알파의 표정이 의문으로 가득 차 있다. 사내의 울대뼈를 보지만 달라진 것이 없다.

"자네 목은 그대로인데 어째서 연기가 나오는 거야? 너는 왜 안 죽는 거야?"

"나에게 말해줬어. 인간은 거룩해야 한다고……."

"도대체 무슨 말을 하는 거야!"

알파의 외침에도 사내의 눈빛은 그대로다. 그가 침착하게 말을 이어간다.

"기억하고 이야기하는 과정 모두 존엄해. 우리 인간은 그런 존엄한 과정을 통해서 거룩해지는 훈련을 하는 거야. 진화라는 둥 뭔지도 모르면서 축복을 받았다는 둥 착각하지 않는단 말이다. 거짓을 떠들면서 축복이라는 말을 함부로 쓰지 마라. 그 말은 너희 같은 거짓된 존재들이 쓸 말이 아니니까."

사내의 몸에서 연기가 더 짙게 피어오른다. 페카터모리 알파는 사내가 죽을 거라 예상하며 비열한 미소를 짓는다.

"최 박사의 예언서는 그래봤자 인간이 계획하고 편집한 것일 뿐이야. 자네나 벙커의 아이들도 신이 아닌 인간일 뿐이지. 그러니 신의 축복을 받은 이 페카터모리 알파의 제안을 거절한 네가 들을 답은 이것이다. 이제 패배와 죽음을 깨닫고 너의 매스 친구들에게 잘 돌아가라."

사내의 몸이 가려질 정도로 짙은 안개가 피어오르자 페카터모리 알파는 긴장이 풀린 듯, 승리에 도취한 듯 말한다. 하지만 이내 짙은 연기 사이로 보이는 사내의 눈빛은 패배와 죽음과는 멀어 보인다. 알파는 놀라며 뒤로 주춤한다. 사내가 쥔 글래디우스 그립의 칼날이 푸른 빛을 내며 페카터모리 알파를 향한다.

홀랜프 1

1판 1쇄 인쇄 2024년 8월 30일
1판 1쇄 발행 2024년 9월 10일

지은이 사이먼 케이
펴낸이 김성구

책임편집 김지용
콘텐츠본부 고혁 조은아 김초록 이은주
디자인 이영민
마케팅부 송영우 김지희 김나연 강소희
제작 어찬
관리 안웅기

펴낸곳 (주)샘터사
등록 2001년 10월 15일 제1-2923호
주소 서울시 종로구 창경궁로35길 26 2층 (03076)
전화 1877-8941 | 팩스 02-3672-1873
이메일 book@isamtoh.com | 홈페이지 www.isamtoh.com

ISBN 978-89-464-2286-5 04810
ISBN 978-89-464-2285-8 (세트)

• 값은 뒤표지에 있습니다.
• 잘못 만들어진 책은 구입처에서 교환해 드립니다.

샘터 1% 나눔실천

샘터는 모든 책 인세의 1%를 '샘물통장' 기금으로 조성하여 매년 소외된 이웃에게
기부하고 있습니다. 2023년까지 약 1억 1,200만 원을 기부하였으며, 앞으로도 샘터는
책을 통해 1% 나눔실천을 계속할 것입니다.